ダンジョンに出会いを求めるのは
間違っているだろうか

オラリオ・ストーリーズ

ORARIO STORYS

Is It Wrong to Try to Pick Up Girls in a Dungeon?
Collection Of Short Stories

あいたかった、春姫！

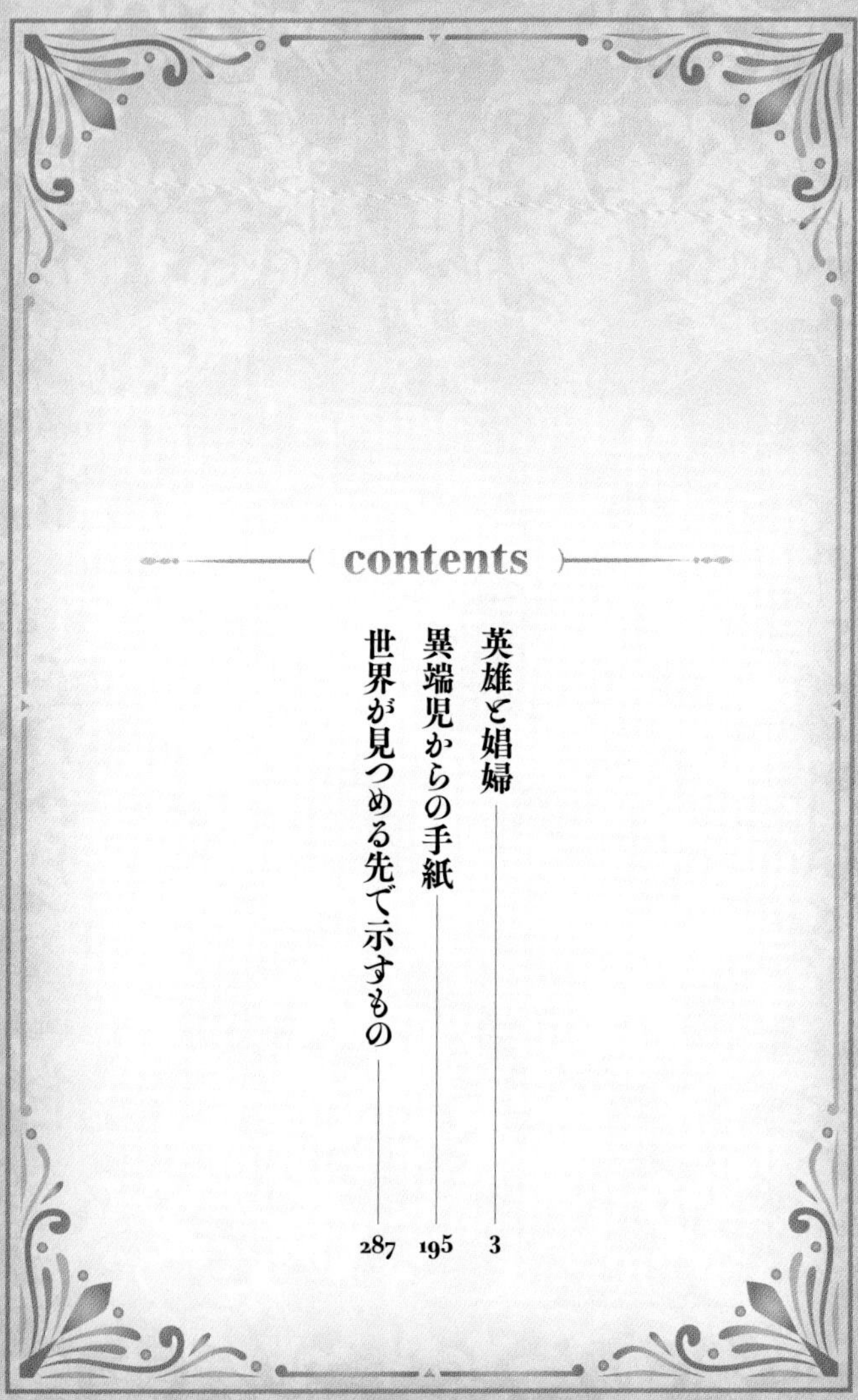

contents

オラリオ・ストーリーズ

ORARIO STORYS

Is It Wrong to Try to Pick Up Girls in a Dungeon: Collection Of Short Stories

[著]大森藤ノ　[絵]ニリツ

[キャラクター原案]ヤスダスズヒト

presented by Fujino Omori
illustration Niritsu
character draft Suzuhito Yasuda

カバー・口絵・本文イラスト
ニリツ

1

Is It Wrong to Try to Pick Up Girls in a Dungeon?
Collection Of Short Stories

STORY

英雄と娼婦

『知っているぞ、淫蕩のバビロン！
貴様が犯した悪行の数々を！
一体何人の男を誘惑し、陥れ、悲惨な末路へと導いた⁉
恥を知るがいい、妖婦め！』

英雄譚『ビルガメスの冒険』・四章三節ビルガメスの怒りより

5　英雄と娼婦 1

1

「……？」

　真夜中である。

　ベルは、違和感を覚えた。

　本拠である館の自室は暗く、カーテンの引かれた窓の外が青白く染まっている。月が出ているのだろう。

　魔石灯の光とは異なる、幽玄の明かりが布越しに部屋を照らしている。

　それはまるで幻想の色だ。

　寝台で眠っていたベルは、まず体に密着する温もりに気付いた。

　次に感じたのは、首筋を犯す吐息のくすぐったさ。

　まどろみに抱かれていた瞼をゆっくりと開ける。

　次第に鮮明になっていく視界に映ったのは、あたかも契りを交わした伴侶のように自分の体へ寄り添う、一匹の狐だった。

「なっ――」

　ベルは絶句した。

蒼い月明かりを反射する絹のような金の髪。

清流の水底で、揺らいでは輝きを放つ宝石のような翠の瞳。

気品を宿した美しい容姿の中で、小振りな桜色の唇が妙に艶めかしい。

この世のものとは思えない目の前の光景に、少年は鼓動の音すら置き去りにして、時を止めてしまった。

「申し訳ありません、ベル様……」

狐人の少女、春姫の格好は襦袢一枚だった。

床には紅の着物と腰帯が脱ぎ捨てられている。

胸へもたれかかるように密着する体の柔らかさ、肌を通じて伝わる体温と、切なそうな少女の鼓動の音。

瞳を潤ませて見つめてくる少女に、ベルは硬直してしまう。

「今日は、お疲れだったようなので……夜伽に、やってまいりました」

「……!?」

すっと上半身を起こし、ベルの体に跨がりながら、翠の双眸がこちらを見下ろしてくる。

頬を紅潮させ、照れ恥じているものの、今の春姫にはまさに夜の娼婦のごとき妖艶さがあった。

春を冠するその名に反して、纏う雰囲気は酷く涼しく、淫靡だ。

カーテンの隙間(すきま)から差し込む月明かりが彼女のほっそりとした首筋を濡(ぬ)らし、金の長髪がさらと音を立ててうなじからこぼれる。

「私(わたくし)にできることは…… 私(わたくし)はこのようなはしたないことでしか……貴方様に頂いた御恩を返せないので……」

細い指が襦袢(したぎ)をはだけさせ、豊かな膨らみを有する胸もとをあらわにした。

布はそのまま肩から落ち、深い谷間はおろか、極上の娼婦として磨かれた上半身を隠すものが何もなくなる。

瑞々(みずみず)しい肢体はそれだけで男を惑わせる魔性を帯びていた。

驚くべき肌の白さは深紅(ルベライト)の瞳を焼き、その視線を釘付(くぎづ)けにした。

月明かりを背にする体の輪郭が影となり、少年の体を覆(おお)う。

顔を赤らめながら目を伏せる春姫(ハルヒメ)はそのまま、狐が甘噛むように手の平をベルの肌に這(は)わせ、彼の服もはだけさせた。

「どうか……お情けをくださいませ……」

太い狐の尾がくねる。

瞳を揺らして動けない兎(うさぎ)に、狐は双眸を切なげに細め、ゆっくりと体を前に倒した。

豊かな双丘が揺れ、髪の一房が少年の頬(ほお)にかかり、まるで指でなぞるように撫(な)でてくる。

やがて女は男の顔に唇を落とし、二つの影は折り重なって——

「──という夢を見てしまったのでございます……！」


真昼間である。

顔を大赤面させながら、取り返しのつかない罪業を犯した罪人のような面持ちで、春姫は昨晩見た『夢』の内容を自白した。

場所はオラリオの街中にある喫茶店。

面している通りには様々な亜人が往来している。

賑やかな喧騒に満ちるこの場に、少年の姿などどこにもいない。

清潔な白の卓を挟んで真っ赤になる春姫を前に、頬杖をついて話を聞いていた女戦士のアイシャは、呆れ顔を作った。

「夢の中で惚れた男になって、自分に襲われるって、アホかいアンタは」

「あうぅぅ……！」

【ヘスティア・ファミリア】に入団した春姫の様子を見にきたアイシャが、小一時間前ほど前に『竈火の館』を訪ねたのがことの始まりであった。

端(はな)から深刻そうな顔で黙りこくっていた狐人(ルナール)の少女を見るなり、アイシャはすぐに面倒臭そうな表情を浮かべたが、気分転換がてら春姫(ハルヒメ)を連れ出した。そして案の定、心底どうでもいい話を聞かされた。

神に懺悔(ざんげ)するがごとく告白されたのは、少年視点(ベル)で少女(じぶん)に夜這いをかまされるという、妄想たくましいを通り越した変態的な内容。狐の耳と尻尾(しっぽ)をビクビクと忙(せわ)しなく揺らしながら、全身を羞恥でプルプルと震わせる姿は、惨(みじ)めをすっ飛ばして哀れである。

狐の夜嫁(よめ)入りなどという、とどまることを知らない無自覚天然ド淫乱振りに、アイシャは脱帽するばかりであった。

「このエロ狐」

「あうぅぅぅぅぅぅぅ～～～～～～～～!?」

容赦なく告げられたアイシャの言葉に、春姫(ハルヒメ)はとうとう悲鳴を上げて倒れ込んだ。

熟した林檎(りんご)のようになった頭部、もとい狐の両耳を両手で押さえつけ、卓の上に突っ伏す。上気した首筋からは今にも湯気が噴き出しそうだ。

不可抗力でありそうで、その実、情状酌量の余地がない己(おのれ)の醜態にめそめそ泣き出す少女に、アイシャは溜息(ためいき)をつく。

「夢の中でそんなに飢えてるなら、行動を起こせばいいだろう。一つ屋根の下に住んでるんだから、いくらでも機会なんてあるじゃないか」

「う、飢えてるだなんて……！　私（わたくし）はただ、ベル様を見ているだけで胸が温かくなるだけで……！　あ、あとは、抱きしめてくれた日をたまに思い出してしまうだけで……！」

「それが飢えてるっていうんだ。さっさと正夢にしちまいな」

「ま、ま、正夢……!?」

アマゾネスらしい直球過ぎる物言いに、春姫（ハルヒメ）は目をぐるぐると回した。

こりゃあ同じ派閥になったところで何も進展はなさそうだ、とアイシャはもう一度嘆息をお見舞いしてやる。

『殺生石』を巡る【イシュタル・ファミリア】の騒動が終息し、春姫（ハルヒメ）が【ヘスティア・ファミリア】に改宗（コンバージョン）してからしばらく。

都市の外では【アレス・ファミリア】こと『ラキア王国』が攻めてきているが、堅牢（けんろう）な市壁と強過ぎる冒険者達に守られるオラリオは今日も変わらぬ日常を過ごしていた。頭の沸騰（ふっとう）を繰り返す目の前の少女を、青空が生温かく見守る程度には平和そのものだ。

アイシャは、春姫（ハルヒメ）とベルがくっついてしまえばいいと考えている。

この狐人（ルナール）の少女が『雄』の顔をしたあの少年に懸想していることなど確かめずとも明らかだし、気に入った男を貪ることこそが女の本懐の一つだと、女戦士（アマゾネス）であるアイシャは思っている。

それに、あれだ。

春姫（ハルヒメ）とあの少年がくっついてしまえば自分も『つまみ食い』しやすくなる。

獲物(うさぎ)を平らげる捕食者的な意味で。

狐の少女はキューキューッと抗議の鳴き声を上げるだろうが、一緒に巻き込めば何とかなるだろう多分。奥ゆかしいだか何だか知らないが、極東流の比翼連理(ひよくれんり)の手助けを叶(かな)えてやったなら、手間賃を頂くのも道理だ。何より、強く荒々しい雄を一匹の雌が独占するのは、むしろ種(しゅ)の冒瀆(ぼうとく)でさえある。

口では否定しても生来の姉御肌であるアイシャは、打算がありつつも、同僚を応援している豊穣の酒場のエルフよろしく、春姫(ハルヒメ)の背中を押そうとしていた。

(しかしまぁ、『恋敵』なんて笑っちまう相手が何人もいるのも事実だ)

ベル・クラネルの周りにはまぁ、魅力的だったり有能な女が多い。

主神の幼女神はもとより、いつも側をチョロチョロしているサポーター、面倒を見ているギルドの受付嬢、毎日昼食を渡しているらしい酒場の店員。後は【ミアハ・ファミリア】に入団した元アポロン派の治療師(ヒーラー)も何やら臭い。あの【剣姫】だって、ベルと行動をともにしているところを目撃されているとも聞く。アイシャが知っているだけでもこれほどの面子(メンツ)が揃(そろ)っており、器量がいい者ばかりだ。

仮にこれらの交友関係を省いたとしても、Ｌｖ．３の肩書きは、それだけで男も女も関係なく引き寄せてしまうものである。

『直接契約』を結ぼうとする鍛冶師がいい例だ。『第二級冒険者』という、ある種の権威は第三級冒険者以下の名声とは一線を画している。名誉、広告塔、純粋な応援者（ファン）、様々な理由から職人や商人から引く手数多（あまた）となるのが常だ。

かく言うアイシャも経験がある。

【麗傑（アンティアネイラ）】にお近付きになって、甘い汁を啜（すす）ろうとする者は後を絶たない。

世界的に見ても、Lv．3という名誉と実力は『選良（エリート）』と言って差し支（つか）えないのだ。

何より、ベル・クラネルはただでさえ世界最速兎（レコードホルダー）として名を馳（は）せてしまっている。

少年の『女』になろうとする雌は、はっきり言ってかなり多いだろう。言わずもがなアイシャもその一人なのだから――彼女の場合は『ぺろり』といいように食べてしまう側だが――。

今後、益々（ますます）増えることも間違いない。

それを見越している女戦士（アマゾネス）はややあって、ニヤリと口端をつり上げる。

「まぁ、くだらない夢を抜きにしたって、お前がベル・クラネルを喜ばせてやることは何も間違いじゃない」

「ふぇ？」

わざわざ真面目（まじめ）くさった声音に切り替えるアイシャに、真っ赤な顔をうつむかせていた春姫（ハルヒメ）は顔を上げた。

「お前はあの坊やに助けられたんだ。なら、借りってもんがあるだろう？　お前の極東（くに）の言葉で言うなら、『返しきれない御恩』ってやつだ」

「それは……はい、確かにそうでございます。私はベル様に助けられてばかりで、何もお返しできていません……」

「だろう？　なら甲斐甲斐しく力になってやるのは当然じゃないか」

「では、今やらせて頂いている女中に一層励んで……」

「バカ狐。坊やの身の回りのことなんて、お前以外にも散々世話を焼いているだろう。女神様はもとより、あの小人族のチビスケだって」

「た、確かに、そうでございますね……」

「お前は、お前にしかできないことをやればいいのさ」

一度は肩を落とした少女を、言葉巧みに誘導する。

アイシャが胸の内でほくそ笑んでいるのも知らず、春姫は真正直に頷きを繰り返した。

「しかし、私にしかできないこととは……？」

「簡単さ。歓楽街で教わったことをしてやればいい。大抵の男はそれだけで喜ぶ。あの坊やだってそうさ」

「そうなのですか？」

いけしゃあしゃあと肯定してやると、春姫はぱちぱちと瞬きを行う。

「ああ、勿論」

しっかり『種』を蒔くことに成功したアイシャは、注文してあった果実酒を一気にあおり、椅子(いす)から立ち上がる。

「さ、もう行くよ。私もこの後、用があるんだ。本拠(ホーム)まで送っていってやる」

「あ、はい。ありがとうございます」

アイシャは散々焚(た)き付けておいて、後のことは春姫(ハルヒメ)自身に委(ゆだ)ねた。

手取り足取り指図するなんて柄ではないし、何より面倒だ。アイシャだってそれなりに忙しいし、そこまでお人好しではない。

強い雄は自分の手で勝ち取るものだ。

アイシャは常々そう思っている。

崖から突き飛ばしてやることはすれ、後の『狩り』は自身の力でやり遂げなければならない。

それがアイシャの流儀だ。それがアマゾネスというものだ。

――それにどう転がろうが、引っ込み思案のヘッポコ狐にはいい刺激になるだろう。

抑圧されてきた分、自由に生きればいい。

破滅の運命から逃れ、青空の下を歩く少女を見やりながら、アイシャは無意識のうちに姉のような笑みを浮かべた。

館に戻り、アイシャと別れた後。

春姫(ハルヒメ)は悶々(もんもん)と考えていた。

すなわち、いかにすればベルを喜ばせてやれるのかと。

「アイシャさんは、私(わたくし)がイシュタル様のもとで学んだことを参考にすればいい、とおっしゃいましたが……」

つまりそれが男を押し倒す、あるいは押し倒される技術であることに春姫(ハルヒメ)は気付かない。

本人がいやらしいことを除外しているつもりでも、しっかりそれは房中術(アウト)の範疇(はんちゅう)である。

世間知らずの箱入り娘から急転直下、娼婦へと職業変更(ジョブチェンジ)してしまった少女は、やはり一般人と比べれば常識に疎(うと)かった。というより、知識に偏りがあった。

メイド服に着替えて館の仕事に戻り、一階の廊下で黙々と窓拭きを行いながら、春姫(ハルヒメ)は娼婦時代の記憶を振り返る。

『いいかい、春姫(ハルヒメ)。まずはしっかり相手の男の目を見つめることだよ』

『見つめる……?』

『そうさ。アタイを買って、ここから出して～、って目で訴えるのさ。口を開けず、小さく微笑(ほほえ)むのもいいさね』

真っ先に思い浮かべたのは、先輩遊女の言葉である。

アイシャ以外にも、春姫(ハルヒメ)の面倒を見てくれている者は何人かいた。

春姫（ハルヒメ）のことをどん臭いと心底呆（あき）れ果てながらも、何かと助言を与えてくれた者達だ。その分だけ、雑用を押し付けられていたような気もしなくはないが……それも彼女達なりの愛情だったのではないか、と春姫（ハルヒメ）は今では思っている。爛漫な少女（レナ）がこの話を聞けば「ほんと春姫（ハルヒメ）って騙（だま）されやすいよね～」と以前指摘されたことと同じことを言われるかもしれないが。

閑話休題。

とにかく夜な夜な座敷に座らされ、遊郭の張見世から外界を眺める中、先輩遊女はことあるごとに語ってくれた。

『私達は旦那ぁ～、なんて愛想を振りまいて気軽さを売りにしちゃいるけど、アンタみたいなヤツには、そっちで攻める方がいいだろ』

『そっち？』

『守ってあげたくなるような、純情で可愛（かわい）そうな娘、ってやつさ。ま、同じ女には嫌われるけどね！』

春姫（ハルヒメ）のものより豪華な極東の着物を来た獣人は、にこやかに往来へ手を振りながら器用に、隣に座る春姫（ハルヒメ）へそんなことを教えてくれた。

──それは正確には『客引き』のコツであったが、天然狐もとい偽遊女ことサンジョウノ・春姫（ハルヒメ）ちゃんは男性を喜ばすコツとして、見事に間違って理解した。

『とにかく視線が合ったら、アタイには貴方しかいません！　って見つめるのさ！』

脳裏に蘇る言葉を反芻しながら、くるりくるり、と無意識のうちに太い尻尾をくねらせる。

「ぁ……」

と、そこで。

中庭へと出てくるベルを見つけた。

手には布巾と愛用の防具を持っている。

きっと装備の手入れだろう。桶で噴水の水をすくっている。

早速、訪れた好機。

ぴーん！　と尻尾をそそり立たせ緊張する春姫は、こくりと喉を鳴らした後、他ならぬベルのため――になると信じているため――に遊女の教えを実践した。

こんこん、と軽く窓を叩く。

「……？　あ、春姫さん」

音に気付いたベルが顔を上げ、こちらに気が付く。

向けられるあどけない少年の笑みに、春姫はそれだけで嬉しくなってカーテンにくるくると包まりたくなってしまうが、今だけは我慢する。

普段ならば窓を開けて手を振り返すところを、春姫は黙ってたたずみ、ベルの瞳を見つめた。

「……っ？」

ベルはうろたえた。

春姫が巫女のように静かな瞳で、見返してきたからだ。

その眼差しはせせらぎのように澄んでいて、けれど冷たいものではなく、ただただ切なげに揺れていた。

窓の中桟が少女の顔の一部を隠す。

まるで座敷牢のように。

それは初めて出会った時、二人が張見世で視線を交わした、あの月夜の日の再現のようだった。

日が出ているにもかかわらず、二人の目には蒼然とした月明かりが確かに見えた。

やがて、春姫は淡く微笑んだ。

「――――」

それを目にしたベルは、一度呆けた。

呆けて、次には顔を赤く染めた。

春姫の微笑みがあまりにも儚く、美しかったからだ。

――ここから出して。

――迎えにきて。

――抱きしめて？

――私には、貴方だけ。

一方、春姫は念じていた。

遊女の教えを忠実に実践し、ベルのことを心から想いながら見つめ続けた。

それは少女の恋心も上乗せされて高威力の熱視線となっていた。しかも忠実に先輩遊女の教えが反映され、切なさと狂おしさが上乗せされた反則スキルと化していた。

まさしく『守ってあげたくなるような可愛そうな娘』である。

しかも計算ではなく天然で。

あざとい、さすか天然妖狐あざとい、なんて天の声が聞こえてきそうなほど、今の春姫はまさに恋する乙女――を七段階ほどすっ飛ばした、恋に恋い焦がれる遊女そのものだった。

「えっ、あのっ…………は、春姫さんっ？」

混乱するのはベルである。

謎の色香光線は少年の心臓を盛大に動揺させる強烈な破壊魔法と同義だ。

全く状況が理解できない未熟な少年は声を裏返してしまった。

片や、わけもわからずあたふたとしまくるベル。

片や、じっと見つめ続ける春姫。

言葉が交わされることのない謎の空間は、外野からの一声によって終わりを告げた。

「おーい、ベルくーん！　そんなところに突っ立って何してるんだーい？　一緒にジャガ丸くんを食べようぜー！」

「っは⁉」

バイトから帰ってきたヘスティアが、春姫を死角の位置に置いた回廊から呼びかけてくる。

肩を揺らしたベルは渡りに船とばかりにその呼びかけに飛びついた。

顔が赤いまま、防具を置き去りにして、脱兎の勢いで中庭から撤退する。

「あ……」

ぴゅーん！　と行ってしまった少年の背中に、春姫は声を漏らした。

中途半端に伸ばしかけた手を、ゆっくりと下ろす。

「行ってしまわれました……。ベル様は、喜ばれていなかったような気が……？」

しゅん、と狐の耳が垂れる。

『もう見つめない方がいいだろうか』としばらく考え込んでいた春姫だったが、『自分が未熟だったのかもしれない』と考え直す。

よりにもよってこんな時に生来の健気さを発揮し、もうしばらくベルのことを視線で追うことにした。

つまり、視姦作戦続行である。

その日から、春姫はベルのことを見つめ続けた。

近く遠く関係なく、本拠だろうが迷宮だろうが、仲間に迷惑をかけない範囲でふとベルのことを見やる。切なげに、意味ありげに。

『とある美神』の監視のせいで他者の視線に敏感になってしまっている哀れベル・クラネルは、春姫の眼差しを漏らすことなく四六時中感じ取ってしまう。

自分より年上の、しかも憧憬にも劣らぬ美貌の女性が、意味ありげに見つめ続けてくるのだ。ドキがムネムネするのも当然だし、身も心も休まらない。しまいには春姫と顔を合わせるだけで赤面してしまう始末である。

「は、春姫さんは何がしたいんだろうっ……？　僕、何かしたっ……？」

ベルは一人で頭を抱える時間が増えていった。

そして、それに気付かない全知零能の処女神ではなく。

「……春姫君、集合」

「はい？　何でございますか、ヘスティア様？」

「ベル君を熱く見つめるの、禁止」

「えええっ⁉」

意中の相手を見つめる視姦作戦、失敗。

「ヘスティア様に何故か止められてしまいました。……何か別の方法で、ベル様を喜ばせないと……」

主神の神命が下された翌日。

朝からメイド業に勤める春姫は、めげずに考えていた。

はたきを振ってポフポフと部屋の掃除を行いながら、狐の耳を左右に揺らす。

「やはり、殿方に喜んでもらうには、『ご奉仕』を……」

自分が『ご奉仕』という言葉を口にするだけで途端に卑猥、もとい危うい響きを持つことに自覚がない元娼婦の少女はウンウンと悩んだ。

常識に疎く、知識に偏りがあるとはいえ、流石に『そーいう行為』には明確な線引きがされている。

口付けは勿論、露骨な求愛の類はアウトだし、舐めるのも嗅ぐのも啜るのも甘噛みするのも禁止。痴態を見せるなどもってのほか。というかそんなものをベルに見られたら春姫は激しい羞恥によって死んでしまう自信がある。もしくは肌という肌を真っ赤にした後、幼児退行して泣き喚いた挙句、必死に少年へ抱き着いて体が密着しない箇所を消し、全てを忘れんがために一夜の過ちに突入してしまうかもしれない。とどのつまり暴走である。

狐の本能を解き放ち！　その日！　春姫は獣となる!!

兎とモフモフし合うために――!!

「はわわわっ……⁉」

たくましい妄想によって、春姫(ハルヒメ)は妄想の中の自分に負けないくらい赤くなった。

もし間違いが起こって、春姫(ハルヒメ)がベルの子供を宿してしまったら大変である。

それはもう大変である。

いや、やっぱり嘘(うそ)である。

とてもとても幸せである。

ベルと一緒に膨らんだお腹(なか)を愛おしそうにさすって番(つがい)の笑みを浮かべ合うくらいには代え難(がた)き幸福に包まれる。

その時には『夫』の呼び名も『ベル様』から『あなた』に変わっていることでしょう。

自分を呼ぶ優しい彼の声も『おまえ』に変わっているに違いありませぬ。

そりゃあもー嬉(うれ)しくて死んでしまいそうでござる。あぁ、春姫(ハルヒメ)は幸せにございます──。

「あぁ～～～～～～～～～～～～～～～～～～～～～～～～～～～っっ‼」

などと、速射魔法(ファイアボルト)もびっくりな速度で一瞬の内にそこまで妄想してのけた春姫(ハルヒメ)は、かぁ～～～～っ‼　と再び顔を紅潮させた。

次にはポフポフポフ！　とはたきを高速で振るい、愚かな妄想を消し払うがごとく罪なき埃(ほこり)をはたき落としていく。

部屋の前を通りかかったリリがその奇行じみた姿を目撃し、盛大に胡乱(うろん)な視線を送った。

どうせまた卑猥妄想(エロい)でもしているのだろうと決めつけながら。大体正解だった。

「と、とにかくっ、閨(ねや)の秘め事とは別の方法で、ベル様を……！」

決して『そーいうこと』をしたいわけではない春姫(ハルヒメ)は、何とか乱れた呼吸を整える。

そして落ち着きを取り戻した彼女が頼ったのは、やはり記憶の中にいる先輩遊女の教えであった。

『男は風呂(ふろ)の中でイチャイチャしてれば何でも喜ぶんだよォ！　ヒック！』

『お風呂、でございますか？』

『ああ、神様達が言う秘技(プレイ)とかいうのをしておけば下半身野郎どもは何でもいいのさァ！　ド貧相な私だって結局それでいいんだろうがァ！　胸なんて飾りだろうがァァァァァー！　うわあああああーーーーーーーんっ！』

春姫(ハルヒメ)が酌(しゃく)をする隣で、先輩遊女その二は酒の酔いに身を任せて荒々しく語っていた。

何でもその日、『遊女ちゃんって無乳神(ロキ)並みに絶望もとい絶壁だよね、プークスクス』とお客に言われたらしい。春姫(ハルヒメ)は意味がよくわからなかったが、とりあえず傷付いていたらしい。

怒りから泣き上戸に切り替わる遊女——ちなみに種族はダークエルフで低身長——の背中を甲斐甲斐しくさすっていると、彼女は鼻をすすって結論した。

『とりあえず背中でも洗ってやればいいんだよ！　春姫(ハルヒメ)は私よりずっと豊満(デブ)なんだから、全身を使って洗ってやれば男なんて大喜び(イチコロ)だバーカバーカ!!』

何やら恨みつらみも込められていたような気もしたが、とにかく春姫はそんな助言を授かったのである。

「背中を洗う……お風呂で……全身を使って……」

呟く春姫の頬は、赤らんでいた。

「最近、春姫さんの様子がおかしいような……」

たっぷりと湯を張った風呂に、ベルの顎から滴る水滴が落ち、波紋を作った。

時刻は夜。

ダンジョン探索から戻り、夕食も食べ終わったベルは、本拠の男風呂に浸かっていた。

命の意見が取り入れられた、こだわりの檜風呂を贅沢にも一人きり。ヴェルフが食事の後に鍛冶作業をすると言ったためだった。

今も湯口から熱湯が溢れる風呂場全体には、湯気が立ち込めている。

「ずっとこっちを見てる気がするし……雰囲気もいつもと違うし……それで、すごく色っぽいし。な、なにかあったのかな……」

既に春姫にはヘスティアから視姦禁止令を出されたとはいえ昨日の今日だ、ベルは頻りに首を傾げる。その頬は湯の温かさ以外の要素でも赤く染まっていた。

気が付けば絶世の美少女に見つめ続けられている——祖父がいたら『フラグじゃフラグに違

いない！』と言われそうな――経験など持ち合わせていない田舎育ちの少年は、頬に集まる熱を逃がすように顔をブンブンと振った後、湯から出た。

　残しておいた頭を洗って今日はもう出よう、とすっかり温まってしまった体を檜の風呂椅子のもとまで進ませる。

【ファミリア】として稼ぎが増え、いくつも買える余裕ができた石鹸（せっけん）を贅沢（ぜいたく）に泡立てて、髪を洗っていると――カラカラ、と。

　慎ましやかな音を立てて、木の戸が開いた。

「ヴェルフ？」

　何の疑いもなく相棒の鍛冶師の名を呼んで、振り返るベルだったが、

「……いいえ、春姫（ハルヒメ）でございます」

「どエエっ⁉」

　立ち込める湯気の奥に見えた狐人（ルナール）の輪郭に、音速で顔を前に戻した。

「ナンデ⁉　ナンデ春姫（ハルヒメ）さん⁉　ナンデェ⁉」

「その……ベル様のお疲れを労わりたく……お体を洗おうかと……」

「だからナンデそんな発想に⁉」

　湯気の奥で浮かび上がる少女の影に、ベルは目を瞑（つむ）りながら叫ぶ。

　風呂場に異性と二人きりという異常事態（イレギュラー）にベルは即座に退避しようとしたが、なんてこった

い、今は頭の洗浄中！　逃げられない！　圧倒的不覚‼

「も、もう体は洗いましたからぁ⁉」

「けれど、お背中は洗いにくいことでしょう。どうか、春姫に流させてください……」

ひぃいいいっ、とベルは心の中で悲鳴を上げた。

風呂椅子に座ったままの体勢で動けない。顔を少しでも動かせば春姫の裸体が見えてしまうという危惧がベルから選択の余地を奪ったのである。というか、初心過ぎる少年の心身はガチガチに硬直してしまっていた。

ベルに精々できたのは脇に置いてあった布を引っ掴み、腰回りを隠すことくらい。

碌な判断も下せず、胸の中で暴れる鼓動の音に翻弄されていると、

「……？」

いつまで経っても何も起きない状況に、疑問を覚えた。

彼女の気配はすぐ後ろにあるのだが、何故か、湯気の奥でふらふらしている。

羞恥より怪訝な感情が上回り、散々悩んでから、おそるおそる振り返ると……。

「……春姫さん、何で『目隠し』をしているんですか？」

「そ、それは……私はベル様のお体を見てしまうと、意識を失ってしまうので……！」

言葉通り、春姫は目もとに帯を巻き、ばっちりベルの裸を見ないように努めていた。

更に言うと彼女の格好も一糸纏わぬ姿ではなく、ましてや広幅の布を体に巻いただけの扇

情的な姿でもなく、白の湯着（ゆぎ）を着ていた。

極東の作務衣（さむえ）を彷彿（ほうふつ）させる作りで、太腿（ふともも）がばっちり見える程度には丈が短いものの、我等が女神様（ヘスティア）の衣装とどっこいどっこいといったところだ。最悪の事態は免れている。

目が塞（ふさ）がれているため春姫（ハルヒメ）の足取りは危うげで、頭上の耳を揺らしては声を頼りにふらふらと近付いてくる姿は、どこか滑稽だ。

盛大な肩透かし、もとい一気に毒気を抜かれたベルは、がっくりと項垂（うなだ）れないようにするのがやっとだった。

（何も見えなくとも、ベル様のお背中をお流しして、喜んでいただければ……！）

一方で春姫（ハルヒメ）は本気（マジ）である。

ベルとの混浴はおろか、少年ながらも鍛えられた冒険者の肉体を見ることもできない彼女が懊悩（おうのう）の末に考えついた『ご奉仕』であった。この装備（スタイル）でベルの背中をガシュガシュ洗うのである。洗ってみせるのである。

そうこうしているうちに、春姫（ハルヒメ）がベルの背後にたどり着く。

「それでは……お背中を清めさせていただきます」

「あ、はい、どうぞ……」

春姫（ハルヒメ）はまず、ベルの背中が目の前にあることを確かめた。

目隠ししているために視界は真っ暗だ。おそるおそる手を伸ばし、背中に触れながら、顔を瞬く間に赤面させる。

脱力のあまり、つい気のない返事をしてしまったベルも、春姫にペタペタと背筋を触られて緊張が再燃する。

春姫は募っていく鼓動を抑えながら、『ご奉仕』を開始した。

太く長いモコモコの尻尾を胸の前で抱え込み、持参の石鹸を使って存分に泡立てて、ベルの背中に塗りたくる。

「――びえっ⁉　は、春姫さんっ、何をしてるんですか⁉」

「は、はえっ？　私の尻尾で、ベル様の背中を洗っていますが……」

「どうして尻尾で⁉」

「全身を使って洗うものだと、遊郭では教わったのですが……」

目が塞がっている春姫は、ぱくぱくと口を開閉させるベルの様子に気付かず、小首を傾げつつ『ご奉仕』に戻った。うんと力を込めて、前に出した尻尾で器用に少年の背中をごしごしと洗っていく。

堪らないのはベルである。

春姫が柔らかい体の一部（誤字にあらず）を使って、背筋をなぞっては擦ってくるのだ。強すぎず弱すぎず、何とも言えない絶妙な感触をもって。

顔は既に前に戻し、体はガチガチだ。

真後ろにいる春姫（ハルヒメ）のことを直視できない。

泡に濡れた狐のモコモコは一種の凶器であると少年はこの時、初めて知った。

更に春姫（ハルヒメ）は空いている両手も使ってベルの背中を洗い始めた。

ここでも石鹸の泡を装備し、ぬるぬると。

柔らかい尻尾で脇の下（した）や側腹筋をくすぐられ、すべすべとした両手で背中はおろか肩や二の腕を撫でられる。まさかの三点攻撃である。

ついでに少女が懸命に洗うあまり、湯着の奥に隠された豊かに実った胸が時折ベルの背中に当たっていた。

少年にとっては拷問（ごうもん）といって差し支えない羞恥の所業に、ベルは血を吐いて卒倒しそうになった。

（ベル様の背中、こんなに強張って……。洗うだけではなく、按摩（あんま）もした方がよろしいのでしょうか……？　私（わたくし）は、そちらの経験はありませんが……）

そして少年の心中など全く理解できていない春姫（ハルヒメ）は、ベルが知れば絶叫を上げるような次段階（シークエンス・ツー）を考えていた。アイシャをして『エロ狐』と言わせる天然娼婦は、目を塞いでいる状況もあって客観的に今の自分を見れていない。

ただただ、ベルを喜ばせたいだけなのだ。

少年を癒やしてあげたい一心なのだ。

彼に『恩返し』をしたいだけなのである。

だが、

（あら……？　けれど、今、私はベル様の背筋を手で触って……）

そこで春姫は気付いてしまった。

目を塞がれているからこそ気付けていなかった『現実』に。

見るだけでも気絶してしまう男性の肉体に対し、直視するより遥か数段先の行為を現在進行形で犯してしまっていることに。

（今、私が触っているものは、ベル様の背筋、ベル様の肩甲骨、二の腕、骨盤……殿方の肋、首筋、耳裏……と、殿方の鎖骨ぅ…………？）

目を塞ぎながらの秘技という、割と取り返しのつかない現状に春姫が気付いてしまった瞬間

——ブシュ！　と。

「うわっ⁉　は、春姫さんっ……？　何か生温かいものが、僕の背中に……⁉」

「……も、もぅしわけ、ぁりません…………春姫の鼻血が、ベル様のお背中を……」

「鼻血イイイッ⁉」

白状した春姫の言葉通り、ベルの背中には紅い滴が付着していた。

春姫が噴いた真っ赤な鼻血だった。

べったりだった。

割と洒落にならない出血量だった。

「あぁ、せっかく綺麗(きれい)にしたのにっ……早く洗わないとっ……！　春姫(ハルヒメ)のこんな汚いもので、ベル様を汚(けが)しては……！」

「春姫(ハルヒメ)さぁんっ、春姫(ハルヒメ)さぁぁんっ⁉」

片手で鼻を押さえるも、鼻からの出血は止まらず、春姫(ハルヒメ)は朦朧(もうろう)とする意識で赤く染まったベルの背中を洗おうとした。

だが洗った側から鼻血が流れ、どんなに清めようとも少年の背中を紅に染めていく。永劫回帰(むげんループ)である。既に『恩恵』として刻み込まれた主神(ヘスティア)の神血(イコル)を超える量の背徳的な血液が、少年の背中にぶっかけられていた。この日、ヘスティアがもらったベルの『初めて』は春姫(ハルヒメ)によって上書きされたのである。

混乱するベルの悲鳴じみた呼びかけ虚(むな)しく、春姫(ハルヒメ)は拭うことのできない紅い背中を無残にも清め続ける。

地獄絵図だった。

「――――きゅううううう」

「春姫(ハルヒメ)さぁぁぁぁぁんっ⁉　だ、誰(だれ)かーーー⁉」

興奮＋大量出血でとうとう春姫(ハルヒメ)はブッ倒れた。

ベルは背中を赤く染めたまま叫喚(きょうかん)を上げる。

そんな少年の悲鳴を聞きつけて、「何事かー！」とドタドタと激しい足音が鳴り、勢いよく風呂場の戸が開かれる。

「ベル殿っ、何かありましたかっ――ってうわあああああああああ⁉　春姫殿が倒れている上にベル殿の背中が信じられない量の血を流しながら傷付いておられるー⁉　刺客の襲撃ですかー⁉」

「後で説明しますから先に春姫さんをー⁉」

一目見ただけで混乱の極致に至った命を説き伏せる少年の尽力もあり、虫の息と化していた春姫は何とか運び出されるのだった。

背中流し作戦、失敗。

ベルは警戒していた。

「春姫さん、まだ様子が変だったし……また何かが起きるんじゃあ……！」

先日の一件を受けて悲しいかな、どうしても危惧を抱かずにはいられなかった。

例のごとく一人で入っている浴場で、どのような不測の事件が起きても対処できるよう身構えている始末である。

今のベルの集中力はダンジョン内の冒険者のそれであった。だってさっきまで、壁を隔てた女湯に気配があったから……！

が、そんなベルの警戒に反して、先日のような騒動が起こることはなかった。

肩透かしを食らったベルだったが、ほっとしたのも事実だった。

浴場を出て、服を着て、安堵（あんど）したまま風呂場の暖簾（のれん）をくぐる。

――その緩みがいけなかった。

「ベル様……」

「っっ……⁉」

見計らっていたかのように、女湯の戸から声がかかったのである。

肩を揺らし立ち止まったベルは、己の不覚を認めつつ、予想外の異常事態（イレギュラー）にも立ち向かう冒険者の面持ちで、ゆっくりと振り返った。

「――なっ⁉」

だが、そんな面持ちは一瞬で粉々にされた。

なぜならば、戸の陰に隠れるように半身を晒（さら）す春姫（ハルヒメ）の格好は、水を被った着物――もとい『濡れ衣服（シャツ）』だったのである！

「春姫（ハルヒメ）さんっ、その格好は……⁉」

「ええと……その、着替えていた最中、転んでしまって……湯船へと、落ちてしまったのです」

明らかに嘘であるとわかっていながら、ベルは二の句を告げなかった。

その衝撃的な姿に瞳も言葉も奪われてしまったからである。

春姫（ハルヒメ）の着ている服は雪のように白い着物で、それでいて襦袢（したぎ）のように薄手だ。

それが濡れてしまったせいで、布は滑らかな肌にはりつき、体の線が浮き出ている。二の腕や臍（へそ）など、はっきりと透けている箇所もあるほどだった。風呂上がりということで春姫（ハルヒメ）の金の髪も濡れ、首筋を伝っては胸の谷間に滴が落ちていく。

ベルは無意識のうちに喉を鳴らしていた。

幼き日、育ての親である祖父が言っていた『濡れ衣服（シャツ）は至高』という言葉の意味を、少年はようやく理解するに至ったのである。

例のごとく、ベルは熟（う）れた果実のように顔を真っ赤にした。

「はぅぅ……！」

他方、濡れ衣服（シャツ）などという際（きわ）どい格好をしている春姫（ハルヒメ）も、恥ずかしさを抑えきれず戸の陰に半身を隠したままだった。

半濡れ状態の自分を呆然（ぼうぜん）と見るベルの眼差しにもじもじとしながら、その小振りな唇をこじ開ける。

「その、浴場を出て、部屋に戻ろうとしましたら、ちょうどベル様が見えましたので……お、お声がけを……」

無論、偶然ではない。

ベルが入浴して出てくるのを、女湯側で息をひそめて待っていたのだ。

身に纏った着物をしっかり濡らし、耳を澄ませ、くちゅんっ、と時折くしゃみをしながら。

『いいかい、春姫（ハルヒメ）。極東には水も滴るいい女って言葉があるんだろう？　ソレになれ。ソレを実践しろ』

それは先輩遊女その三の教え。

遊郭の中でも『太夫（たゆう）』の地位に上り詰めた彼女は、足繁（あししげ）く通い詰める顧客への食傷回避（マンネリ）の秘訣（ひけつ）を、月が見える窓辺で煙管（キセル）を吹かしながら教示してきたのだ。

『とりあえず濡れろ。濡れた服を着ろ。そうすれば、男どもは興奮するし、喜ぶ。神々の言う萌え（フェチズム）の極意というものだ。だから困った時は濡れろ』

客観的に見れば一理あるようなないような、謎かつ偏見的な意見だが、万策つきかけている春姫（ハルヒメ）には神託にも等しい天の一声である。

濡れた服を着る。

その濡れた体で、殿方の目も潤す。

それが春姫（ハルヒメ）の取った次の『ご奉仕』だった。

赤くなって立ちつくすベルを前に『私（わたくし）は何をしているのでしょう……？』と思わなくもないが、『これもベル様のため……！』と遊女達の教えを信じ抜く。

そろそろ誰かが彼女を止めなくてはならない。

（えっと、えっと……この後はどうすれば……？）

戸の陰から出て、ベルの前に全身を晒す春姫（ハルヒメ）は、羞恥と必死に戦いながらもうろたえてしまった。

ぽたぽたと水も滴るいい女になった春姫（ハルヒメ）を目にしてベルも動けずにいるが、ずっとこのままでいるわけにもいかない。

（あ、後は、殿方が喜ばれるのは確か、膝枕（ひざまくら）だったり、耳かきだったり――）

その瞬間、春姫（ハルヒメ）、閃（ひらめ）く――!!

『濡れ衣服（シャツ）』と『膝枕』。

二つ組み合わせれば、喜びも二倍!!

脳裏に閃光が走った狐人（ルナール）の少女は、咄嗟（とっさ）に少年の手を摑（つか）んでいた。

「あのっ、ベル様…………今から、お部屋へご一緒してもよろしいですか？」

【ヘスティア・ファミリア】団長・ベル・クラネルの本拠（ホーム）の自室は、一人部屋である。

命（ミコト）と同室である春姫（ハルヒメ）の二人部屋と異なり、邪魔が入ることはない。

つまり心ゆくまで『ご奉仕』できる。

完璧（かんぺき）な論理（ロジック）である。完全な論理（ロジック）なのである。

春姫は部屋の中心に座布団を敷き、少年を膝枕していた。

「どうでございますか、ベル様？」

「どう、というか……ナンデこんな状況になってるのかわからないというか……絶対に眠れそうにないというか……」

眼下、赤くなってごにょごにょと喋るベルは部屋の壁を必死に見つめていた。

春姫の方に向いている後頭部が、まるで兎の耳のように白い髪を揺らしている。

己の腿にかかる重みに、ベルを喜ばせる筈の春姫が、嬉しさを感じてしまっていた。

それは愛おしさとも呼べるものだ。

体の内で高鳴る胸の音を耳にしながら、微笑を浮かべ、愛おしげに白い髪を梳く。

それだけで春姫は幸せになり、ずっとこのままでいたいとも思えてしまった。

「どうしてこんなことに……」

片やちっとも顔から熱が引かない少年の呟きに、それは意気地のない君のせいだと突っ込む者はここには誰もいない。目を可哀そうなくらい潤ませる少女を振り解けない見捨てられない君の優しさであり嘆息禁じ得ない愚かさだとツッコむ者は誰一人。

悲しそうな顔を浮かべる春姫の懇願を、ノーと言えないヒューマン代表のベルが断れる筈もなかった。

（う……柔らかい……）

春姫(ハルヒメ)の腿はつき立ての餅(もち)のようだった。

それでいて張りがあり、沈み込んだ先で受け止めてくれる。

片方の頬を埋めるだけでベルは赤面してしまうし、何より濡れた布一枚に覆われた太腿の感触は言葉にできないほど艶(なま)めかしかった。温かな腿の表面に、ひんやりとした水の矛盾した感触。ベルの首筋がぞわぞわとしてしまう。

異性の心をかき乱すという意味で、春姫(ハルヒメ)の閃きはこれ以上なく効果覿面(てきめん)だった。

「それでは、いたしますね……」

更に春姫(ハルヒメ)はたたみかける。

取り出されるのは、急遽(きゅうきょ)準備された木製の耳かき。

『濡れ衣服(シャツ)』と『膝枕』とくれば、残りの『耳掃除』を敢行するのも道理である。

少なくとも少年を喜ばせたい春姫(ハルヒメ)の中ではとっておきの『ご奉仕』である。

ベルが小さく息を呑(の)んだことに気付かないまま、春姫(ハルヒメ)は耳かきを少年の耳にゆっくりと挿入した。

「ううっ……!?」

「痛いですか?」

「い、いえっ……く、くすぐったくって……変な感じで……」

先端のへらが右耳の内側をこする。

こしょこしょと掃除される音。耳を通じて頭に直接響く。たまらない。快感と呼べるものがベルの首筋を走っていく。

（ど、どうしよう……本当に気持ちいい……）

春姫（ハルヒメ）の耳かきはどこまでも優しかった。

決して耳の内部を傷つけたりはしない。子供を安心させるように、時折髪も撫でてくれる。遊女の嗜みとして、耳かきのコツも教わっていた春姫（ハルヒメ）に抜かりはなかった。むしろこれこそが彼女の真骨頂と言わんばかりに、健気な良妻の素質を発揮する。娼婦に落ちる前、まだ幼かった少女は伴侶となる存在にどんな献身を尽くせるだろうと夢見ていたものだ。

「ふーっ」

「っ――」

綿毛のようにふわふわとした梵天（ぼんてん）でもふもふされた後、優しく息を吹きかけられる。

全身という全身を緊張させたベルは、ややあって、くたぁと一気に脱力した。

（き、気持ちよすぎて、頭がおかしくなりそう……で、でもこれで……）

ようやく終わった。

そう安堵したベルだが、

「それでは……今度はこちらを向いてくださいませ」

「えっ？」

「逆の耳をしますので。春姫（ハルヒメ）の方にお顔を」

「えっ？」

片側の耳を残して終わるなど良妻狐が許す筈がない。

中途半端な体勢で頭を起こしていたベルは、この世の終わりのような表情を浮かべ、なされるがまま回転させられた。今度は右の頬を春姫（ハルヒメ）の膝枕に着陸させ、左の耳をこしょこしょされる。

（うっ——⁉）

そして、ベルはそれを見てしまった。

春姫（ハルヒメ）側に顔を向けたことで、見事に透けた彼女のお腹が、臍が、視界に飛び込んできたのである——‼

半濡れで瑞々しい肌、何故かエロく見えるお腹の肉、そして臍（へそ）！

ベルはここで初めて『濡れ衣服（シャツ）』と『膝枕』の真の破壊力を味わった！

脳裏で祖父が『そこを代われ——‼』と絶叫してくるほどの破壊力もとい、絶景がそこにはあった‼

そして耳まで真っ赤になったベルが放心していると——。

「あ、いけない」

「⁉」

耳かきを取り落としてしまった春姫（ハルヒメ）が、上体を折った。

つまりベルは春姫(ハルヒメ)のお腹に食べられた。むぎゅ、むにゅう、ぱくり。

ついで豊かな胸も上から降ってきた。

薄衣に包まれた双丘が形を変え、ベルの左耳に口付けを落とす。

ベルは、この世のものとは思えない柔らかな感触に包まれた。

次の瞬間――ボンッ!!と。

少年の頭は炸裂(さくれつ)した爆弾と化し、意識を断った。

「おーい、ベルくーん！　面白(おもしろ)い本を借りてきたから一緒に読もうぜって何じゃこりゃあああっっ⁉」

半濡れのエロ狐にサンドイッチされて湯気を噴く少年の姿を目撃し、幼女の神の悲鳴が館中に轟(とどろ)き渡った。

◆

「最近の春姫(ハルヒメ)様は何なのですかぁあああああああああ!!」

小人族(パルゥム)の少女の怒号が爆散する。

場所は居室(リビング)。当事者である春姫(ハルヒメ)達以外にもヴェルフと命(ミコト)が集まる中、上着を着せられた春姫(ハルヒメ)

は正座させられていた。

　顔を真っ赤にするリリが容赦なく憤激を浴びせてくる。

「ベル様を誘惑もとい魅了もとい悩殺もとい困惑させてっっ！　ヘスティア様じゃないですが【ファミリア】の風紀を乱しまくりじゃないですかぁ！　最初から要注意危険人物だとは思っていましたが、近頃の行動は目に余ります!!」

　困り顔のヴェルフと命(ミコト)は口を挟むこともできず、春姫(ハルヒメ)はしょんぼりと項垂れるしかなかった。ベルを喜ばせたい一心で行った行動が【ファミリア】にとってよくないことだったとしたら、糾弾されて然(しか)るべきだと受け入れる。

　ちなみにベルも正座をさせられて説教中であり、「ドエロい格好の春姫(ハルヒメ)君と何をするつもりだったんだー！」としっかりヘスティアからお叱りを受けている。

　ガミガミと怒られているベルに「嗚呼(ああ)……！」と罪悪感を抱いて庇(かば)おうとするも、

「これはもう春姫(ハルヒメ)様とベル様は接触禁止です！　半径一〇M(メドル)以内に入ってはいけません！　いいですね、ヘスティア様！」

「そ、そんな!?」

　過熱(ヒートアップ)するリリにそんな死刑宣告を突きつけられる。

　愕然(がくぜん)とする春姫(ハルヒメ)に、小人族(パルゥム)の少女はその小さな指を突きつけた。

「知っていますよ、極東(きょくとう)のエロ狐！　貴方が犯した悪行(ハレンチ)な所業の数々を！　一体何回ベル様を誘惑し、陥れ、悲惨な末路へと誘ったのですか⁉ 恥を知るといいです、この妖狐ッッ——‼」

娼婦を侮蔑する英雄のごとき怒りの台詞に、春姫はガァァァーーーーン‼ と途方もない衝撃を受け、崩れ落ちるのだった。

『それが何だというの、ビルガメス。
私は男が欲しい。愛が欲しい。全てが欲しい。
私の空洞を埋めるには、この世の全てをもってしてもまだ足りない！
ただ、しかし、お前こそが、私の空虚を埋めてくれると思ったのに！』

英雄譚『ビルガメスの冒険』・四章四節バビロンの嘲笑より

2

「あの、リリ……昨日は流石(さすが)に言い過ぎじゃあ……」

おずおずと、ベルは切り出した。

太陽が中天にまで上りきっていない、午前の日差しが館に差し込む中、小人族(パルゥム)の少女は否と唱える。

「いいえ、あれくらい言わなければ天然ド淫乱かつ極東のエロメイド兼『歩く猥談(わいだん)』の異名を持つ春姫(ハルヒメ)様に伝わりません！」

「そ、そこまで二つ名みたいのは持っていないんじゃあ……？」

「持っていてもおかしくない存在ということです！　とにかく、あれでも足りないくらいです！」

渾名(あだな)にしては散々過ぎるくらいに散々な異名にベルが汗を流す。

リリがぷりぷりと怒っているのは昨夜の一件についてだった。

いや、それはただの切っかけで、ここのところ連日続いていた春姫(ハルヒメ)の珍騒動もとい淫(いん)騒乱を見咎(みとが)めてのことだった。

知識に偏りがある元娼婦少女の『ご奉仕』は大抵房中術(アウト)寄りの房中術(アウト)そのもので、ベルを戸惑わせ動揺させ赤面させ絶叫を上げさせるものばかり。昨夜はとうとう『濡れ衣服』と『膝枕』を解禁した挙げ句、『耳かき』からの『胸部サンドイッチ』を炸裂させた。そりゃあベルのお目付け役であり少年命のリリも憤慨する。

ベルともども春姫はそれはもう凄まじい雷を落とされ、今もお互い接触禁止だ。春姫に至ってはベルの半径一〇Ｍに侵入してはならないという罰則まで与えられていた。

全てのことの始まりは、春姫がアイシャに焚き付けられてのことだったが、与り知らないベル達からすれば少女の心の動きに気付いてやれる筈もなく。

主にヘスティアとリリを中心に、【ヘスティア・ファミリア】は荒れていた。

「まぁ、あいつの突拍子のない言動は今に始まったことじゃないがな……」

キーキー喚くリリを他所に、やれやれと片手を首に回すのはヴェルフだ。

今ベル達がいるのは館一階の回廊。春姫を除いて眷族は勢揃いしており、いないのはバイトのため朝早くから飛び出していったヘスティアくらい。

ヴェルフも春姫の天然に振り回された過去を持つ被害者で、彼の場合は『お望みなら夜のご奉仕を……！』などと言われたことがあるほどだ。耳ざとく聞きつけたリリ達の誤解を解くのに苦労した当時を思い出しているのか、鍛冶師の青年は何とも言えない表情で、ベルにもリリにも味方することなく中立を貫いていた。

「春姫殿ご本人に、悪気はないと思うのですが……」

「ないから余計にタチが悪いんです！　無自覚のままベル様にあんなことやこんなことを……！　教育に悪い影響ばかり与えています！」

命が春姫のことを庇うものの、怒り心頭のリリはそんなものを受け付けない。

「お前はベルの母親か」とヴェルフが呆れた眼差しで突っ込みを入れる中、今回の被害者であるベルは、顔を上げた。

「それでも、謹慎だなんて……」

現在地である回廊から視線を上げれば、館の中庭を経由して、三階に位置する春姫と命の部屋が廊下の奥に見える。

春姫は今、あの部屋に一人でいる。

今回の所業を悔い改めるまで、というリリ達が据えた灸である。

別段、鍵をかけて閉じこめているとか、そんな大袈裟な話ではないが――実際朝食などは一緒に食べているし、春姫が出ようと思えばいくらでも部屋から出られるが――ヘスティアは今回の『破廉恥の乱』に関して春姫に反省を促していた。

ロリ神という名が先行して忘れられがちだが、ヘスティアは歴とした処女神なのである。

本拠の中で不純異性交遊が大っぴらに行われているなら、処罰しなければならない身の上だ。

非情になりきれていない分むしろ可愛いものだったが、春姫はベルとの接触を禁止された上に、メイドの仕事まで取り上げられていた。

本来真面目（まじめ）で淑（しと）やかな春姫（ハルヒメ）は衝撃（ショック）を受けてしまい、部屋に引きこもってしまっていた。

「春姫（ハルヒメ）さん、朝ご飯の時も元気がなかったし……」

「甘えさせてはいけませんよ、ベル様！　何をされたのか忘れたのですか！　勘違いだろうとなんだろうと、今後あのようなことはしてはいけないと、しっかり反省してもらわないと！」

　本日のダンジョン探索は休み。

【ヘスティア・ファミリア】にとって久々の完全休養日だ。

今日一日、留守番兼監視も辞さないと豪語するリリの前で、ベルは口もとを弱りきった形に曲げる。

（確かに最近、春姫（ハルヒメ）さんの様子は変だったけど……でも、あんなことをしたのは、もしかしたら……）

目を三階の部屋へと戻す。

ベルは『心当たり』があるように考え込んだ。

そんな横顔を見て、ヴェルフがやれやれと目を瞑（つむ）って笑っていることに、誰（だれ）も気付くことはなかった。

「うぅ～～、春姫はダメダメ狐人でございますぅぅ……！」

ベル達が廊下で話し合っている頃。

当の本人はというと、派手にへこんでいた。

引きこもった自室の布団の上で、めそめそと泣きながら枕を濡らしている。

「ベル様を喜ばせるどころか、ヘスティア様達のお怒りを買ってしまって……きっと私が至らなかったせいでございます……！」

普段の紅の着物を纏い、格好こそ深窓の姫君であるが、その姿は母親に叱られて泣きべそをかく幼児と何ら変わらなかった。太い狐の尻尾が今日ばかりは元気がなく、すっかり萎んでおり、美しい翠の瞳は目尻に涙をためている。

「……励んでいるつもりでも、私は、ベル様や皆様に迷惑をかけているのでしょうか……」

唇からこぼれ落ちた疑問は——いいえ、きっとそうなのでしょう、と。

再び落ちた呟きによって肯定される。

春姫にも自覚はあった。

幼少時代は蝶よ花よと育てられ、父から勘当された後はオラリオで娼婦の仕事を強要される日々。客観的に見ても波乱万丈な人生を送ってきているのだろう。そしてそれは『惨め』と指をさされるくらいには、『普通』とはかけ離れている。

自分の心は子供のまま、体だけが育ってしまった。

春姫（ハルヒメ）はそんな錯覚に襲われることがある。

サンジョウノ・春姫（ハルヒメ）は依然世間知らずで、本質的に何も成長していないのではないかと。

それは自己嫌悪の沼だ。

日常のダンジョン探索でも碌（ろく）な戦力になれていないことが負い目となり、春姫（ハルヒメ）から自信を奪っていく。『切り札』や『最強の妖術師』なんて聞こえはいいが、常に足を引っ張っているなら無能の烙印（らくいん）を押されても仕方がない。

自分はベル達に守られて、迷惑をかけるだけ。

「……淫蕩（いんとう）の娼婦。英雄様に切り捨てられるその時まで、愛が欲しいとねだり、快楽に溺（おぼ）れ、あらゆるものを振り回し……最後には破滅が待ち受ける」

あれは、何の物語だっただろうか。

『娼婦は破滅の象徴』という言葉を謳（うた）う、代表的な英雄譚（えいゆうたん）。

幼い春姫（ハルヒメ）が読んだ物語の中では、やはり娼婦は救われないまま。

最後には英雄に切り捨てられ、追い込まれ、破滅するのだ。

娼婦だろうと見捨てないと、ベルは言ってくれた。しかし、やはり娼婦は——元娼婦である自分は、情けをかけるべき存在ではないのかもしれない。

そんなことを言うのは自分を助け出してくれたベル達に対する冒瀆（ぼうとく）で、決して言葉にできないものだけれど。

今の自分と、物語の娼婦は同じかもしれない。

ベルという愛をねだり、結局ヘスティア達にも迷惑をかけている。

英雄譚の顛末と比べれば遥かに可愛いものだが、嫌悪の沼にはまった今の春姫には決して笑い飛ばすことはできなかった。

現実の自分も、物語の娼婦も、本質的に大差はないのではないか、と。

「……私が嫌いな私に、戻ってしまいそう……」

少女の顔を忘れ、娼婦の呟きを漏らす。

長い睫毛を揺らして、翠の瞳を隠すように目を伏せる。

時計の針が進む。

昼がもう近いだろうか。

部屋から抜け出すことはおろか、立ち上がることもできない。

そんな時――コンコン、と。

「……?」

部屋の窓から音が鳴った。

まるで外から硝子をノックしたかのように。

体を起こし、そちらを見ると――春姫はその瞳を見張った。

なんと窓の外には、白髪の少年が浮かんでいたからだ。

「べ、ベル様っ⁉」

春姫（ハルヒメ）は慌てて駆け寄り、窓を開けた。

命（ミコト）と春姫（ハルヒメ）が使っているこの部屋は館の三階にある。

更に言えば、ここまでよじ登れる手頃な木なども存在しない。

ベルはなんと曲芸師よろしく、片手で屋根を摑（つか）んで、窓の外にぶら下がっていたのである。

「何をなさっているのですか⁉　このお部屋は三階でございます！」

「あはは……Lv.３になったから、できるかな、って試してみたんですけど……」

思った以上に簡単だった、という言葉をベルは苦笑の中に隠す。

地上三階の位置で普段通りの少年の姿に、春姫（ハルヒメ）は焦（あせ）りながら、ちぐはぐな思いを抱いてしまった。

らしくない、とそう思ったのである。

ベル・クラネルは決して目立つ行為が得意ではない。

むしろ苦手なヒューマンだ。

『必要』に迫られなければ、こんな風に冒険者の能力をひけらかす真似（まね）なんてしない。

「春姫（ハルヒメ）さんのことが気になって、見に来ちゃって」

「えっ？」

そんな風に動じていた春姫（ハルヒメ）を他所に、ベルはその『必要』をあっさりと語った。

窓辺に足をかけ、未だ一つ高い位置の視点から、唖然としている春姫を優しく見下ろす。

「春姫さん、すごい落ち込んでいるみたいだったので……」

つまり、ベルは心配してくれていたのだ。春姫のことを。

それに気付くのに要した時間は五秒。

そして、わざわざ会いに来てくれたと気付くのに、もう五秒。

それまで呆然としていた春姫は、顔に朱をそそいだ。

「そ、それでもっ、いけませんっ、ベル様っ！　会ってはいけないと、あれほど言われたのに……このことが明るみになってしまえば、またベル様が叱られてしまいます」

顔を左右に振って、窓の外を窺いながら、声をひそめて訴える。

こちら側の窓は、中庭を始めとした館の内側に面してないとはいえ、外から見れば泥棒よろしく窓辺に居座るベルなど丸見えだ。今も本拠周辺の路上を歩いている一般人がふと顔を上げれば、すぐに気付かれる。そして騒ぎになればリリ達の耳にも入ってしまう。

自分のせいで、ベルがまた叱られてしまうことは嫌だった。

「それなんですけど……う～ん」

「……ベル様？」

「部屋の扉から出入りすると、きっとリリにもバレちゃいますし……」

そんな戸惑う春姫の心情を知ってか知らずか。

ベルは何事かを考え、少し悩んでから、結局やろうと思っていたことを実行しようという、そんな決意の苦笑を浮かべた。

「春姫さん、外へ出ませんか？」

えっ？　と聞き返す前に。

春姫の目の前に、右手が差し出される。

「今日、僕とお出かけしましょう」

手を差し出したベルは、そんなことを言った。

青空を背負い、少しだけやんちゃな、少年の笑みを見せながら。

「僕も、少しは団長みたいなことをしようかなって」

ベルの言っていることは、今の春姫にはよくわからなかった。

しかし目を見開いていた春姫は……やがて、おずおずと。

時間をかけて、あるいは引き寄せられるように、その手に自分の手を重ねていた。

そして。

ベルの手を握った春姫は、不意に気付いた。

それはちょうど、典型的な『お伽噺』の一幕によく似ていると。

お城に囚われる姫君を、まるで英雄が助けにくるような。

自称、心が子供のままの少女は、やはり頬を赤らめてしまった。

わけのわからぬまま、春姫（ハルヒメ）はベルに連れ出された。

リリ達に見つからないよう、ヴェルフの協力も得て館の裏口へと回って。

鍛冶師の青年はベルともども春姫（ハルヒメ）のことを見咎（みとが）めもせず「ああ、行って来い」と笑みさえ浮かべて送り出してくれた。

「べ、ベル様、どういうことなのでしょうか……？」

「せっかくこんなに綺麗（きれい）に晴れてるんですから、春姫（ハルヒメ）さんと出歩きたいな、って。それに、ほら、今日は完全休養日じゃないですか」

未だ状況を摑めていない春姫（ハルヒメ）を、やはりベルは『らしくない』ほど頼もしく連れ立っていった。

普段なら申し訳なさそうに頭を下げるか、丁寧にわけを説明してくれそうなものなのに。

オラリオは賑（にぎ）わっていた。

本拠（ホーム）の館がある都市南西の居住区を離れれば、あちこちから喧騒（けんそう）が聞こえてくる。

目抜き通りであるメインストリートでもないにもかかわらず、街路は亜人（デミ・ヒューマン）達で溢（あふ）れていた。通りの端側を歩く春姫（ハルヒメ）の視界には、なるほど、確かに青い空によく似合う平和な街角がいっぱいに広がっている。

「私と出歩きたい……？　リリ様達とではなく、ですか……？」

紅の着物を揺らす春姫は頻りに小首を傾げてしまう。

疑問符ばかり浮かべていると、流石に強引だと思ったのかベルは頬をかいた後、少し照れくさそうに口を開いた。

「春姫さん、今日までずっと働きっ放しだったじゃないですか。僕達の【ファミリア】に入ってくれた後、本拠の中でも、ダンジョンの中でも」

「えっ？」

「それに初めて会った時、聞きました。オラリオに憧れていたって」

「……！」

「せっかく憧れの街に来たんですから、沢山のものを見なきゃ、きっと損で、もったいないんじゃないかなって思ったんです。だから、団長として、今日まで頑張ってくれた団員さんに息抜きをさせてあげたいというか……ご褒美をあげたいな、って」

春姫は瞳に驚きを宿した。

ベルは春姫のことを思って、気分転換に街を案内しようとしてくれているのだ。

幼少の頃から憧れていた、数々の英雄が生まれてきたこの迷宮都市を。

春姫は何も今日まで自分を押し殺していたわけではない。

ただ春姫は【イシュタル・ファミリア】から抜け出せたことが——娼婦から解放されたこと

が嬉しくて、幸せで、それだけで救われていたのである。そして娼婦の呪縛から解き放ってくれたベル達に、いっぱいの恩を返そうとした。

だからオラリオへの憧れも、ただ単に忘れていただけで。

正確には、買物やダンジョンへ行く途中で目にする都市の様々な光景——鳥籠に閉じ込められていた自分がほぼ見ることのなかった歓楽街以外の景色——だけでも、十分と言えるくらい興奮して、満たされていたのだ。

ベルは、そんな春姫に代わって、彼女の憧れを覚えていてくれたのである。

そして【ファミリア】の団長として、言わば団員への配慮をしてくれたのだ。

「……もしかしたら、余計なお世話かもしれませんけど……」

少し強引に連れ出したことを反省するかのように、ベルが頭の後ろに手を回すと、

「そ、そんなことございません！」

春姫は咄嗟に身を乗り出していた。

ベルは驚きを見せる。周囲の人々も、通りの端で急に大きな声を上げて立ち止まった春姫達に、一度は視線を投げかけた。しかしすぐに興味を失って、歩みを再開させていく。

はっとする春姫は体を縮め、視線を所在なく左右に振った後……ぽつぽつと呟き始めた。

「ご迷惑では、ありませんか？」

「えっ？」

「私が一緒にいると……ベル様を困らせてばかりで……」

それは春姫の正直な想いだった。

負い目でもある。

失敗ばかりする自分自身への自己嫌悪が、深紅の瞳と目を合わせづらくする。

「ベル様のご厚意にはとても感謝しています。本当に、とてもありがたく思っているのです。ですが私は、貴方様にご迷惑ばかりおかけして……」

「……」

「ヘスティア様やリリ様にも叱られてしまいました。世間知らずな私は、いつも失敗してばかりで……」

風呂事件を始めとした先日の騒動について触れる。

目を伏せていた春姫は、恐る恐る視線を上げた。

「……だから、そんな私に……どうしてベル様は、こんな風に優しく……」

最後に口にしていたのは、純粋な疑問だった。

雑踏が春姫達を置いて流れていく。

互いに見つめ合う中、先に目を逸らしたのは、ベルだった。

「えっと……うぬぼれだったら恥ずかしいんですけど……」

もう一度、照れくさそうに頬をかいて、少年は告げる。

「春姫(ハルヒメ)さん、僕のためにしてくれたんですよね？」

「えっ？」

「神様達に怒られちゃったことも、きっと……僕に何かをしようとしてくれて、ああなっちゃったんじゃないかって……」

思いも寄らない言葉に、春姫(ハルヒメ)は瞠目(どうもく)した。

「何をしようとしてるのかは、ちょっとわからなかったんですけど……でも、春姫(ハルヒメ)さんの気持ちは、伝わりました」

熱心に見つめていたり、風呂場で背中を流そうとしたり、濡れ衣服(シャツ)を着て膝枕と耳掃除をしてくれたり。

羞恥と動揺に襲われていた当時のベルにとって、その行動こそ理解の埒外(らちがい)ではあったが、春姫(ハルヒメ)の『ご奉仕』の意味――献身の心は感じていた。

その事実に春姫(ハルヒメ)の体は固まってしまう。

どうして、と呟き返す前に、ベルは先回りして答えていた。

「だって、春姫(ハルヒメ)さんが頑張る時って、決まって誰かのためだから」

胸が、きゅうっ、と鳴った。

頬が熱い。

頭上の耳も。

ベルの言葉も、今もこちらを見ている眼差しも、春姫(ハルヒメ)の胸を揺さぶり、同時に温かくしてくれる。

「だから、迷惑なんかじゃありません。逆に、その、嬉しかったですし」

ベルは幼気(いたいけ)な少年のように笑った。

動きを止めていた春姫(ハルヒメ)は、その笑みに釣られるように、ゆっくりと微笑んだ。

――貴方もそうですよ。

目の前の少年に言い返したかった。

少年が頑張る時だって、今この時のように、決まって他者のためだから。

とても優しくて、不器用で、白い少年。

春姫(ハルヒメ)はベルに勇気をもらったからこそ、誰かのために何かをできるようになった、それだけなのだから。

結局、春姫(ハルヒメ)は言い返すことはできなかった。

その代わり、自己嫌悪とか、負い目とか、そんな感情も消えてしまっていた。

目の前の少年が、いつかと同じように、溶かしてくれた。

「ありがとうございます、ベル様。……とても、本当にとても、嬉しゅうございます」

春姫(ハルヒメ)は今の想いを形にする術(すべ)を知らなかった。

だからその代わり、その返事を差し出した。

「今日、私（わたくし）にオラリオの街を案内してくださいませんか？」

「はい！」

破顔するベルに、春姫（ハルヒメ）もまた笑い返すのだった。


迷宮都市オラリオは巨大である。

その総面積は小さな王国の都（みやこ）など二つ、三つ、楽に収容できてしまうほどだ。一日で隅々まで見て回ることは不可能に近い。

よって、ベルが口にした提案は妥当なものだった。

「今日は春姫（ハルヒメ）さんが見てみたいところ、気になった場所に行ってみませんか？」

ベルと肩を並べて、街路をともに歩いていく。

春姫（ハルヒメ）はそれだけで嬉しかったが、こちらの意思を尋ねてくれる彼の配慮にも喜びを感じてしまい、「はい！」と頷（うなず）いていた。

「僕、地図を持ってきたんです。見所案内図（ガイドマップ）って言うんでしたっけ？　これを参考にして決めてもいいと思います」

ベルは言いながら、腰に下げている小鞄（ポーチ）から巻物（スクロール）を取り出す。

広げられた地図に、春姫(ハルヒメ)は興奮の声を上げてしまった。

「わぁ……！」

円形の都市をホールケーキのように八等分する、八本の巨大なメインストリート。

各区画には色とりどりの建造物が記されており、北西に鎮座する万神殿(パンテオン)――ギルド本部から始まり、北東に当たる工業区の魔石製品工場、東区画の円形闘技場(アンフィテアトルム)や『ダイダロス通り』、南西から南にかけて築かれた歓楽街に繁華街、南西には巨大交易所など、それだけで目を楽しませるほどの有名地点(スポット)が紹介されている。中でも最も存在感を放っているのは、都市中央に描かれる白亜の巨塔『バベル』だろう。

都市の主要な建造物・施設以外にも、【ロキ・ファミリア】の『黄昏(たそがれ)の館』や【ガネーシャ・ファミリア】の『アイアム・ガネーシャ』など、大派閥の本拠(ホーム)の場所までも名所として紹介されている。だが、『観光するのは自己責任』と物騒な注意書きが――団員に諜報(スパイ)として勘ぐられ拘束された時は諦(あきら)めろという警告が――隅に綴(つづ)られている。特に【フレイヤ・ファミリア】の本拠(ホーム)付近。

お金を持った観光客や、旅人の類も、これを見て命懸けの観光はしようとはすまい。何せオラリオは『世界で最も熱い都市』であると同時に、『冒険者がのさばる最も物騒な都市』であるというのも公然の事実なのだから。

「オラリオは本当に広いのですね。私(わたくし)のいた歓楽街が、こんなにも小さいなんて……」

地図を見るため立ち止まり、通りの軒先に寄る春姫(ハルヒメ)は尻尾を楽しげに揺らしてしまう。

この手の地図はギルドで手に入れるのが一般的らしい。ちなみに有料。

迷宮都市に拠点を置こうとする【ファミリア】を始め、裕福な観光客(きぞく)や、あるいは旅人に需要があるとのことだ。

ベルが持ってきた地図はギルドの受付嬢辺りが手書きで作成したのか、色とりどりでわかりやすかった。何より、オラリオを観光地として見て回りたい欲求に駆られてしまう。無機的かつ機能的な一般的な地図というより、見所案内図(ガイドマップ)という表現は確かに相応(ふさわ)しい。

ベル曰(いわ)く、こういった見所案内図(ガイドマップ)はギルド以外にも【ファミリア】でも販売しているところがあり、派閥ごとにギルドとは異なった視点で名所を紹介、解説しているとのことだ。

この見所案内図(ガイドマップ)一つでオラリオの楽しみが変わることもあるだろう。

「リリに聞いたことがあるんですけど、ギルドはダンジョンの資源収集や魔石製品産業以外にも、『観光業』っていう政策も進めてるらしいんです。繁華街の娯楽施設(カジノ)なんかを中心に」

「観光業、でございますか？」

「はい。ダンジョンへ行って帰ってくるだけの冒険者(ぼくたち)からすると、あまり観光地っていう気はしないんですけど……」

ギルドが誘致しようとしているのは資産を持つ富裕層であり、流離(さすら)いの旅人や一般的な【ファミリア】にその施策の矢印は果たして向いているのか、という話はさておき。

オラリオに歴史的価値のある建造物が多々あるのは事実だ。

言ってしまえば、『バベル』を始めとした建物は、神々が降臨を果たした『神時代（しんじだい）』到来の象徴でもあるのだから。

「僕もオラリオに来た時、すごくはしゃいで、色々なところを見て回ったんです。早く【ファミリア】を見つけなきゃいけなかったのに……観光気分で、つい」

広げた地図を持ちながら歩みを再開させるベルは、オラリオに来た直後、ヘスティアとまだ契約する前のことを話してくれる。

見所案内図（ガイドマップ）を見てついつい目移りしていた春姫（ハルヒメ）は、くすりと一笑を漏らしてしまった。

「……ベル様。実は行きたい場所が一つだけ決まっているのですが、よろしいでしょうか？」

「勿論（もちろん）！　何でも言ってください」

快く頷いてくれるベルに、春姫（ハルヒメ）は初めて我儘（わがまま）を言うような面持ちで決意した。

それはオラリオに来たなら一度は行ってみたいと思っていた場所だ。

極東で暮らしていた頃に読んでいた迷宮神聖譚（ダンジョン・オラトリア）を思い返しながら、春姫（ハルヒメ）は告げた。

「私（わたくし）、『冒険者墓地』に行ってみたいのです！」

その要望に。

ベルはきょとんした後、珍しく口を大きく開けて、笑った。

「あははははっ！」

「べ、ベル様？」

突然の笑声に春姫はうろたえる。

目尻を指で拭いながら「ごめんなさい」と謝るベルは、笑みを浮かべたまま告げた。

「最初にオラリオに来た時、僕も真っ先に同じところへ行ったから、おかしくて！」

ベルと春姫の都市観光が始まった。

最初に向かったのは春姫の要望通り『冒険者墓地』。

墓地の奥に立つ漆黒の墓石群――英雄達の記念碑を目にした時、春姫は感激に胸を震わせた。

およそ、初めてオラリオにやって来た過去のベルと同じように。

ベルが道中で買っておいた花を供え、手を組んで黙禱を捧げた後は、他にも色々な場所を散策した。

春姫は『冒険者墓地』に行きたいとは口にしたものの、それ以降は中々行き先を決められなかった。選択肢が多過ぎるというのもあったが、ベルを振り回す羽目になってしまわないか、という思いのせいで踏ん切りをつけられなかったのだ。

そんな迷う春姫を見て、ベルはその都度、

「ここはどうですか？」

「こっちが人気みたいですよ」

「実は僕も行ってみたくて」

などなど提案してくれた。

極東の屋敷で育てられていた頃も、娼婦時代も主体性というものを殺されていた春姫(ハルヒメ)は自分の優柔不断を情けなく思いつつ、ベルの気遣いに感謝し、同時に頼もしさも感じた――ベルはベルで人生初めての案内(アテンド)ということで緊張していたが。

催しがないので閑散としているものの、それだけで壮大な存在感を放つ円形闘技場(アンフィテアトルム)、都市の無所属(フリー)の労働者が多く勤める魔石製品工場、高台に行けば望むことができる【ロキ・ファミリア】の本拠(ホーム)――『長邸(ちょうてい)』という異名を持つ『黄昏の館』。普段は目にすることのない都市の観光名所(スポット)に春姫(ハルヒメ)は感嘆頻りだった。【ヘファイストス・ファミリア】入籍時にヴェルフが使っていた元工房などを見に行っても――ちゃんと主神(ヘファイストス)には断りを入れた――興味はつきなかった。他にもベルのお勧めのもと『聖フルランド大精堂(だいせいどう)』など、彼がオラリオに来たばかりの頃に足を運んだ英霊所縁の場所も見て回った。

都市中央に移動しても春姫(ハルヒメ)の驚きは続く。

ダンジョンへ向かう際に見慣れている『バベル』も、地下にもぐるのではなく『上る』となれば話は別だ。

普段からお世話になっている治療施設や換金所がある二階から三階、【ヘファイストス・ファミリア】の支店が入っている四～八階を越えて、店舗(テナント)として貸し出されている二十階までベル達は昇降装置(エレベーター)で移動した。数多の武具や道具(アイテム)、更にこの『バベル』でしか手に入らない『精霊の護布(ごふ)』など、冒険者や妖術師として見るべきものは数多くあるが、ベル達が見にきたのは、巨大な窓辺から眺望できるオラリオの景色である。

それを目にした時、春姫(ハルヒメ)は「わぁ……！」と詠嘆した。

二十階地点で既に巨大市壁より高い位置にある摩天楼施設(バベル)の眺めは、絶景と呼ぶに相応しい。【イシュタル・ファミリア】在籍時は階位昇華(レベル・ブースト)の存在も含めて徹底的に隠匿され、『バベル』の二階以上に上ったことのない春姫(ハルヒメ)にとって、まさにダンジョンの景色に勝るとも劣らないと言っても過言ではなかった。見所案内図(ガイドマップ)を参考にしたベルも実は初めて来たらしく、物珍しそうに眺めていた。

春姫(ハルヒメ)が知らなかったオラリオの景色の一つ。

円形の階(フロア)を移動して南西の方角を見れば、自分を囚えていた歓楽街があんなにも小さい。

更に都市を取り囲む市壁を越えた先には、雄大な世界が広がっている。

オラリオに来て以来、遊郭の張見世から月を見上げることしかできなかった春姫(ハルヒメ)は、今自分が『世界の中心』にいることに、ようやく実感を持てた。同時に世界がどれだけ広いのかということも。

買物どころか店を冷やかすこともせず、眺めだけを堪能していることに別段文句は言われなかった。冒険者の間でもこの階(フロア)はよく展望台扱いされているらしい。何でも、冒険者関連の専門店が占める『バベル』の中でも二十階隅に出されている――今は『Closed』の看板が垂れ下がっている――気品漂う店は、神々から商人まで幅広く利用する有名な料理店なのだとか。

美しい夜景を眺めながら楽しむ高級ディナーは五〇〇〇〇ヴァリス以上の価値がある。最初は素敵だと思っていた春姫はその価格を聞いた途端、ベルともども「ひえっ」という悲鳴を呑み込んで、すごすごとその場を退散した。

「ありがとうございます、ベル様っ。沢山の場所に連れていって頂いて」

「気に入ってもらえたなら良かったです。でも、実は僕も初めて行くところが多くて……。オラリオにあんな場所があったんだって、ちっとも知りませんでした」

『バベル』を出た二人は気ままに街路を歩いていた。

頭上では、燦々と輝く太陽が中天を越え、西に移りつつある。

季節は夏の直前。

初夏、と言うには少し暑いくらいで、すれ違ってゆく人々の中には汗ばんでいる者も多かった。春姫と同じ獣人達は尾や耳の毛も災いして辛そうだ。薄着になっているのはもとより、氷水で冷やした果汁を飲み歩きしている者もいた。

汗を伝わせながら美味しそうに鳴る喉を、春姫はつい目で追ってしまった。

「僕達も果汁、買いましょうか？」

「えっ？　だ、大丈夫です、ベル様！　私は別に、物欲しく思ってるわけでは……！」

「遠慮しないでください。お金なら僕が出しますから。それに、ほら、もうお昼ご飯の時間は過ぎてますし」

赤面しながらわたわたと手を振る春姫に笑みを投げ、ベルは露店のもとへ向かった。

搾りたての杏子とベリーの果汁、そしてジャガ丸くんを買って帰ってくる。後者はほのかに極東を思い出させる抹茶クリーム味。春姫が何度も頭を下げた後、ちょうど空いていた公園、『アモールの広場』の長椅子に腰かけて昼食を取った。

（なんでしょう、本日のベル様は一段と凛々しく……）

小振りな口でジャガ丸くんを小さく食べながら、春姫はちらちらと隣を見やる。

店で渡された洒落た紙製の管が珍しいのか、果汁を子供のように飲んでいたベルは、春姫の視線に気付き、照れくさそうに微笑んだ。その笑みに一層どきりとして、慌てて目を逸らしてしまう。

やはりおかしい。

いや、おかしくないかもしれないが、ベルが普段の三割増しで格好良く見える。

なんというか、男性らしいのだ。

街に出てから、ずっと先導されている。

一度ダンジョンにもぐれば、たくましい冒険者の顔になるベルだが、今春姫が感じている『格好いい』とはまた方向性が違う気がする。

行動をともにしていて嬉しいというか、大切に思ってくれているのが伝わるというか……。

上気する頬を自覚しながら思考に耽る春姫は、果汁を飲みながら尻尾をもにょり、もにょりとくねらせる。

（春姫さん、楽しめてるかな。今日一日だけは、ヴェルフみたいに頼もしい感じで振る舞えれば……！）

――一方のベルからしてみれば、落ち込んでいた春姫に笑ってほしい一心で最大限気を利かせて、精一杯背伸びをしていた。

あとは春姫を外へ誘う際、たまたま相談した命から「ぜひこうしてください！　ぜひに‼」と懇願されていた。ちなみにその懇願内容とは彼女と千草がタケミカヅチと桜花に望んでやまない女心の『十の秘訣』である。花も恥じらう乙女達がお茶会で語った妄想の産物であり、心強い『参考書』があるからこそベルも先導の真似事ができていた。

応用の類が壊滅的な分、教科書さえあれば基礎に徹底的に忠実になれる。それが弱点にも強みにもなるベルの性質の一つだった。

だから、そんな極東の幼馴染の涙ぐましい『援護射撃』の甲斐もあってか、

「あっ……！」

「春姫さん！　大丈夫ですか？　ここは人が多いですし……ええっと……て、手を繋ぎましょうか？」

「はえっ⁉」

「はぐれたら大変ですし……」

食事の後、人込みに呑み込まれて、はぐれかけた春姫の手をベルの手が包み込んだ。

冒険者の、いや異性の力でぐいっと引き寄せられた春姫は本日一番の紅潮をしてしまった。

手と手が繋がった後も頬の熱は冷めてくれない。あうあう、とまともな発声もできない春姫は結局、こくり、と小さく頷いた。

今も包んでくれている少年の右手に指を絡め、人々で満ちた通りを歩き出す。

（こ、このように、殿方と指を絡めて、ご一緒する日が来るなんて……！）

しかも二人きり！

しかも意中の相手と！

春姫の心臓は高鳴る一方だった。

娼婦に堕ちた時点で叶うことは諦めていた、まるで普通の少女が夢見るささやかな幸せのようではないか。

手の平は湿っていないだろうか、あるいは今の自分は汗臭くないだろうか。そんな取りとめのないことばかり考えてしまう。

（これでは、まるで……『でぇと』のような……）

と春姫はそんな風に考えて、

(こ、これが、『でぇと』……⁉)

次には盛大に赤面した。

意中の殿方と二人きりで街を回る。なるほど『でぇと』だ。

遊郭の先輩遊女や女性陣（ヘスティアたち）の話題で度々挙がる『デート』に違いあるまい！

自覚した途端、春姫（ハルヒメ）の挙動不審振りは加速した。

太い狐の尻尾が先程までより一層くねり、耳が忙しなく揺れ続ける。

顔は茹（ゆ）で蛸（だこ）寸前で、美しい翠の瞳はぐるぐると渦を巻きそう。

自ら繋がっている手を放そうとしてしまって、けれどどうしても解（ほど）くことはできなくて、ぎゅっと握り返してしまう。

鼓動が鎮まらず、その音が繋がる手越しに少年に伝わってしまいそうで、羞恥で倒れてしまいそうな春姫（ハルヒメ）は両の瞼を閉じてしまう。——そんな健気（けなげ）な反応（リアクション）を見て「ぐはー⁉」とか「絶滅危惧種の初心（うぶ）美少女（おにゃのこ）、だと……⁉」とか「これはいいものだ！」とか「ブラボー‼」とか、神々らしき声が飛び交った。

何やら一瞬騒がしくなった周囲に、瞼をうっすらと開いた春姫（ハルヒメ）は、そこで気が付いた。

「あ……」

「……」

ベルの顔もほんのりと赤い。

照れているのか、上気している。

落ち着かない様子で、少し顎を上げ、空に視線を移しがちだった。

人込みで混雑した通りの中、春姫を守るために、必死に羞恥と戦っている。

（もしかしたら、私が気付かなかっただけで……）

館から連れ出してくれた時から、ずっとそうだったのかもしれない。

自分を先導しようとした時から、手を繋いだ今の今まで、ずっと春姫を意識して照れていたのかもしれない。

そう思った瞬間、春姫の胸の音は音色を変えた。

速い旋律はそのままだが、荒波のように激しくない。

むしろ全身を包み込むような温もりがある。

頬から赤みが抜けきらないまま、自分より少しだけ身長が高い少年の横顔を見上げる。

少年は視線に気付いてくれている筈なのに、こちらを向いてくれない。

ただ春姫と同じように頬の赤みが増すだけだ。

春姫は着物の上から、空いている右手で胸を押さえた。

手と手で繋がっている互いの肩の間、その間隔を狭めようと――もっと近付こうと、なけなしの勇気を振り絞って、寄り添おうとした。

が。

『おいおい、【リトル・ルーキー】がまた別の女を連れてるぜ……』

『普段は巨乳のチビ神様と小人族（パルゥム）のガキを連れてるくせに……』

『オマエ【ろりこん】じゃなかったのかよ……』

『俺（おれ）はギルドのエイナちゃんと付き合ってるって聞いたぞバカヤロー……』

『ドルムルとルヴィスが報われねえ……』

『俺は朝っぱらから酒場のシルちゃんとよろしくしてるの見た……』

『俺は【剣姫】が実は兎を囲ってるって噂（うわさ）聞いた……』

『他にも【大切断（アマゾン）】とか……』

『他にも【麗傑（アンティアネイラ）】とか……』

『あとは【千の妖精（サウザンド・エルフ）】が涙目で責任取れって何度も迫ってるって……』

『淫獣じゃねーか……』

『あとモルドの奴（やつ）もお熱だって……』

『それは別にいい……』

周囲から寄せられる同業者の眼差しに、ベルの顔は一瞬で青白くなった。

恨みがましいを通り越して怨嗟（えんさ）が、少年の体を串刺しにする。

状況がわからず「えっ、えっ？」と顔を左右に振る春姫（ハルヒメ）は、ただならぬ空気が満ちつつあることだけは理解してしまった。

ベル・クラネルは、どこへ行っても注目の的だ。

戦争遊戯（ウォーゲーム）の大勝利（ジャイアント・キリング）、そしてその驚異的な『成長』により、今のオラリオで屈指の関心を寄せられていると言っていい。Ｌｖ．３に至った世界最速兎（レコードホルダー）、【リトル・ルーキー】の知名度はとどまることを知らないのである。

そんな注目株の冒険者が道端で、ほんのり甘いラヴな香りなど発散していたら、普通に目立つ。付近を通りがかる人々に即座に察知される程度には。

ベルは汗をダラダラと流していた。

その顔は『誤解です』なんて言葉を叫びたそうにしていたが、もはや亡霊もかくやといった面持ちの冒険者達の空気がそれを許さない。嫉妬（しっと）と羨望と殺意をごちゃ交ぜにした彼等の眼差しは聞き苦しい弁明の余地を奪っていた。春姫（ハルヒメ）も思わず「ひゃっ」と小さな悲鳴を上げてしまうほどだった。

助けて女神様（ヘスティア）。

いや余計な混乱を招く予感がするのでやっぱり治療神様（ミアハ）か武神様（タケミカヅチ）で。

現実逃避しつつ、ベルと春姫（ハルヒメ）が揃（そろ）って右往左往していた、その時。

「なにしてるんだい、お前達」

ざわざわと揺れる雑踏の奥から、アマゾネスの悍婦（かんぷ）が現れた。

「あ……アイシャさん！」

春姫が声を上げるのを他所に、アイシャは長い黒髪を揺らして目の前で立ち止まる。

ベル達より身長が高い彼女は、春姫が事情を話す前に、しげしげとこちらを眺め、

「……へぇ」

と、猫のように目を細めた。

春姫に流し目を送りながら、『やるじゃないか』と視線で訴えてくる。

しっかりベルを『誘惑』、もとい喜ばせようとした結果こうして『デート』紛いのことに辿り着いた春姫を褒めているのだろう。

正確にはベルが誘ってくれたおかげなのだが、アイシャの言わんとしていることがわかった春姫はつい体を縮めて、もじもじと手をすり合わせてしまった。

「で？　アンタは何でそんな酷い顔色をしているんだ？　ベル・クラネル」

「じ、実は……！」

春姫から視線を移すアイシャに、ベルは身振り手振りを交えながら説明した。自分でも何故こんな事態に陥っているのか理解できていない話し方だった。

春姫自身も助け舟を出して話を補完しようとするが、「急にダンジョンでモンスターに囲まれた挙句一歩も動けず膠着した状態みたいになって……！」「まるで命様が誰彼構わず女性の頭を撫でるタケミカヅチ様の御手を目撃してしまったような状況に……！」などなどベルとともに支離滅裂な内容となってしまった。

けれど、さすがアイシャと言えばいいのか「あーあー、わかったわかった」と面倒くさそうに手を振る。

「要は、ここにいるのが気まずいから、どこか人のいない場所に行きたいってことだろう？　襲いかかられる心配がない場所に」

「そ、そうです！」

食いつくように肯定するベルに対し、アイシャはしたり顔を浮かべた。

誘導するのも容易（チョロイ）、そんな顔だった。

「私にいい考えがある。少し待ってな」

そう言って、アイシャはいったんベル達の前から離れる。

行方（ゆくえ）を追うと、彼女が足を向けた先には変わった格好をした兎人（ヒュームバニー）の少女がいた。白を基調に青の線（ライン）が所々に走る服は、まるで水夫のそれのようだ。被った帽子からは長い耳がはみ出ている。彼女は往来する人々を呼び止めては何かを販売していた。

アイシャは声をかけるなり交渉を始め、二枚のヴァリス金貨を指で弾（はじ）き、にこやかに笑う相手から切符（チケット）らしきものを買い取る。

「そら、やるよ」

「アイシャさん……これは？」

戻ってきたアイシャに二枚の切符（チケット）を渡され、春姫（ハルヒメ）は戸惑った。

手書きなのか、船と櫂（オール）の絵が描かれている。

「オラリオでは珍しい遊覧ツアーさ」

「ゆ、遊覧？」

アイシャは唇をつり上げた。

「客船（クルーズ）観光、ってやつさ」

◆

それはオラリオの西区画を中心に流れている。

南西部に広がる交易所に網を張るように錯綜（さくそう）し、太陽の光をきらきらと反射する青い水面。

雄大な水路である。

「遊覧船つあー、というものは初めてです。ベル様は、ご経験はありますか？」

「いや、僕も初めてです……。水路を進んでる船は、これまで何度も目にしたことはありましたけど……」

場所を教えられた春姫（ハルヒメ）達は西区画の水路まで足を運んでいた。

巨大市壁に囲まれているオラリオであるが、地下水路を中心に水の流れは活発だ。都市北部にそびえるベオル山地から流れる河川は都市を掠（かす）め、都市南西の先にある港街（メレン）——汽水湖に繋がる。オラリオはこの河川を利用して水を引き、更に下水を排水していた。そもそも水路の原型は『古代』にいたとされる水の大精霊によるもの、とも言われている。

多くの水路が都市の景観の中に溶け込んでおり、旧【アポロン・ファミリア】の本拠（ホーム）、つまり新生【ヘスティア・ファミリア】の館の近くにも小さな湖が存在するほどだ。

そんな水の流れを利用して開かれているのが、客船観光（クルーズ）である。

「橋の下に、このような船着き場があるなんて……」

「お城の抜け道……秘密の地下水路みたいにも見えますね」

石造りの橋の内部にもぐるように階段を下りると、そこには水路に沿った地下隧道（トンネル）が存在した。春姫（ハルヒメ）の言葉通り、木板でできた船着き場が設けられており、中々どうして長い行列がベル達のいる階段まで続いている。

ちょっとした秘密基地然（ぜん）とした雰囲気に春姫（ハルヒメ）がつい目を輝かせてしまう中、ベルはというと戦争遊戯（ウォーゲーム）前、【アポロン・ファミリア】との抗争の中でヘスティアと散々逃げ回って辿り着いた先も水路だったことを思い出し、何とも言えない苦笑いを浮かべてしまった。

行列は意外と早く進んだ。兎人（ヒュームバニー）の売り子と同じ水夫の格好をした狸人（ラクーン）の少女に切符（チケット）を見せ、先に通される。ちょうど一隻、客船観光（クルーズ）を終えた船が戻り、降りる客と入れ替わりに乗り込むことができた。

「春姫（ハルヒメ）さん、手を。気をつけてください」

「あ、ありがとうございます……」

揺れる船に転びかけた春姫（ハルヒメ）に、ベルが手を差し出す。

何度目かもわからない赤面を味わいながら、少年の手を借りて船に乗り移った。切符（チケット）代も払ってもらったのだし、後でアイシャにお礼を伝えようと、春姫（ハルヒメ）は心に決める。

「えー、みなさん。しっかり乗りましたかー？　それでは短い時間ではございますが、オラリオ遊覧船の旅に出発しまーす」

気の抜けた船頭の声のもと、客船観光（クルーズ）は始まった。

春姫（ハルヒメ）達が乗った船は小型船。幅は小舟（ゴンドラ）二隻分といったところで、鰐（わに）の飾りが施されていた。

船の両端には二つずつ座席が並んでいる。隣り合って座ればベルの肩と何度も触れ合ってしまう距離感で、春姫（ハルヒメ）はここでも心臓の音に翻弄されてしまった。

「私は今回の船頭を務めさせて頂く【セベク・ファミリア】のエナと申しますー。えっ、そんな【ファミリア】知らない？　ですよねー、そうですよねー。ずっと前にオラリオでブイブイ調子に乗って、セト様とかオシリス様とかと一緒に化物集団（ゼウスとヘラ）とドンパチして派閥戦争に負けた【ファミリア】なんてー。ひとまず落ちぶれた弱小派閥くらいの認識でオーケーでーす」

エナと名乗った船頭の少女は、健康的な小麦色の肌をしたヒューマンだった。

どこかマイペースで、獣人の少女達とは異なり水夫の格好ではなく、砂漠圏を彷彿とさせる薄手の衣装を着ている。

「私も一応冒険者の端くれですがー、ダンジョンの奥までもぐって危ない目に遭うより、日々の安全というものを心がけておりましてー。主神様には怒られますけどー。とにかく安い収入を補うため、こうして仲のいい娘達に雇われて、お小遣いを稼がせてもらってますー」

それはつまり、『副業』ということだ。

探索系【ファミリア】の一員でもそういう働き方があるのか、と世間知らずの春姫は感心する思いだった。恐らく、水夫の格好をした少女達が客船観光を運営する商会で、懇意にしているエナは冒険者依頼要らずで仕事を回してもらっているのだろう。

冒険者依頼の報酬から、『ギルド』が仲介料を引いているのは周知の事実だ。少しでも取り分が上がるなら、依頼者から直接依頼を受けるのは道理だろう。

「もしものこともあるので、私みたいな冒険者が皆さんをお守りするというわけですー。ここはオラリオ！　ですからねー。何が起こるかわかりませーん。はい、ということで、くっちゃべってないでお仕事しますねー」

エナと合わせて二人、船の前と後ろにいる【セベク・ファミリア】が大きな櫂を漕ぎ、遊覧船は進んでいく。操縦は慣れたものなのか船は全く揺れず、快適そのものだった。

水路は長く、時には曲がりくねり、同じ船が五隻並んでも悠々とすれ違うことができる程度には幅広い。

青空からそそぐ陽の光を浴びて、水面は輝いている。

じゃぶ、じゃぶ、という水を切る櫂(オール)の音も妙に心を弾ませた。

水の上を進んでいるだけなのに、普段見慣れている筈のオラリオが、異国のように感じられる。

「この水路は、神様が降臨なされた千年前から築かれていたらしくー。つまり皆さんは大昔の人々と同じ視点でオラリオを見て回れるというわけですねー。あ、ちなみにそこの橋の破壊痕、主神様(セベク)が言うにはン百年前に【ゼウス・ファミリア】との抗争でついた傷だそうですー。やばいですねー。怖いですねー。本当か嘘(うそ)か知りませんがー」

間延びした口調とは裏腹に、さらりとすごい説明も織り交ぜてくる船頭(エナ)はきっちり案内者(ガイド)の役も務め、乗船した客々を飽きさせなかった。

春姫(ハルヒメ)とベルも時には驚かされ、時にはオラリオの知らない歴史に感嘆する。

さらりとオラリオに存在した過去の英雄にも触れられ、何故アイシャがここを紹介してくれたのか、英雄譚好きの春姫(ハルヒメ)はわかったような気がした。

「みなさん、もう英雄橋には行かれましたー？　生憎(あいにく)今回の進路(コース)はあそこの下まで行きませんが、私的にオススメですよー。実在した英雄様の像が並んで、めっちゃカッコイイですからー」

客の多くは都市に立ち寄った旅人のようで、安価な客船観光(クルーズ)は彼等の懐(ふところ)にも優しいのだろう。吟遊詩人の歌にも負けないほど刺激を頂戴し、ベル達と負けず劣らず関心を滲(にじ)ませている。

それは知的好奇心と言ってもいい。

『世界の中心』とまで謳(うた)われている迷宮都市に更なる興味を持ってもらう。

オラリオを知ってもらう。

ダンジョンばかりが有名になっているが、このような方法(アプローチ)もあるのだと、春姫(ハルヒメ)は感心させられるばかりだ。

「オラリオに憧れるだけだった私(わたくし)のような者も、こうして都市の歴史を身近に触れることができる……とても素晴らしい試みですね」

「はい、僕もそう思いました」

水の香りに鼻を撫でられ、耳を船頭(エナ)の声にくすぐられながら、春姫(ハルヒメ)とベルは笑い合う。

この客船(クルーズ)観光の事業を立ち上げた少女達は、オラリオのことが好きなのだろう。きっとそうに違いない。

春姫(ハルヒメ)は目を細め、蒼く美しい水面に、優雅に手を浸す。

「あ、そこの狐人(ルナール)さーん。あまり身を乗り出さないでくださいねー。オラリオは結構物騒なので、下水道に住み着いたモンスターが、こんな平和な水路にも顔を出してきたり――」

その時だった。

まるで船頭(エナ)の忠告と示し合わせたように、水の奥から『黒い影』が一気に浮上したのは。

「「あ、やべ」」

と船の前後で船頭(エナ)達が呟いた瞬間。

巨魚のモンスター、『レイダー・フィッシュ』が勢いよく水面を突き破った。

『オオオオオオオオオオオ!!』

「こんっっ!?」

目の前に出現する魚のモンスターに、春姫(ハルヒメ)は素(す)っ頓狂(とんきょう)な悲鳴を上げる。

秒を待たず迫りくる鋭い牙(きば)に、思わずぎゅっと瞼を瞑る——その直前。

モンスターよりも、春姫(ハルヒメ)よりも、そして船上の誰よりも速く、その『冒険者』は漆黒のナイフを閃(ひらめ)かせた。

「ふッッ!!」

『ギョアァ!?』

護身用に帯刀していた《ヘスティア・ナイフ》を抜き放ち、ベルが巨大魚(レイダー・フィッシュ)を斬断する。

目を見開く春姫(ハルヒメ)の眼前、船縁に立って彼女を庇う少年の背中。

流れる血で水路を紅く汚すことも許さない。

小粒より小さい『魔石』を見事に斬り裂き、モンスターは灰の塊となって、ゆっくりと水底に沈んでいった。

「——はーい、拍手ー!!　さすがオラリオ、さすが冒険者、さすが【リトル・ルーキー】！

物騒な迷宮都市も、こんな風に素晴らしい冒険者がいれば一安心というわけですねー!!」

ベルの正体を見抜くや否や、船頭(エナ)はまるでモンスターの襲撃も客船観光の催し(クルーズ・イベント)の一環だったかのように——自分の失敗を誤魔化すように——振る舞った。

まさかの出来事に硬直していた他の客も、「お、おおおおっ！」と歓声を上げて手を叩く。

第二級冒険者の戦う姿を目の前で拝めたせいか、一様に興奮していた。

それだけではない。

一段視点の高い岸で一部始終を目撃していた人々までもが、やんややんやの喝采を上げる。

周囲で巻き起こる拍手喝采の渦に、ベルはぎょっとした後、何度も頭を下げ始めた。

呆然としていた春姫は、おもむろに顔を綻ばせる。

そして、頬を薄紅色で彩った。

誰よりも速く自分のことを守ってくれたベルの勇姿にも、今もぺこぺこと頭を下げているおかしな少年の姿にも、どうしようもない愛しさを覚える。

「……ありがとうございます、ベル様」

「あ、いえっ。怪我はないですか、春姫さん？」

他の客に促され立ち上がった春姫に、船縁から下りたベルが微笑みかける。

春姫は思わず少年の手を両手で握っていた。謝罪と感謝、そして愛しさを込めて。

ベルは一度恥じらい、だがすぐにまた笑い返してくれる。

——私は男が欲しい。愛が欲しい。全てが欲しい。

——私の空洞を埋めるには、この世の全てをもってしてもまだ足りない！

確か、英雄譚の娼婦はそんなことを言っていた。

春姫もきっと心の奥底では、大切な人が欲しかった。

愛が欲しかった。

絶望を埋めてくれる何かに飢えていた。

けれど春姫の空洞を埋めるには、この世の全てなんて必要なくて、およそ目の前の少年と、仲間の想いだけで足りるのだ。

彼が微笑んでくれれば。

命が、アイシャが、大切な人達が笑ってくれれば。

今にも救われた気持ちになって、春姫は美しい笑みを湛える。

見つめ合い、笑い合う二人は、まるで小舟の上で式を挙げる花嫁と花婿のようだった。

「オラリオ船上結婚式、いいですねー。今度こういう企画も組んでみましょうー」

などと着想を得る船頭は抜かりなく拍手をし、船の上も外も祝福の声一色となる。

周囲から頻りに吹き鳴らされる口笛と歓声に、春姫は面食らいつつも多幸感に包まれている
と――

「ああああぁぁーーーーー!?　ベル様、春姫様ーっ！　館からいなくなったと思ったら、何してるんですかぁ――――ツッ!!」

その『幸せの時間』はあっさりと終わりを告げた。

「やっとバイトの休憩だー、ってなんじゃこりゃあああああああああ⁉　ベル君と春姫（ハルヒメ）君が謎（なぞ）の祝福ムードォォォォォ⁉」

　春姫（ハルヒメ）達がいなくなったことに気付いた小人族（パルゥム）の少女、そしてバイトに精を出していた幼女神（ロリがみ）がその光景を目撃し、

「ベル……？」

「どうしたの、アイズー？　って、あ！　アルゴノゥト君だー！」

　金髪金眼の少女と天真爛漫（てんしんらんまん）なアマゾネスがたまたまその場を通りかかり、

「ねぇリュー……あれってベルさんだよね？」

「……ええ、シル。貴方以外の異性と手を取り合っている、クラネルさんです」

　買い出し途中だった酒場の街娘とエルフの少女が不穏な会話をしながら足を止め、

「べ、ベル君……？　な、なにをやってるの……⁉」

　騒ぎを聞きつけたハーフエルフのギルド職員が唖然と立ちつくす。

　全ては春姫（ハルヒメ）達を祝福する喝采が呼び水になってしまったのか。

　騒ぎを聞きつけ、少年と交流を持つ美女・美少女達が集結を果たす。

　水路に浮かぶ船を中心に、綺麗（きれい）に囲まれたベルは、無意識のうちに血の気を失っていた。

　同時に春姫（ハルヒメ）も空気の変化に気付き、息を止める。

――四面楚歌（しめんそか）。

己の脳裏に過ぎった四文字の言葉は、決して間違いではないと、そう確信してしまった。

『私はお前を斬り捨てねばならぬ！

海底（うなぞこ）に沈む真珠のように美しかろうと、罪を知らぬ子供のように無垢（むく）だとしても！

真実その身に怪物を飼っているのならば！

おお、神々よ、ご照覧あれ！　我が剣が淫蕩の女王に鉄槌（てっつい）を下す、その時を！』

英雄譚『ビルガメスの冒険』・四章五節ビルガメスの決意より

3

異様な空気が流れていた。

うららかな空からそそぐ、暖かく、それでいて平和な日差しを他所に、不自然な沈黙が発生している。

幼女神、小人族の少女、ギルドの受付嬢、ヒューマンとアマゾネスの第一級冒険者、最後に酒場の街娘とエルフ。

可憐な、あるいは麗しい彼女達の視線が向かう先は、水路に浮かぶ一隻の船だった。

正確にはそれに乗船し、石像のように固まる一人の少年だ。

女神達に穴の開くほど見つめられているベルは、青ざめていた。

「……ひっ」

何だかよくわからないけどあまりにも息苦しくて息を吸おうとした筈が、壊れた笛のような音が漏れ落ちる。

ベルはこの感覚に覚えがあった。

そう、この感覚はダンジョンで遭う絶体絶命……！

（……よくものを教えてくれたお姐さんが、お熱を上げていた殿方に、私が指名された時の雰囲気と酷似しております……！）

　一方、その隣にたたずむ春姫もまた、臀部から生える尻尾をびぃん！　と緊張させていた。

　現状は理解できていないが、とてもよろしくない状況であることは悟れる。

　そう、まだ娼婦になって浅かった頃、先輩の遊女が『寝取られた……！』とばかりに張見世から指名された春姫を睨んできたのである。親の仇を見るような目付きで。

　既視感のごとく当時の光景と今の状況が重なり、春姫はガタガタと震えてしまった。

　今もベルと二人で繋ぎ合っている両手が――小舟で挙げる船上結婚式よろしく繋ぎ合っている互いの手が――今はとても冷たい。周囲から視線が殺到している。主に女神とか小人族とか街娘とか妖精とか受付嬢の辺りから。

　紛うことなき『修羅場』である。

「えー、何やらよからぬ波動が渦巻いていますが、私は知ったこっちゃないので客船観光を続けさせてもらいますー」

　遊覧船の船頭を務める【セベク・ファミリア】の少女は、素知らぬ顔で櫂を漕ぎ始めた。

　どんぶらこ、どんぶらこー、と小型船が水路を進んでいく。

　そして、こちらに視線をそそいでくるヘスティア達は、水路に沿った岸を進んで、すすす、と追跡してきた。

　ひいっ、と思わずベルが悲鳴を上げたのを皮切りに、美女美少女達からの口撃が始まる。

「ベルくぅううううううううううんっ！　春姫(ハルヒメ)君と何よろしくしてるんダァァァ⁉」

「か、神様っ、僕達客船観光(クルーズ)ってやつをしてるだけで……⁉」

「みんなに内緒で二人っきりキャッキャウフフな客船観光(クルーズ)ですってーーーー⁉　『リリがベル様とこっそりやってみたい二十のこと』の一つをこうもあっさり！　なんて羨(うらや)ましけしからんことをぉぉぉ――――‼　許しませんっ、許しませんよこの泥棒狐(ぎつね)ッ‼」

「そんなこと言ってないからリリィ⁉　あとなんかすごい怖いよ⁉」

「ベル、遊覧船に乗ってるの……？」

「はいっそうなんですアイズさんっっっ！　だから別に変なことはしてないんです！」

「何だか面白(おもしろ)そうだし、あたしたちも飛び乗ろっか、アイズ！」

「危ないから止めてくださいティオナさぁぁぁぁんっ！」

「いいなぁ、ベルさん、春姫(ハルヒメ)さんと一緒に小舟(ゴンドラ)の上で予行結婚式(プレ・ウェディング)なんて～。羨ましいな～。熱々だな～。嫉妬(しっと)しちゃうな～」

「誤解な上にこの場をこれ以上混沌(こんとん)にしないでくださいシルさぁーんっ⁉」

「吠(ほ)えるな」

「ヒエッ」

「わ、私はベル君の私生活(プライベート)にまで口を挟むつもりはないけど……。で、でも、そうっ、アドバイザーとして注意はしておかないといけないっていうか、とにかく君はもうちょっと上級冒険者として自覚を持たないとダメ！　じゃないとこんな風に注目を買ってまた余計な噂を――(以下延々と続く説教)」

「お願いですから水路でお説教は勘弁してくださいエイナさぁあああああんっ⁉」

　岸から放たれる叫喚に対し、船の上で必死に弁明を返す少年の光景はこれでもかと目立ち、「新手の痴話喧嘩か？」と周囲の注目をこれでもかと買った。

　春姫も何とかベルを庇おうとするが、

「へ、ヘスティア様っ、リリ様っ、これにはわけが――」

「「黙らっしゃい‼」」

「こぉん⁉」

　と封殺される始末だった。

　派閥の身内を中心にギャーギャー騒ぎまくるベル達に、船の同乗者達の傍迷惑そうな視線が殺到する。

「周りがめちゃくちゃ騒がしいですがー、これもオラリオ名物『冒険者とそれにまつわる異性事情』ということで無理やり納得してもらえるとー。無理ですかー？　無理ですよねー。でもまぁ実際色々な女性に手を出す冒険者の末路なんて惨い、もとい切ないものでしてー。私が知っている話ですと同じ【ファミリア】の同僚にめった刺しにされた後、回復薬と万能薬を山程用意した行きつけのお店の治療師の子に監禁されるというオチがー」

「恐ろしいから止めてくださいッ!!　あと僕どなたにも手を出してませんからァ！」

「主神の女神様はゲラゲラ笑い過ぎて呼吸困難になり天へ送還されたそうですー」

「だからヤメテェ!?」

櫂を漕ぎながらマイペースに語る船頭に涙目で叫ぶベル。実際誰とも二股以上のことをしていないのに少女の話と同等、あるいは上の『修羅場』を迎えつつあるのが悲惨であった。

春姫もあわあわと慌てていると、

「あ、長めの隧道くぐりまーす」

船頭の呑気な呼びかけとともに、船は石造りの隧道に差しかかった。

必然的に水路と並走する岸は途切れヘスティア達はベルを追跡できなくなる。「トンネルの出口へ先回りだーっ！」と凄まじい喧騒がドタドタという足音とともに遠ざかっていく。

僅かな猶予を手に入れたベルと春姫は、やはり青ざめた。

（ヘスティア様達は誤解されておられますが、このままでは……怒られますっ。必ず怒られてしまいますっ！　部屋から出てはいけないと言われたのに、春姫はベル様と一緒にあんなことやこんなことを……！　きっと根掘り葉掘り聞かれた後、お仕置きと称して『最大の恥辱』と言われる女体盛りをベル様の前で……はわわわわっ……！）

ブルブル震える春姫は状況を理解できずとも、自分が辿るだろう末路は察した。

妄想する内容は何故か卑猥だったが。

ぎゅっと目を瞑って今も繋いでいるベルの両手をここでも、ぎゅうっ、と握りしめる。

ベルはベルで、春姫に抱きついてガタガタブルブル震えたい心境だったが。

「……春姫さん、逃げましょう……！」

「はえっ⁉」

「なんだかよくわからないですけどこのままだとまずいですっ……！　きっと……！　はっきりしていることは、船着き場で押さえられるってことです……！」

下船したところでヤられる、もとい取り押さえられるっ、と勘を働かせる少年は、なって半年も経ってないとはいえ、冒険者だった。

そして、その先読みは正しい。ベルの言い分に春姫は息を呑んだ。

しばし見つめ合っていた二人は、ばっと揃って振り返る。

船頭のエナは何を考えてるのかわからない表情で、器用に櫂を漕ぎながら、グッ！　と親指を上げてきた。

途中下船許可である。

「生きてたら私にご飯おごってくださいねー、【リトル・ルーキー】。迷惑料としてー」

「死にませんよ⁉　でもわかりましたっ、次に会った時に必ず！」

「あと、もしよかったら今度デートして、あわよくば囲ってもらってもうダンジョンに行かなくていいくらい豪遊させてくださいー。私、体は貧相ですが、自称尽くす女ですのでー。あ、主神様（セベク）には内緒でー」

「なに言ってるんですかぁ⁉」

「か、囲う⁉　愛人⁉　べ、ベル様もやはり殿方だから致し方ないこと……⁉」

「春姫（ハルヒメ）さんも真に受けないでくださぁーい⁉」

自由気儘（マイペース）過ぎて勝手なことをのたまうエナに悲鳴を上げては、赤面する天然狐に泣き喚（わめ）くベル。気力（マインド）がガリガリ削り取られる少年は、堪（たま）らないと言わんばかりに素早く下船する。

春姫（ハルヒメ）を横抱きに抱え、跳躍。

トンネル内の左右に設けられている側道に着地する。

頑張れよー、生きろー、と無性に泣きたくなる声援を背中で聞きながら、下ろした春姫（ハルヒメ）とともに階段を駆け上がる。

「と、とりあえず水路は避けて、別の区画に……！」

手をしっかりと繋ぎ、街路に繋がる木製の扉を開ける。

賑（にぎ）わう雑踏を見回し、ヘスティア達がいないか確認して、人込みに紛れることで現在地の都市西区画から脱出を図ろうとした。

「みなさーん！　ベルさん達はここにいますよー！」

「ふぁ⁉　シルさん⁉」

が、速攻で捕捉された。

驚く春姫(ハルヒメ)とともに背後を振り返ると、なんとそこにはベルの索敵の死角——商運を司る女神像の裏に隠れていたシルがいた。

まさにベル達が船から下り、この場所から出てくることを読んでいたかのような配置(ポジショニング)であった。ついでに彼女の側には影の従者のごとく控えるエルフの店員の姿が。

魔女を彷彿(ほうふつ)とさせる勘の鋭さを持つ良質街娘には、兎(うさぎ)の行動を見抜くなど赤子の手をひねるより容易(たやす)いことだったのである！

「ベルさんがー！　綺麗(きれい)な狐人(ルナール)の方とー！　手を繋いで駆け落ちしようとしてまーす！」

「シルさぁん⁉　なに言ってるんですかぁー⁉」

ダンジョンで敵(モンスター)にやられるとキツい『仲間を呼ぶ』をあっさりとやってのけるシルに、ベルは絶叫を上げるしかない。

ニコニコと笑っているのにあの笑みが一番怖い。

汗を流すベルの直感は正しかった。

ほどなくして、彼女の声を聞きつけた刺客が駆けつける。

「あ、ほんとだー！　アイズ、アルゴノゥト君ここにいたよー！」

「ベル、どこに行くの？」

「そこにいましたかベル様、春姫(ハルヒメ)様ーっ！」

「船を捨てるとはちょこざいなベルくーんっ！」

「か、駆け落ちって何⁉　ベル君！」

「ひっ、ひぃいいいいいいいいいい⁉」

現れる自分より年上のお姉様達。瞬く間に構築されようとする包囲網。

逃げ道が塞(ふさ)がれる直前、ベルは咄嗟(とっさ)に、空いている北側へと進路を取った。

「あーっ⁉　ベル様が春姫(ハルヒメ)様を抱えて逃走しましたー！」

追走してくる気配をひしひしと感じながら春姫(ハルヒメ)とともに逃げる。

素直に捕まって誤解を解き、謝った方がいいのではないか——そんな考えも過(よぎ)るが、良質街娘のニコニコとした笑みを目にした瞬間、そんな希望的観測は粉砕された。何故かは知らないが多分怒っているシルに引っかき回され場が今以上に超混沌(カオス)と化すことが想像できてしまった。

そしてそれは、シルのことをまだあまり知らない春姫(ハルヒメ)も同様だった。

今は逃げるしかない——‼

目を合わせたベルと春姫(ハルヒメ)は思いを一つにする。

【アポロン・ファミリア】との抗争、歓楽街での貞操を守る戦い、その他枚挙(エトセトラ)に暇がない。

ベル・クラネル何度目とも知れない、闘走劇(とうそうげき)の始まりであった。

「ベル様ぁぁぁぁ！」

西の区画から北上し、多くの無所属の人々で賑わう北西の区画を目指す。

そんな中で、最初の刺客は小人族の少女だった。

追手はそれぞれのルートに散らばっていた。

愚直に後を追いかける者、冒険者の足には敵わないと踏んで先回りをする者、既に息を切らしてクタクタになっている女神、新発売のジャガ丸くんを見つけて足を止める第一級冒険者達、恐るべき俯瞰の視点をもってニコニコ笑いながら盤面を支配する街娘、そしてそのお付きの妖精。

ここにベルと春姫を陥れる『六巴の陣』が完成したのである。

「春姫様は謹慎中だというのに何をしてるんですかーっ⁉　まさかベル様が連れ出したんですかー⁉」

「リ、リリ聞いて⁉　春姫さんはずっと頑張ってたから、息抜きが必要なんじゃないかって……！」

「だからって二人で内緒で出かけるなんて許せるわけないでしょうがぁー‼　リリはお二人の恋の逃避行を燃え上がらせる小悪党になった覚えはありませんッッッ‼」

「本当にさっきから何言っているのリリ⁉」

逃げながら背後を振り返って釈明するベルに、リリは大事に取っていた団栗を掠め取られた怒りの栗鼠の形相で叫び散らす。

春姫の目からしても今のリリは恐ろしく、震え上がってしまうほどだった。

「ぎゃんっ⁉」

「リリ様⁉」

「普通に転んだー⁉」

その時だった。

怒りのせいか、石畳に躓いて盛大にすっ転ぶリリ。

突然の出来事に春姫とベルはつい立ち止まってしまった。

万歳の格好で倒れ伏していたリリは、やがてむくりと起き上がると、

「ふぇぇぇ……！　なんでリリがいつもこんな目に遭わないといけないんですか～！」

いわゆる女の子座りの体勢で、盛大に泣き出した。

その見た目通り幼児退行してしまう。

これにぎょっとし、困り果てるのはベル達だった。

「ベル様は酷いですぅ！　リリをいつもこんなしょーもない目に遭わせてぇ！　リリはいつもベル様のことを思って嫌な役を買って出てるのにー！」

「リ、リリッ、大丈夫⁉　ご、ごめんっ、ごめんねっ⁉」

「前だって嫌がるリリにお見合いをさせたくせにーっ！　お相手のずっと年上の小人族の方と

グヘヘと笑いながら地位と権力と補償金（おかね）目当てにリリを生贄（いけにえ）にしようとしていたに決まっていますー!!」

「謝って！　フィンさんに謝って!!」

あれは違うでしょ!?　と天に向かって叫びつつ、泣いている女の子を放っておけない冒険者代表のベルは慌てて少女のもとへ駆け寄った。

そして、愚かな兎が『射程圏内（まあい）』に入った瞬間、ぐすぐす泣いていた少女の栗色の瞳（ひとみ）が、キラリと輝く。

「バカめ！　かかりましたね！」

「いいいっ!?」

途端、リリは素早くベルに飛びかかった。

まさに栗鼠のごとき機敏さで、少年の首にかじりつくように抱きついた。

「べ、ベル様の首にリリ様の両腕が回って……！　はわわわっ……！」

春姫（ハルヒメ）はその光景にハワハワしつつ、いいなぁ、自分もしてもらいたいなぁ、体の境界線が消えてしまうくらい熱く抱擁（ほうよう）してほしいなぁ、と羨ましがる。

すぐにハッとして、淫（みだ）らな妄想を爆裂させていた自分の顔をブンブンと左右に振る間にも、ベルとリリの攻防は続いた。

「リリリッッ、顔が近い近い近い!!　息が鼻にかかるくらい近いーっ!?」

「春姫様とはできてリリとはできないっていうんですかぁー!!」

「春姫さんともこんなことしてないからぁ!?」

兎にしがみ付く栗鼠、もといベルの首にかじり付いているリリとの顔の距離は至近。

スカートから伸びる細く瑞々しい足は地面に着かず、ベルの腰のあたりでブラブラと揺れていた。その身長差もあって兄に妹が抱き着いているようにすら見える。

ただ少女の眼差しはそんな微笑ましいものではなく、情感によってドロドロに燃え盛っていたが。

「春姫様に奪われるくらいなら、いっそぉぉ……!」

「えっ、ちょ、何やろうとしてるのリリィ!? 目が血走って鼻息がー!?」

吐息がかかる位置にあるリリが、少年の唇を見据える。

色々あり過ぎて正気を失う小人族に、狙われているベルだけでなく春姫も危惧を抱いた。

――あの瞳は先輩遊女が慕情に走って殿方を色々な意味で貪ってしまう目ッ――!!

あまりにもあんまりな喩えを思い浮かべながら、危機感に突き動かされた春姫は身を翻す。

『ごめんなさい!』と心の中で謝りながら両目をぎゅっと瞑り、タケミカヅチ直伝『貫き手』を繰り出す。

「て、ていっ!」

「うひょあぁ!?」

リリの両脇(わき)に、両手を突っ込む。

まさかの不意打ちにリリは奇声を上げて飛び上がり、ベルの拘束を解いてしまう。

そのまま地面に落下(ダイブ)！　小振りなお尻(しり)がズシン！

「ぐあああぁー⁉　お尻を石畳に強打して尾骶骨(びていこつ)がー⁉」

「逃げましょう、ベル様！」

「は、はいっ！」

解放された少年の手を取り、駆け出す。

間一髪のところを救われ立場が逆転したベルは、春姫(ハルヒメ)の横顔を感激の眼差しで見つめた。

他方、盛大な尻餅(しりもち)をついたリリは悶絶(もんぜつ)していた。

上半身を地面に伏せ、臀部(でんぶ)を上げた体勢で涙目でさする哀れな少女は行動不能に陥る。

春姫(ハルヒメ)はやはり、心の中で必死に謝っていた。

無事に本拠(ホーム)へ帰ったとしても、今晩のおかずはきっと抜きになる。そう予感しながら。

「――はいドーンッ！」

「ぐぼはぁ⁉」

「ベル様ぁー⁉」

息つく暇もない。

敢行されたのは、曲がり角からの体当たり。

ベル達が曲がってくる時機(タイミング)を正確に見越した上での、必殺のぶちかましである。

漆黒のツインテールをうねらせる頭部が腹に吸い込まれ、ベルは仰天する春姫(ハルヒメ)の真横で横転した。

「ぜぇぜぇ……!! サポーター君は犠牲になったのさ！ ボクがベル君達を待ち構える時間を稼ぐための犠牲にね！」

「か、神様⁉」

第二の刺客はロリ巨乳であった。

無能の身でありながら何とか走って追いついたのか、今もゼェゼェと豊かな胸を上下させながら、倒れたベルの腰あたりに馬乗りとなる。

色々な意味で優位(マウント)を取った幼女神はここぞとドヤ顔になった。

フンスと腕を組み、その暴力的な巨乳(バスト)が腕に乗って強調される。

というか仰向(あおむ)けになるベルの視点だと胸に隠れて神の顔がちっとも見えない。

ひええっ、と赤くなった顔を逸らすベルを他所に、ヘスティアは問いただした。

「一体な～にをしてるんだ君達は！ 【ヘスティア・ファミリア】の団長と団員が電撃結婚、ついでにそのまま電撃記者会見でも洒落込(しゃれこ)むつもりか⁉」

「何を言ってるかちっともわからないですが、誤解なんです、神様！」

顔の真横に両手を突きながら食ってかかるヘスティアに、ベルは目を瞑りながら、ここでも必死に叫ぶ。

春姫(ハルヒメ)も慌ててヘスティアへと声をかける。

「ヘスティア様、お聞きください！　これにはわけが……！」

「ふむぅ？」

中腰になる春姫(ハルヒメ)のことを見上げ、真下にいるベルのことを見下ろす。

二人の顔を交互に見ていたヘスティアは、おもむろに溜息(ためいき)をついた。

春姫(ハルヒメ)達が嘘(うそ)をついていないことを見抜いたのか、跨(また)がっていたベルのお腹(なか)から立ち上がり、少年にも「立ち上がり給へ(スタンダーップ)」と起立を促す。

「話してみたまえ」

「あ……！　ありがとうございます！」

さすが神、話せばわかる。

理性的に話を聞く姿勢を作るヘスティアに、春姫(ハルヒメ)とベルは安堵(あんど)しながら事情を説明すると、

「まず、私(わたくし)に元気がないと気付いてくださったベル様が外に連れ出してくださって」

「ふむふむ」

「そして僕の提案でまず街を回って観光して次に摩天楼施設(バベル)の二十階に昇って綺麗(きれい)な都市の景色を二人で一緒に眺めて外に戻った後ジャガ丸くんを買ってベンチに座りながら果汁(ジュース)と一緒に食べて迷子にならないよう手を繋ぎながらアイシャさんのお勧めで客船(クルーズ)観光を楽しんでるとこ

ろを神様達に発見されました」

「ダウトォォォーー!!」

「「えぇぇぇぇぇっ!?」」

間を置かず大噴火した。

「しっぽりデートじゃないかぁああああああああああああああ!!」

「デッ、デート!?　そ、そんなつもりは……!?」

「どっからどう聞いてもデートだよ!　疑いの余地もなくデートだよ!!　直接見てないのにボクの頭の中に幸せそうな春姫(ハルヒメ)君と照れて恥ずかしがってるベル君の顔が超余裕で思い浮かぶくらいには完全無欠なデェトだよぉ!!　嘘をついていないと思ったら本人達が疚(やま)しいことだと自覚していなかったなんてこの神(ヘスティア)の目をしても読めなかったッッッ!!」

「神のボクでもいっぱい食わされた気分だよクソーッ!!」と息継ぎなしで叫び散らすヘスティアにベルは仰(の)け反る。

両の拳(こぶし)で天を衝(つ)いて怒(いか)るその姿は、まさに太古恐れられていた神の怒りの具現である。【ファミリア】発足から忠誠を誓い、決してヘスティアに逆らえないベルが怯(おび)えに怯えていると、

「べ、ベル様とデート……デート、デート、デート……!　ああっ、やはりあれはベル様とのデートに等しいご行為で……!」

「って、こらー!?　デートって言葉に反応して初々しく頰(ほお)を染めるんじゃない!　可愛(かわい)いなぁ

くそー！」

初心な狐人(ルナール)は一人、悶々としていた。

顔を両手で挟み、赤面が止まらない。

乙女の念願が叶(かな)ったことに、ひえぇぇぇ、と目を瞑りながら羞恥と幸せを噛(か)みしめるその様に、ヘスティアは地団駄を踏む。

「ベル君にはいつもお仕置きをしてるから――というかこの後もするけどっ――今は君に誅罰(ちゅうばつ)を与えるぜ春姫(ハルヒメ)君！　ボクの【ファミリア】は男女平等、団長だろうと団員だろうと貴賤(きせん)はない！　食らえー！」

ヘスティアは燃え上がる衝動のまま、春姫(ハルヒメ)へと飛びかかった。

身悶(みもだ)えていた春姫(ハルヒメ)が咄嗟(とっさ)にそれを回避する術はない。

そして直撃した。

ヘスティアの胸が、春姫(ハルヒメ)の顔に。

「!?　!?　!?」

たわわな双丘が春姫(ハルヒメ)の顔をサンドイッチ！

暴力的な巨乳(バスト)が！　春姫(ハルヒメ)の顔面に！　強襲(デストロイ)を仕掛ける!!

春姫(ハルヒメ)も豊かな胸の膨らみを持つが、ヘスティアには敵わない。

正気を取り戻した彼女の視界は深い谷間の闇(やみ)に塞がれ、瞬く間に混乱(パニック)に陥った。

抱きついた幼女神は細い両足を、春姫(ハルヒメ)の細い腰に回し、拘束(ホールド)。

腰は両足で、顔は双丘で。

少女の自由を奪ったヘスティアは、空いた両手で罰を執行すべく、拳をこめかみに添えた。

「ぐりぐりだぁー‼」

「こぉーーーーーーーーーーーーーーーんっ⁉」

「は、春姫(ハルヒメ)さぁーーんっ⁉」

頭部を両の拳で圧迫される。

拳の先端がこめかみにねじ込まれ、痛い。確かに痛い。

だがヘスティア的には側頭部をグリグリすることが主要(メイン)の罰でも、春姫(ハルヒメ)的には胸で圧殺される顔面の方がキツい。

決して、決して春姫(ハルヒメ)に『その気(け)』はないが――天界、すなわち天国が見えた。

『至福』。

圧倒的な乳圧。

柔(やわ)い。柔(やわ)過ぎる。

拳でグリグリ攻撃するためにグイグイ押し付けられているにもかかわらず、神の肥沃な大地は何度も形を変えて春姫(ハルヒメ)の顔を包み込む。

鼻をくすぐるのは形容できない優しい匂(にお)い。

この芳香を嗅げば、きっと人々は世界から争いをなくすだろう。そう確信できる。

まさに慈愛の香り。

このまま幸せに溺れそうだ。

疲れた男性は女性の胸に顔を埋めて甘えようとしてくるらしい。

なるほど、その行為の意味を春姫は身をもって体感した。

ビィィン！　とそそり立つ太い狐の尻尾。

頭上の耳さえ毛先を真っ赤に染めて盛大に緊張する。

「か、神様ーっ⁉　春姫さんがすんごい様子で苦しそうですッ！」

「罰だから当たり前だろうベル君！」

「いや何か違う意味で辛そうなんですけどー⁉」

ベルとヘスティアの声が遠い。頭上の獣の耳が意味をなしていない。

神の乳房に包まれながら春姫はぐるぐると目を回していた。視界は暗いし息苦しい。だけど幸せ。春姫の母が存命ならばこうして抱きしめてくれたかもしれない。いや無理だ。こんな風に色々な意味で胸に溺れさせることは人類には不可能だ。神の責め苦の中にあって春姫は感情の閾値を越えて混乱の極地にあった。

神には粗相をできず、よって振り払うこともできず、『あぅ～～～～⁉』と心中で絶叫を上げながらフラフラ千鳥足を刻んでいると、

「ヘスティアちゃん！　バイトの休み時間はとっくに終わってるよ！」

「げっ、おばちゃん⁉」

神の同僚が現れた。

「休憩が終わったら注文されたジャガ丸くん百個揚げるって言っといただろう！　さぁ、戻るよ！」

「ま、待ってくれ、おばちゃん！　今ボクは眷族に罰を……！」

「自分の子供相手だからってはしゃいじゃダメ！　神様も社会の歯車として働かないといけないご時世なんだよ！」

「やめてくれぇ！　神に世知辛い真理を説かないでくれぇ！」

獣人のおばちゃんは春姫にじゃれついていた――ように見えた――ヘスティアをあっさり引き剝がし、ズルズルと引きずっていった。

「あ、こらっ、やめるんだ、おばちゃん！　くそーっ⁉」

なんていう悲鳴が響き渡り、じたばた暴れる幼女神が街角の奥に消えていく。

遠い目をして一連の出来事を眺めていたベルは、神の胸から解放されフラつく春姫をそっと支えてあげた。

「大丈夫ですか、春姫さん……？　ここから離れたいんですけど……できますか？」

「は、はぃ……ベルさまぁ……」

まだ目を回している少女の様子に、同性でこれなのだから男の自分が食らったらどうなるのだろうとベルは背筋を震わせた。

己の主神に抱いた、数十回目の畏怖であった。

「いたっ、ベル君！」

「ひえっ、エイナさん⁉」

そして苦難は途切れない。

肩を跳ねさせるベルの目の前に現れたのは第三の刺客。

黒のスーツとパンツ、そしてリボンを纏ったギルドの受付嬢エイナだ。

「ちょっと、なぁに、その顔は？　私が来るのがそんなに嫌だった⁉」

「い、いえっ、決してそういうわけじゃあ……⁉」

この場を後にするのが一足遅かった、とベルの顔に出ていたせいだろう。エイナは眼鏡の奥で瞳を尖らせる。

ベルはここでもしどろもどろになるが、勇気を出し、恐る恐る『気になっていたこと』を尋ねた。

「え、えっとっ……エイナさんは、どうしてそんなに怒ってるんですか？」

「えっ？」

「神様やリリが怒ってるのは、一応、何となくわかるんですけど……僕が言われたことに逆らって春姫さんを連れ出したから……。でもエイナさんは何でなのかなって」

「……！」

「あ、いや、上級冒険者として自覚を持て、っておっしゃることは十分わかるんですけど……いつもなら、『ギルド』で注意するだけで、こんな追いかけてくるなんてしないから……」

姉に叱られる弟のように体を縮ませ、またきっと自分が心配をかけたり的外れなことをしたのだろう、と思いつつ、ベルは思っていたことを口にした。

普段のエイナならばそれこそ姉のように、あるいは大人の女性のように、理知的に諭してきただろう。それこそ『冒険者との追いかけっこ』など無茶なことはせず、ベルが今度『ギルド本部』に訪れる時を待って。

その問いに、エイナは言葉に窮した。

困った表情を浮かべるベルに、激しく動揺したのである。

「だ、だってっ……ちょっと前まで一緒に帰ってくれて、用心棒をしてくれて……。してくれたのに、キミはもう別の女の子とデートしてて……。別に私の時は純粋な厚意ってわかってるけど……キミは優しいから、今もきっと【ファミリア】のために、何かをしてあげてるんだろうけど……でも、だけど……」

視線を左右に振り、うつむき加減で、ごにょごにょごにょ、と小声で呟くエイナに、ベルは「はい？」と首を傾げた。

次第に頬に熱を集めていくエイナは、大きく頭（かぶり）を振った後、自分でも持てあます感情を誤魔化（ごまか）すように声を上げた。

「と、とにかく！　私はキミが見過ごせないの!!」

「うわぁ!?」

「何度も言うけど、今はただでさえ目立ちやすい立場にいるんだから、軽はずみなことをしてたら沢山の人達に幻滅されて苦しい立場になっちゃうよ！　私はそういう冒険者（ひと）をたくさん見てきた！　一度そうなるとどんどん態度が乱暴になっていて、冒険者の印象悪化（イメージダウン）にも繫がるし、何よりキミに『不良』になんかなってほしくなくて――!!」

「わ、わかりましたっ、わかりましたからっ……!?」

照れ隠しも相まって止（や）まない口撃（こうげき）にベルは情けない声を出すしかない。

細い指を立ててグイグイと詰め寄ってくるエイナに、防戦一方とばかりに押されていく。

「……お、お待ち下さいぃ、ギルドの職員様ぁ……！」

と、そこで意識が朦朧としていた春姫（ハルヒメ）が踏ん張って、場に割って入ろうとする。

しかし、その足取りは依然頼りなかった。

必然、そんな状態で無理をすれば体勢を崩す。

「あうっ」

「えっ？」

「えっ――ぶむっ」

何もないところで、己の足に足を引っかけて転び、突き出された手は少年の背中へ。

目を丸くするエイナの眼前で、どんっ、と押される形になったベルは飛び込んだ。

エイナの胸の中に。

「――――」

不意打ち気味に胸に顔を突っ込まれたエイナは、当然のように後ろに傾いた。

倒れかける彼女の体をベルは咄嗟に支えようと、慌てて両手を回すが、回した場所が悪かった。そこは、制服に守られたエイナの臀部だった。前のめりとなった中途半端な体勢故の喜劇である。

一方のエイナもエイナで踏みとどまろうと両手を伸ばす。

伸ばした先はベルの背中。転倒しないように、しっかりと抱きしめる。

昼下がりのオラリオ。

人々で賑わう街角で。

片や一人のハーフエルフが、少年の背中に両腕を回して。

片や相手の少年は、彼女の胸に顔を埋めた挙句、両の指を弾力のある尻に食い込ませる。

気ままに流れていた周囲の雑踏がぴたりと動きを止め、二人の様子に釘付けとなる。

遅れて、こけっ、と。

喜劇を生んだ張本人が地面に転んだ。

『えっ、ギルド職員と冒険者が抱き合ってる……』

『白昼堂々、道の真ん中で……』

『あれ、【リトル・ルーキー】じゃない？』

『そしてお相手はギルドの人気受付嬢のエイナちゃん……！』

『や、野郎っ、エイナちゃんのおっぱいとお尻を大胆に……！　感触教えて下さい!!』

『お熱いわね～』

『ギルド職員と冒険者が付き合うって、いいの？　癒着とかにならないの？』

『ギルド職員も人なのです。許してあげるのです』

『それに同僚を除けば、受付嬢が一番接するのは冒険者だから……しょうがないから』

『ギルド職員が将来有望な冒険者に粉をかけるのはよく噂されてること……』

『青い果実もぎ取り放題案件？　女の敵よ！』

『それは嘘だよ。長く働いてる職員ほどすぐに死ぬ冒険者には手を出さない。辛いから』

『しかし愛の情熱が止められないのが世の常……！』

『つまり冒険に出たベルきゅんに先立たれたエイナちゃん未亡人ルート濃厚……！』

『そして傷心のエイナちゃんを俺が慰めて幸せに……！　見えた、俺の勝利ルート！』

『『ないない』』

合体するベルとエイナを遠巻きに見る人込みが、好き好きにひそひそ話を交わす。主に神を中心に。

ただでさえ目立ちやすい立場にいる【リトル・ルーキー】は多くの者の好奇の視線を引き寄せる。囁かれるのは、いかにもといった大衆的な内容で、エルフの血を引く者が聞けばきっと羞恥に耐えられないだろう。

思考が断線し、時を止めていたエイナは、ゆっくりとその顔を紅潮させた。

ちょこんと尖った耳まで紅くした後、緑玉色の瞳にじわじわと涙を溜めていく。

今も胸の谷間に顔を埋めている少年の後頭部を、わなわなと震えながら凝視した。

ハーフといえどエルフに似つかわしくない豊満な膨らみから、錆びた人形のような動きで顔を上げたベルは、最初こそ赤面したものの――ゆっくりと真っ青になっていった。

姉のように慕っている異性の柔らかい尻に、今も食い込んでいる都合十本の指。

金縛りに遭ったかのように動かないそれを、一本、また一本と、汗をかきながら引き剝がしていく。

黒のパンツ越しに感じた薄い下着の感触は、絶対に考えないようにした。

だらり、と自分の背に回っていた彼女の腕が垂れ下がった瞬間、自らもまるで降伏するように両手を上げた。

ごめんなさい。違うんです。許してください。ゴメンナサイ。

そんな惨めな誠意の表現だった。

フルフルと震えながら一度うつむいたエイナに、特大の雷を覚悟して、顔色が青を通り越して白くなるベルだったが、

「ベル君――ギルドに出頭しよう」

「出頭⁉」

まさかの提案に噴き出した。

片目から涙の筋を引き、怒りや悲しみを越えた虚無(むひょうじょう)の表情でのたまうエイナの声音は、本気(マジ)だった。

「私も始末書、書くから。中立で神聖で誇り高きギルドの名に泥を塗った浅ましい半端(はんぱ)なエルフだって。だからキミも逝(い)こう？　キミも逝(い)って誠意を見せよう？」

「エイナさんっ、エイナさぁん⁉　なんか言葉の端々が変に聞こえるんですけどお⁉」

「無理だよ、耐えられないよ、死んじゃうよ。白昼堂々公衆の面前で担当冒険者と抱き合って乳繰り合ったエルフなんて汚名、私には無理。アイナお母さんにもリヴェリア様にも合わせる顔がないよ。つまり死(し)だよ」

「乳繰り合ってもないしそんな汚名も着せられてません⁉」

ベルが懸命に訴えてもエイナの顔に張り付いた絶望は拭えない。

未(いま)だかつて見たことのない姉の姿に、ベルは今までにないほど怯える。

「とにかく反省文を書こう？　世間が許してくれるかはわからないけど誠意を示すの。禊(みそぎ)はしなきゃならないの。私も死ぬまで付き合うから――」

「だから言い方がいちいち怖い!!　……ち、ちなみに、反省文ってどれくらいの量を……？」

極寒の冬のごとき冷気を放つハーフエルフに、ベルは恐る恐る問う。

無意識のうちにその体は腰を落とし、じりじりと彼女から距離を取っていた。

「八〇〇〇〇枚」

「無理ですッツ――!?」

能力許容範囲(キャパシティ)を遥かに超過した無茶振り(オーダー)にベルは脱兎(だっと)のごとく逃げ出した。

「待って！　行かないでよぉ、ベルくぅん！　お願いっ、私を独りにしないでぇ……！　私と一緒に死んでよぉ……!!」

「重すぎますからっエイナさぁぁぁぁん!?」

涙を散らしながら叫ぶエイナの悲痛な声に背中を抉(えぐ)られながら、もたらされた『妖精の暴走(フェアリー・ブレイク)』に叫び返す。

真面目(まじめ)で潔癖過ぎるが故に招いた悲しい事件。ちゃんと正気に戻った後にしっかり謝って話し合おう、じゃなきゃ無理だ、今は時間が必要ダ、とベルは汗を迸(ほとばし)らせながら確信する。無力な少年が打てるのは、ほとぼりが冷めるまでの逃げの一手であった。

心の中で盛大に謝りながら、エイナが崩れ落ちる街角を後にする。

転んでいた春姫（ハルヒメ）をしっかりと回収し、立ち上がらせて、終わりなき逃避行を再開させた。

淫行（エロ）の震源である少女の手を引き、エイナの件で一層増した注目に頭を抱えて転げ回りたくなりながら、人気のない場所を目指す。

「べ、ベル様……！　申し訳ありませんっ、私のせいであの方に二度と立ち上がれない恥辱の極みと言って差し支えない深い傷跡を……！」

「お願いですから言わないであげてください！」

まだ立ちくらみが解けきってない春姫（ハルヒメ）が涙を堪（たた）えながら謝ってくる。ベルはベルで泣き叫びたい境地だったが、彼女を責める気にはなれない。むしろ全体を通して、どうしてこんな変な状況になってしまったのか問いただしたい気分だった。

「フフフ――ベルさん、苦しんでいるようですね」

「こ、この声は！　シルさん⁉」

そこで、こんな変な状況にしてくれた大体の元凶の声が響く。

声の主（あるじ）はすぐに見つかった。

ベル達が立ち止まった街路の頭上、三階建ての空き家の屋上に、小悪魔ことシル・フローヴァは立っていた。

襤褸（ぼろ）をフードのように被り、風にバサバサとたなびかせて無駄に強者感を演出しながら！

「優柔不断で女の人にだらしなくてそれでも優しくて純粋だからもうしょうがないなぁとつい

つい許してしまうベルさんにちょっとお灸を据えるなんて、『酒場の魔女』の異名を持つ私には容易いこと……全て私の掌の上です」

「突っ込みどころ多過ぎてどこに突っ込んでいいかわからないんですが、な、何でこんなことするんですか⁉」

「フフフ……ノリです」

「ノリ⁉」

妙に黒幕っぽい雰囲気を出していい加減なことを言ってくる街娘に汗を流していると、シルは薄鈍色の髪をくるくると指で弄び、珍しく『じろー』と非難がましい半眼を向けてきた。

「あとは、今のベルさんには困った顔をしてもらいたいなぁー、って……」

えっ？　とベルが尋ね返す前に。

シルは普段の街娘の笑みを纏い直し、にっこりと笑いかけた、

「つまり！　私達はお店の買い出し中でちっとも遊べないのに、可愛らしい女の子と一緒に遊び回っているベルさんが恨めしかったんです！」

「それただの逆恨みです⁉」

ベルの悲鳴が打ち上がるが、問答無用とばかりにシルは顔の高さまで片手を上げる。

次いでパチン！　と指を鳴らした瞬間——背後から『奇襲』された。

「いいいっ⁉」

ベルは咄嗟に頭を下げることで回避する。

慌てて振り向くと、そこには、酒場の制服を纏ったエルフの姿が。

「リュ、リューさん⁉」

「よく避けましたね、クラネルさん」

果物など品物を詰めた紙袋を片手に持つリューは、今しがた攻撃したことなどなかったように淡々としていた。

そして「では、次です」とだけ告げて、疾風のごとく攻めかかってきた。

「このような乱暴な真似は不本意ですが……私はやり過ぎてしまうのでしょうがないですね」

「一人で悲しそうな顔をして一人で納得しないでくださーい⁉」

「べ、ベル様ー⁉」

街路の一角で始まる武闘劇に、ようやく体調が回復しつつある春姫が悲鳴を上げる。

そんな彼女を置き去りにして、少年とエルフは攻撃と防御、そして声の応酬を続けた。

「何でいきなり襲ってくるんですか⁉　まさかリューさんもノリで……⁉」

「いえ、私には『大義名分』がある」

「たっ、大義名分⁉」

「クラネルさん、貴方が優しいのはわかっています。しかし——街を二人で回るというのなら、別に誘うべき異性がいるのではないですか？」

「リューさんがなに言ってるのかわかりませーん⁉」

　手刀とともに繰り出される問いかけにベルは既に半泣きだった。

　恐慌に陥りかけている彼を他所に、頭上からは「リュー、頑張ってー！」と街娘の声援が鳴り響く。

　緊張感の欠片もない問答に反して、ベルとリューの攻防は加速を続けた。

　リューが掌底や手刀を放つ度にベルの姿が霞む。反撃せず防御と回避に専念する彼の動きは頰から飛び散る汗をも置き去りにした。交差し、交錯し、間断なく流れるように立ち位置を変える攻防はむしろ舞いを踊っているかのようだった。風を抉る凶悪な音やブーツが石畳を擦過して削る音、苛烈な防御の音だけがこれは舞踏でないということを教えてくれる。

「べ、ベル様も、お相手の方も速過ぎて……⁉」

　その攻防はLｖ．１に過ぎない春姫にはとてもではないが目で追えるものではなかった。

　高速の斜線しか見えない。周囲の一般人も同様である。

　冒険者が起こす騒動に慣れている彼等彼女等は、おぉ速い、すげぇ、普段のゴロツキの喧嘩とは一味違う、と頻りに感心して今にも持て囃さんばかりであったが。

「やりますね、クラネルさん。今の趣旨とは異なりますが、貴方の成長を垣間見れて私は嬉しい」

　紙袋に片手を塞がれているとはいえ、自分の動きに付いてくる少年にリューは素直に称賛した。言葉の通り本来の目的を忘れて、打てば響く彼との武闘を楽しんでいる節さえあった。

一方でベルは片手が塞がれているにもかかわらず、それでもどうしようもなく速く強いエルフに返答する余裕がない。

「しかし、ここは目立つ。場所を変えましょう」

「えっ——どわぁ⁉」

リューの姿が視界から消えたかと思うと、ベルの体は浮いていた。

素早く身を沈め、石畳に片手をついて繰り出された疾風の足払い。

そこから、地面から足が離れる少年の腰を優しく片腕で抱き——上空へブン投げる。

「でぇええええええええっ⁉」

「きゃーベルさん！　私のところへ来てくれたんですね！」

「リューさんに投げられただけでぇぇぇぇぇぇぇぇぇぇぇぇぇぇぇぇぇぇす‼」

「べ、ベル様ぁー⁉」

波長伸縮効果(ドップラー)が伴う悲鳴を上げ、シルのいる屋上へと消えるベル。

細腕一本で三階分の高さまで放り投げたエルフは、タタンッ、と小気味のいい音を奏でて壁を蹴(け)り、一足飛びで自らも屋上へと上ってしまう。

愕然としていた春姫(ハルヒメ)ははっとし、残念そうな見物客を置いて走り出した。

もとは商店だったのだろう、埃(ほこり)が積もった棚や木箱のある屋内を突っ切り、螺旋(らせん)を描きながら階段を駆け上がっていく。走り方が不格好とはいえ『恩恵（ファルナ）』を授（さず）かったLv．1の身だ、息を切らすことなく屋上へと辿（たど）り着く。

「ベルさーん、リューー！　ふぁいとーー！　おーー！」

「止めてくださいよおおおおおおお⁉」

「逃がしません、クラネルさん」

屋上で繰り広げられていたのは、一層激しさを増す攻防戦だった。

隅っこにいる街娘の応援を浴びながら行われている、戦闘とは呼べない、しかし熾烈（しれつ）さを伴った『鍛練』。美しく晴れ渡った青空に似つかわしくない打撃音が何度も打ち上がっている。

もう何だか楽しくなってしまっている武闘派エルフはベルに追撃の雨を降らせていた。

それに比例して少年の悲鳴も募っては高まっていく。

激しい鍛練風景に春姫（ハルヒメ）は怯えながらも、見ていられず、玉砕覚悟で二人の間に割って入ろうとした――その瞬間。

「あたし達も入れてーー‼」

「むぐむぐっ」

「⁉」

「ティオナさん⁉　それに、アイズさん⁉」

都市最大派閥（ロキ・ファミリア）の冒険者が参戦した。

「こんな楽しそうなことしてるなんてズルいよー！　あたしもアルゴノゥト君と組み手するー！」

「ティオナさんっ、僕達は組み手をしてるわけじゃあ──!?」

「あむっ、んぐっ、ごっくんっ……新発売のたらこクリーム味、これはこれで……うん、いい」

「アイズさんは何個ジャガ丸くん食べるつもりなんですか!?」

建物の屋根伝いに移動してきたのか、風のように現れたティオナは挨拶代わりとばかりに頭上から踵落としを放つ。それを咄嗟に回避するベルとリュー。彼女が『鍛練』に加わる横で、紙袋を抱えるアイズはジャガ丸くんの消化に勤しんでいた。

まさかの展開に、あらー、とシルは口もとに手を当て、はわわっ、と春姫はおろおろする。

「【大切断】、【剣姫】……！」

第三勢力の介入にリューも品よく眉をひそめた。

【疾風】の素性がバレるのを恐れてか、目に見えて行動が消極的となる。

「うんっ、アルゴノゥト君、やっぱり強くなってる！　Ｌｖだけじゃなくて、技も駆け引きも！　戦争遊戯の時よりずっとずっと！」

「あ、ありがとうございます……」

ふう、とアイズがご満悦の息をついてジャガ丸くんを食べ終わる頃、攻撃の手を止めたティオナははしゃいだ。彼女の天真爛漫な笑みの前で、ベルはもはや満身創痍になっていた。

ティオナは機嫌よく、アイズに抱き着く。

「特訓した甲斐(かい)あったね、アイズ！　アルゴノゥト君、あたし達の教えたこといっぱい使ってるよ！　これはあたし達の『弟子』ってやつだね！」

「うん……そう、なのかな」

太陽神(アポロン)の派閥(ファミリア)との戦争遊戯(ウォーゲーム)前、ティオナ達はベルに依頼され一週間の猛特訓をしている。

しっかり自分達好みの戦闘型(バトルスタイル)を身に付けていて、ティオナは破顔しきりだった。

アイズも口では言うが、その桜色の唇はベルが見惚(みほ)れてしまうくらいには綻んでいる。

「むっ――」

それに対し、カチンッ、と来たのは一人のエルフである。

「……確かにクラネルさんは過去、貴方がたに師事をしたのかもしれません。しかし、今は私と『朝稽古』を積んでいます。彼の攻撃に対する捌(さば)きと反撃の術は私が教えたものだ」

正体は隠さなければならないのに、何故か自己主張を始めるリュー。

無駄な対抗意識を燃やし、自分がベルの今の師範であることを豪語する。

感情に乏しい面差しの中で――むむっ、と確かにアイズの眉が揺れた。

「……本当なの、ベル？」

「え、あ、はぃ……。大賭博場(カジノ)の騒動、あっいやっ……戦争遊戯(ウォーゲーム)の後くらいから、朝早くリューさんと……」

こちらを見る金色の瞳に、途轍もなく後ろめたそうにするベルだったが、アイズの視線はすぐに目の前のエルフへと転じた。

「……でも、先にベルと訓練したのは、私だから。戦争遊戯の前にも、二人でしてる……」

「教示の順番に意味はありません。重要なのはクラネルさんの糧となり、身になっているかどうかということ。彼を最も導いている者こそ、『師』を名乗るに相応しい」

「………………」

「………………」

「あ、あれっ、アイズさんっ、リューさんっ？」

怪しくなってきた雲行きに、正しく嫌な予感を感じ始めるベル。

見目麗しいヒューマンとエルフの少女はじっと互いを見つめ合った。

その金色と空色の瞳の間で確かに火花が散った瞬間を、気圧される春姫も見てしまった。

「ベルは……私が育てた」

「あっ、主神がよく言う台詞！」

「その言い方は傲慢だ。クラネルさんを手取り足取り指導しているのは、この私です」

「きゃっ、手取り足取りなんてリューったら大胆！」

「あのっ、何でもう爆発手前くらいに空気ピリピリしてるんですか⁉　ねぇナンデ⁉」

「でもあたしもねー！　アルゴノゥト君に受け身とか蹴り方とか教えたんだよ！」

「ティオナさんは空気読んでください⁉」

見据え合う【剣姫】と【疾風】、囃し立てる街娘、必死になる少年と「えへへー」と嬉しそうに破顔する【大切断】。一歩外で立ちつくし、汗を流す春姫の目から見ても異次元と化している空間は――唐突に終わりを告げた。

「じゃあさ、アルゴノゥト君の体に直接聞いてみようよ！　誰の『技』を一番よく使うか！」

女戦士の戦闘言語に「えっ？」と少年の時が止まる。

ティオナの無邪気な提案を耳にしたアイズとリューは、ゆっくりとベルの方を振り返った。

いつも美しく凛々しい筈の二人の双眸が、光る。

次の瞬間、獣のごとき眼光を宿し、アイズ達はベルに飛びかかった。

「アルゴノゥト君と三人で戦ろー‼」

「ええええええええええええええええええええええええええっ⁉」

ティオナも加わった、まさかの『実戦形式』。

三人の実力者に攻めかかられるベルは、この世の終わりのような声を上げた。

「何だか思いもよらない展開になってしまいましたがっ、さぁベルさん！　私のお願いを聞くと約束してください！　このドタバタを止められるのは酒場の看板娘こと西大通りのトリックスターの異名を持つ私だけです‼」

「初めて聞きましたよその渾名⁉」

「とにかく私といっぱい遊び回って、後で私の代わりにミアお母さんに怒られると約束してください！」

「僕に死ねと⁉」

どっちにしたって僕の運命終わりじゃないですかー⁉

そんな少年の泣き声が天に響く。

そうこうしている間にもベルの体は傷付いていった。

致命傷など負わせる気は毛頭ないアイズ達であるが、酷烈(スパルタ)な訓練を是とする彼女達は『ギリギリ』まで追い込む。アイズの回し蹴りが、ティオナの拳が、リューの投げ技が、何度も少年の体を防御の上から吹き飛ばした。

教え込まれた『技』と『駆け引き』をフルに引き出すベルだったが――有り体に言ってしまえば、もはや力つきそうだった。

「っっ――お止めください‼」

その瞬間、春姫(ハルヒメ)の体は動いていた。

傷付いたベルの横顔を見て、怯えも、躊躇(ちゅうちょ)も消えていた。

自分の身など顧みることなく、三人の攻撃が叩(たた)き込(こ)まれようとするベルのもとへ飛び込む。

目を瞑り、両手を広げて、少年を背で庇った。

「わわっ⁉」

「危ない」

「っ！」

ティオナ、アイズ、リュー、三者三様の反応をもって寸止めする。

歴戦の冒険者の名は伊達(だて)ではなく、春姫(ハルヒメ)に触れる直前で攻撃は停止していた。

「ベル様が倒れてしまいます！　どうか、この方を苛(いじ)めないでください！」

「は、春姫(ハルヒメ)さん……」

涙ながら訴える春姫(ハルヒメ)の姿に、ベルは驚いた表情を浮かべる。

かわってアイズ達はばつが悪そうな顔をした。確かに訓練(いつも)のノリでボコボコにし過ぎたと。

そして、身を挺(てい)して少年を守った春姫(ハルヒメ)の姿に、打算的な交渉を持ちかけていた酒場の看板娘は「なんて汚れなき圧倒的正妻力……！　くふっ⁉」とその場に崩れ落ちた。

『ベル様ぁぁぁぁぁぁぁ‼　どこですかぁぁぁー⁉』

『おばちゃんの追撃を振り切ってこの後休憩休日(フルシフト)なしが決定したボクが来たぞぉぉぉぉ‼』

『ベルくぅぅぅうんっ！　私と一緒に出頭してぇぇぇぇぇぇ！』

「ひっっ⁉　は、春姫(ハルヒメ)さんっ、逃げましょう！」

「ひゃあ⁉」

アイズ達の攻撃が止んだのも束の間、はっきりと迫ってくるリリ達の声にベルは反射的に恐れ、春姫(ハルヒメ)の手を取って逃げ出した。

彼女の体を抱えて、隣の建物へと跳躍する。

「あ、アルゴノゥト君達が行っちゃう！」

「リュー、お願い！　冒険者様達を足止めして！　私が追いかけるから！」

「――⁉　シルッ、流石にそれは無茶だ‼」

猛追しようとする第一級冒険者×二を、無理難題を押し付けられたリューが食い止める羽目となる。路地裏に降り立ったベルと春姫(ハルヒメ)はそのおかげで何とか距離を離したものの、彼等の窮地が去ることはない。

「いました！　あそこです‼」

「ひぃいいいいいいいいいいいいいいいいいっ⁉」

リリ達から逃げ続けるベルと春姫(ハルヒメ)。

路地裏から飛び出して、表の通りを走り抜ける彼等は北西の区画を中心に、ばっちり注目を集めた。

「あれは……ベル・クラネル？　【リトル・ルーキー】？」

「沢山の人が追いかけてるけど、何をやっているの？」

――今更の今更だが、ベル・クラネルは、どこへ行っても注目の的だ。

世界最速【ランクアップ】に戦争遊戯(ウォーゲーム)の大勝利。おまけに異例のLv．3到達。今、間違いなくオラリオで最も有名な新人冒険者である。間違いなく、誰もが認める『有望株』なのである。

繰り返そう。

ベル・クラネルは現状、誰よりも注目の的なのである。

「何でもベル・クラネルを捕まえた人はお嫁さんになれるんですって！」

「「「な、なんだってー⁉」」」

「誰にも資格はあるし早い者勝ちですってー⁉」

そこへ、『尾鰭が付いた話』が飛び込めばどうなるか。

周囲で話していた群衆（女性中心）は叫び声を上げ、目の色を変えた。

娯楽を望む神々の煽動が中心となって──『ベル・クラネル争奪レース』が幕を開ける。

「ベル・クラネルと結婚⁉」

「あの世界最速兎と⁉」

「将来有望な冒険者と⁉」

「玉の輿と⁉」

「可愛くてカッコイイ冒険者順位と弟にしたい冒険者順位急上昇のベルくんと⁉」

「神が男の娘にしたい順位も急上昇中だぞぉおおおー‼」

「ベルきゅーん、俺だー！　結婚してくれぇぇぇぇぇぇぇぇぇぇぇ！」

街中の狩人達が覚醒する！

一部の男神達とともに鯨波を上げ、ベル争奪戦線に名乗りを上げた。

ちなみにだが、オラリオにはムサイ冒険者は腐るほどいるが可愛い系の男性冒険者は希少なので、田舎上がりの元農民でも実績さえあれば需要はある!!

「どうなってるのぉおおおおおおおおおおおおおおおおおおおおおおおおおおおおおお!?」

ヘスティア達だけでなく一般人に女性冒険者、神々にも追いかけられては飛びかかられるベルは本日一番の叫び声を上げた。

リューやアイズ達の追撃はもとより、散々傷付いた今の体では冒険者でもない者を躱(かわ)すのも一苦労だ。お互いが邪魔し合うのが唯一の救いだが、確実に疲弊していく。

「ベル様っ……!」

手を繋いで彼に守られる春姫(ハルヒメ)は、途端に後悔に襲われた。

こんな街中で階位昇華(レベル・ブースト)は使えないから、何の役にも立てない。そもそもこの逃走劇の発端が春姫(ハルヒメ)と街を回っていたことだ。ことごとく自分は少年に不幸を見舞う厄災で、『怪物』だ。

その時、脳裏を過ったのは、とある英雄譚の一節。

どれだけ美しかろうと、どれほど子供のように無垢(むく)だったとしても、厄災たる怪物は英雄に切り捨てられる。

いや、切り捨てなければ、いつまで経っても英雄は幸福になれない!

「ベル様っ、どうか私(わたくし)のことは置いていってください……! お一人で、逃げて!」

堪(たま)らず、春姫(ハルヒメ)は叫んでいた。

「私を、切り捨ててくださいまし……！」

心を咎める英雄譚に突き動かされるように、その言葉が口を衝いて出ていた。

それに対し、少年は、

「なに言ってるんですか⁉　嫌ですよ！」

「えっ？」

当然のように一蹴した。

「春姫さんを置いて逃げて、責任を丸投げ⁉　むりむりむりっ、むりですっ！　そんなの、自分が怒られて酷い目に遭うより、嫌な気持ちになるじゃないですか！」

言いきった。

涙目で、全く格好のつかない顔で、半分混乱しながら。

今も鼻水を垂らしそうなほど必死に走りながら、春姫に言い返す。

「誰かのせいにしたって、何も変わらない！　女の子を置いて、一人で逃げるような男には絶対になるなって、僕はお祖父ちゃんに教わりました！　そんな人が、僕達の憧れる英雄になれるんだって！」

少年の熱い手の平は、決して春姫の右手を放そうとしない。

翠の目は見開かれていた。

いつかと同じように胸が締め付けられる。

娼婦は破滅の象徴だと、そう教えてくれた英雄譚が、心の中から消えていく。

代わりに、自分を引っ張り続ける目の前の背中が、心の空洞を埋めてくれる。

後ろ向きな春姫の想いを、いつも、彼は拾い上げてくれる。

「──何やってるんだ、あんた達は」

春姫の心が打たれても、状況は何も一転していない、そんな時だった。

入った路地裏の先で、横道からぬっと伸びてきた両手に摑まれたのは。

「うわぁ⁉」

「きゃっ⁉」

同時に襟を摑まれ、ベルと春姫は横道に引きずり込まれる。

声を上げて後ろから追いかけてきていた狩人達は、何も気付かず先へ行ってしまった。

「「ア、アイシャさん！」」

「客船観光の切符を渡してやったのに、どうしてこんなバカ騒ぎになってるんだい……」

呆然とするベルと春姫が地面に尻餅をついた体勢で後ろを振り返ると、そこにいたのは呆れ返っているアイシャその人だった。

「ど、どうしてここに……？　いえ、なぜ私達が危険な目に遭っていると……」

「街中巻き込んでの大騒ぎになってるんだ、誰でも気付くに決まってるだろうが」

盛大な溜息をつくアイシャに、あぅ、と春姫は体を縮める。

一人の女を連れ回すこともできないのか、と失望の眼差しを向けられるベルも肩身狭そうにした。もう一度嘆息したアイシャに「何が起こってるのか詳しく教えな」と促され、二人で状況を説明する。

「やれやれ……やっぱり他の雌（めす）が下手な真似を許さないってことか」

話を聞いたアイシャは独りごちたかと思うと、

「レナ、もう少しばかり力を貸しな。サミラ達も使って、他の女どもを誘導するよ」

「え〜っ、まだ働くの〜？　春姫（ハルヒメ）達、もう見つけたじゃ〜ん。私だってデートしたい相手がいるのに〜」

「どうせ相手にされないんだから、言うことを聞きな。私にいくつ借りがあると思ってるんだ」

アイシャの背後にいたアマゾネスの少女、レナは「ちぇ〜」と言って跳躍し、姿を消した。

どうやら、他の戦闘娼婦（バーベラ）達に協力を求めに行ったらしい。

状況が摑めず目を白黒させるベルと春姫（ハルヒメ）に、アイシャは肩を竦（すく）めてみせた。

「ほとぼりが冷めるまで、ここにいな。面倒な連中は私達が全部追っ払ってやる」

「ア、アイシャさん……？」

「春姫（ハルヒメ）を焚き付けたのは私で、坊やを巻き込んだのは私だ。責任は取るよ」

だからお前は今日一日、気が済むまでその雄と一緒にいろ。

少女に近付き、アイシャはそう耳打ちした。

春姫（ハルヒメ）の頬が思わず染まり、狐の尻尾がくねる。

英雄志望の少年と元娼婦の少女は、大娼婦——もとい姉御肌の悍婦（かんぷ）に救われるのだった。

『ならば死ね！　死んでしまえ！
私の思い通りにならぬ男など要らない！
たとえその殺戮の剣で、この身を断ち切ったとしても！
お前とそれにまつわる者のあらゆる破滅を、冥府の淵で永久に祈り続けてくれよう！』

英雄譚『ビルガメスの冒険』・四章六節バビロンの悲憤より

4

「もう、大丈夫かな……」

ベルの呟き（つぶや）に合わせ、ぴくりぴくり、と獣の耳を揺らし、春姫（ハルヒメ）も辺りを窺う（うかが）。

場所はオラリオの北西、第七区画。

ヘスティアやリリ、アイズやティオナ、エイナ、シル、リュー、更に街中の女性達に理由もわからず追い回されていた——神々の悪戯（いたずら）で世界最速兎（レコードホルダー）を捕まえれば嫁になれると吹聴されていた——ベル達は、アイシャの助力もあって路地裏の一つに身をひそめていた。

騒動の収拾を買って出た彼女が、戦闘娼婦（バーベラ）達を引き連れヘスティア達を誘導しに行ったのが半刻ほど前。喧騒も遠くなり、ベルと春姫（ハルヒメ）は路地からこっそりと顔を出して、危険がないことを確かめると、安堵（あんど）の溜息（ためいき）をついた。

「アイシャに任せておけば大丈夫だって。歓楽街のいざこざも、娼婦同士の取っ組み合いだって、ぱぱ～って片付けちゃうんだから！」

そんな二人の背に声を投げかける人物がいた。

褐色（かっしょく）の肌に、結わえられた黒い髪。

未成熟な肢体は艶（なま）めかしいというよりは健康的な美しさで、彼女の快活さを表しているようだった。丈の短い胴着（チョッキ）に際（きわ）どい腰布を身に着け、金の耳輪（イヤリング）をしている。

出ていくアイシャが念のため春姫（ハルヒメ）達のもとに残していった、アマゾネスの少女である。

「え～と……たしかレナさん、でしたよね？」

「うんうん、そうそう！　私、レナ・タリー！　せっかくだから覚えといてね、【リトル・ルーキー】！」

おずおずと尋ねるベルに、レナは天真爛漫（てんしんらんまん）な笑みを浮かべる。

妙齢で匂（にお）い立つような美貌を持つアイシャと違って、レナはまだ『少女』真っ盛りといった具合で、戦闘娼婦（バーベラ）の中でも幼い。が、そこはやはりアマゾネスで、丸出しの臍（へそ）を始め肌の露出の多さに、ベルはどこを見ていいかわからず顔を赤くする……と思いきや。

引け腰で若干怯（おび）えた表情を見せていた。

何を隠そうこのレナも、アイシャやフリュネ、他のアマゾネス達とともにベルを『食べてしまおう』と歓楽街で散々追いかけ回した娼婦の一人だった。

「あ～っ、もうそんな怯（おび）えないでよぉ～！　アマゾネスはみんなああいうものだから、しょうがないの！」

「しょ、しょうがないといわれても……」

「それにもう大丈夫！　私はもう運命の雄と再会して、愛も絆（きずな）もばっちり育んだんだから！

だから他の男をつまみ食いはしないと決めたの！　う～ん、レナちゃんなんて一途！」

両手を組んで目を瞑り、今にも小躍りしそうな雰囲気で語ってくるレナ。

想像の中で運命の相手と乳繰り合ってでもいるのか、こちらの存在を忘れてウフフとかエヘへと悦に浸るレナは確かに幸せそうで、ベルは後頭部に汗を湛えた。

「レナ様……」

一方で春姫も、レナとどう接したらいいかわからない顔を浮かべていた。

元【イシュタル・ファミリア】同士ということで、当然彼女とも面識がある。

アイシャ繋がりで顔を合わせる機会も、他の戦闘娼婦と比べれば多かった方だ。

二人は歳が近く、他の娼婦と異なりレナは春姫を毛嫌いするということはなかった。素直でいい娘、というより、裏表のない自然体と言えばいいのか。

レナは猫のようで、気ままに春姫と話して戯れては、すいーとどこかに行ってしまうことが多かった。英雄譚やお伽噺の話題になって話も弾むかと思えば部屋を出ていってしまい、春姫がしゅんとする、なんてこともあったほどだ。

「それにしても春姫～、なかなか隅に置けないじゃん。しっかり【リトル・ルーキー】を捕まえておくなんて～」

「はえっ⁉　捕まえておくなんて、そ、そんな……！」

くるり、と振り返ったレナはニマニマしながら、春姫にすり寄った。

不思議そうに眺めるベルに背中とお尻を向け、こそこそと耳打ちしてくる彼女に、春姫は慌てふためく。

「春姫（ハルヒメ）もやっと大切な男を見つけられたんだね。良かったじゃん。……私が言えた義理じゃないけどさ、塞（ふさ）ぎ込（こ）んでる前の春姫（ハルヒメ）より、ころころ表情を変える今の春姫（ハルヒメ）の方が幸せそうで、すごくいいよ」

「レナ様……」

「アイシャも、春姫（ハルヒメ）にいい男ができないかってずっと探してたんだから」

耳もとで内緒の話をするように、レナはくすりと笑う。

アイシャはひょっとしたら、ベルのような男を――それこそ春姫（ハルヒメ）と駆け落ちしてくれる者を待っていたのかもしれない。『殺生石』という運命から春姫（ハルヒメ）を逃すために。

胸の奥に温（ぬく）もりを感じていると、顔を離したレナはそこで、ふぁさぁ、と髪をかき上げる。

ふふん、と神々の言うところのドヤ顔を浮かべた。

「でも、私も春姫（ハルヒメ）に負けていないっていうか？　運命に巡り会っちゃったというか？　結婚ももう秒読み間近？」

「け、結婚！」

「お腹（なか）にいい拳（モノ）もらっちゃったし……妊娠（コドモ）も遠くないよ！」

「い、いい子種（モノ）⁉」

レナの爆弾発言に「はわわわ……！」と顔を赤くする春姫（ハルヒメ）。

両者の間に致命的な認識のズレ――今回ばかりは頭の中身がピンク色になっているレナの言い方が悪い――が存在する中、仲が良いなぁ、と見守っていたベルが口を開く。

「えーと、じゃあ、このまま本拠（ホーム）に帰って、ほとぼりが冷めるのを……」

「なーに言ってるの！　【リトル・ルーキー】！」

ヘスティア達に追い回され、すこぶる心身を磨耗した故の発言だったが、レナが即座に異を唱えた。

「二人でデートしてるんでしょ！　しっかり最後まで楽しまなきゃダメだよ！」

「レ、レナ様……で、でぇとというわけでは……！」

「世の中には男の方がいけずで女がどんなに誘ってもナシのツブテでいっそ『これって神様の言う放置趣向（プレイ）？　やだっ、ときめいちゃう！』と思っちゃうけどそれでもやっぱりデートをしたくてもできない男と女が世に中には沢山いるんだから、とにかく楽しめる人は楽しまなきゃダメー！」

恥じる春姫（ハルヒメ）の言葉など聞いちゃいないレナは、経験談を語るかのように息継ぎなしでまくし立て、身悶（みもだ）えしつつ、ずびしっ！　と二人を指差した。

曰（いわ）く、こんな日が高いうちに終了なんて許さない、と。

「ほらほら、デートデート！　時間は待ってくれないんだから！」

「そ、そう言われても……。アイシャさん達が神様達を別の場所に誘導してくれてますけど、不用意に街を出歩いていると……またさっきみたいなことに、なっちゃう気が……」

「それは……まぁ確かに。食べ歩きとか、二人でお買いもの～とかも、ちょっと危ないかも」

困った顔で意見するベルに、レナも小振りな唇に人差し指を当てる。

が、それも束の間、すぐに閃いたとばかりに笑みを浮かべた。

「じゃあ、室内デート！　どこかに腰を落ち着けて、まったりするもよし！　服を脱いで愛を確かめ合うのもよし！」

「しませんよ⁉」

「春姫はないの？　行きたいところ！」

「わ、私でございますか？」

ベルの悲鳴をさらりと無視するレナに急に尋ねられ、春姫は戸惑う。

「男の方が色々引っ張ってくれたらそりゃ嬉しいけどさ、女の私達もやりたいことはぐいぐい言ってかなきゃ！　どっちかに偏ってるデートなんて不健全！」

「不健全、でございますか……？」

「【リトル・ルーキー】も春姫が行きたいところを言ってくれると嬉しいし、楽しいでしょ？」

「それは……そうですね。二人の行きたいところに行けるのが一番だと思いますし、春姫さんが喜んでくれるなら、僕も嬉しいです」

ほらっ、とレナが満足そうな笑みを見せてくる。

ベルの言葉に感動しつつ、春姫も考えてみた。

今日は既に『冒険者墓地』や『バベル』を始め、様々なところを回っている。

今から自分が行きたい場所はあるだろうか。

太い狐の尻尾を揺らしながら自問していると……「あっ」と。

話だけ聞いたことがある、とある建物を思い出した。

「なんかあるの、春姫？　遠慮なく言っちゃいなよ！」

「は、はい……その、本当にご迷惑でなければ、でいいのですが……」

もじもじと手をすり合わせ、春姫はその建物の名前を口にした。

「私、『ノームの大図書館』という場所に興味があります」

それは迷宮都市東部に建つ施設だ。

名称の通り地精霊が経営しており、リリもよく利用している『ノームの貸し出し金庫』と並ぶ『精霊の事業』である。

『ノームの大図書館』は巨大な建物で、ありとあらゆる本が集められているなどと言われているほどだ。ノーム達は自信をもって『都市随一の蔵書量』を標榜しているらしい。

幼い頃、英雄譚やお伽噺を巻子本で読み耽っていた春姫にとって、沢山の本が置いてある場所は琴線に触れるし、憧れもする。沢山の物語に囲まれているということは幸せだと春姫は知っていた。伝聞でしか知らないが、機会があるのなら『ノームの大図書館』はぜひ足を運んでみたい場所だ。

「『ノームの大図書館』！　僕も実は行ってみたいって思ってたんです！　……ただ、たしかあそこって、入館するのに有料だったような……それも結構高いって」

同じ英雄譚好きとしてやはり春姫と相性がいいのか、ベルも最初は興奮した口振りだったが、後の台詞は声の調子を一段階落とした。

地精霊達は『知識』も財と捉えているので、入館料をしっかり取る。

それが一般人や下位派閥の者の使用率が低い理由であり、肝心の金額は——。

「うん、そうだよ。前に物知りの客が、行ったことあるって自慢してた。え～とっ、確か……一〇〇〇〇〇ヴァリスだったかな？」

「じゅ、一〇〇〇〇〇ヴァリス……⁉」

「一回の入館料で三人まで入れた気がしたけど」

レナの情報に二人揃って硬直するベルと春姫。

今の【ヘスティア・ファミリア】なら用意できなくないが、派閥の財政を地味に苦しめる。

【ファミリア】の等級が上がってギルドへの税金も高くなっている今、ほいほい好きに使っていい金額ではない。少なくともベルや春姫の今所持している個人金銭では足りない。

ただでさえ二億ヴァリスの借金がある【ファミリア】と言われているのだ、ベル達は自然と質素な生活を心がけている。ベルなどは「ちょっと前の僕の装備（神様のナイフ以外）、全部足しても高い……⁉」と戦慄していた。

ひぇぇぇ、と何も知らなかった春姫は心の中で頭を両手で抱え、すぐに謝って撤回しようとしたが、

「よし、『ノームの大図書館』に行こう！」

「「ええっ⁉」」

「ふふんっ、レナちゃんに秘策アリだよ！」

意気揚々とそんなことを言うレナに、ベルと一緒に度肝を抜かれる。

アマゾネスの少女は春姫達に向かって、楽しそうに告げた。

「ダンジョン・デートだ！」

雄叫びが押し寄せる。

地中深くに広がる岩窟の通路に、怪物達の吠え声が反響しては轟いていた。

素早く駆けてくるのは『ヘルハウンド』に『アルミラージ』。

接近してくる黒犬と一角兎のモンスターに、ベルは逆手に持つ《ヘスティア・ナイフ》を振り抜いた。

「ふッッ！」

『オオンッ⁉』

『キュウ⁉』

体が霞む速度で攻撃を繰り出し、『ヘルハウンド』と『アルミラージ』を同時に撃破する。

ベルはそのまま、後続のモンスターをも迎え撃った。

「さっすがー！　やっぱり強いよ、【リトル・ルーキー】！　アイシャを倒しちゃったのも間違いなんかじゃないかも！」

「ど、どうも！」

少年の電光石火の動きを素直に称賛するのはレナだ。

律儀に返答するベルの背を庇うように配置を変え、別のモンスターを切り払う。彼女も身軽な動きでモンスターの攻撃を躱しては、右手の曲刀で斬りつけ、左手に嵌めた金の意匠の手甲で豪快に殴り飛ばした。

『技』や『駆け引き』も含め、レナはLv．2の中でも優秀な冒険者だった。

傍から見てもLv．3になるのは時間の問題だろう、と察せるほどに。

「お、お二人とも、やはりお強い……！」

彼等に守られている春姫もまた、感嘆を込めて呟く。

ベルは勿論、レナも【イシュタル・ファミリア】で戦う姿を度々目撃していた。敏捷に重きを置く二人の戦闘型（バトルスタイル）は似ていて、相手の思考を想像しやすいのか、初めての連携にもかかわらず巧みな立ち回りを披露する。

間もなくレナの一刀が『ハード・アーマード』を両断し、モンスターの吠声は完全に途絶えた。

「出てくるモンスター、落ち着いたー？」

「はい。辺りにいる敵はあらかた……」

仕留められた何体ものモンスターが地面に横たわる中、息一つ切らしていないレナとベルはぐるっと周囲を見渡す。薄暗く、灰色の岩がごろごろと転がる洞窟状の迷宮に怪しい影は見られない。

場所はダンジョン13階層。

『中層』最初の層域である『岩窟の迷宮』だ。

「まさか、本当にダンジョンへ来ちゃうなんて……」

周囲を警戒しつつ、ベルは苦笑する。

提案された『ダンジョン・デート』なる言葉に違（たが）わず、ベルと春姫（ハルヒメ）はレナに導かれてこの地下迷宮に足を運んでいた。

「お金も稼げるし、ダンジョンでもデートができる！　『一石二兎（いっせきにとう）』っていうやつだよ！」

「レナ様、『一石二鳥』でございます……」

「ええっと、お金はともかく、デートの方は……」

「できるよ～！　経験者は私！　一回試して、すごく楽しかったんだから！」

春姫（ハルヒメ）に指摘されつつ、レナは声高（こわだか）に自身の『ダンジョン・デート』がいかに素晴らしかったか少年へと訴える。

実に『らしい』アマゾネス流の男女の遊びに、ベルはやはり苦笑を深めた。

「冒険者依頼（クエスト）だってちゃんと受けてきたんだから、ばっちりだって」

レナは腰に差していた羊皮紙の巻物（スクロール）――依頼書を手に取り、広げる。

『ダンジョン・デート』を提案したレナはまず、追手に見つからないようベル達を先に『バベル』へと向かわせた。彼女は自分一人でギルド本部に向かい、巨大掲示板に貼（は）り出された冒険者依頼（クエスト）を見繕ってきてくれたのだ。

「冒険者依頼（クエスト）『ミールス商会からの依頼』！　内容は『クリスタル・マンティスの翅（はね）』の調達！　報酬はぴったり一〇〇〇〇ヴァリス！　これで『ノームの大図書館』にも行けるでしょ？」

中層域のモンスターの『魔石』、『ドロップアイテム』狙（ねら）いで入館料を稼ぐというのもあるが、運が悪いと目的金額に届かないし、何より作業になって疲れる！　というのがレナの持論。

目的に向かって二人で課題を達成（クリア）、報酬金獲得（ゲット）！

二人で協力し合えば絆（きずな）も増す！

それがレナの理想であるらしい。

「でもレナさん、僕達だけが報酬をもらうっていうのは……。一緒にダンジョンにもぐってますし、取り分を……」

「いいからいいから。私が好きで二人に付き合ってるんだもん。お小遣い稼ぎはいつだってできるし」

申し訳なさそうにするベルに、レナは片手を振って笑いかける。

最初はアイシャに命じられて面倒臭そうに力を貸してくれていた筈なのに、今やすっかりベル達の世話を焼いてくれている。

レナはもともと人懐こい人柄であるが、こうも時間を割いて親身になってくれるのは珍しい気がする、と春姫は思う。

これまで話していたように、彼女も色々なことがあって心境の変化があったのかもしれない。

それこそ他の男女を自分のことのように応援したくなってしまうような『出会い』が。

「おっとっと、立ち話する前に戦利品拾わないとね。しっかり集めてねー、春姫！」

「は、はいっ！」

レナの指示に、春姫はぱたぱたと動き出した。

戦えない春姫の唯一の装備は、レナが調達してくれたバックパックだ。

戦闘で役に立てないのならサポーターとして働かなくてはと、ここぞと張り切る。

まずはモンスターの死骸を一箇所に集める。これは不測の事態に対応する——壁から産まれるモンスターの急襲などを防ぎやすくする――ためだ。場所を決めて作業してくれれば冒険者もサポーターを守りやすい。

《サポーター・グローブ》をしっかりと嵌めながら、モンスターの肉体に短刀を差し込み、『魔石』を摘出する。

最初の頃は抉り出す際の血肉を見て何度も意識を手放しかけたが、今ではリリの指導もあって少しは慣れていた。宝石のような紫紺色の『魔石』をくり抜けば、サー、と音を立ててモンスターの亡骸は灰の山に変わる。

極東で自分を世話してくれた乳母達が今の春姫を見れば、すっかり野蛮になって嘆かわしい、と口にして、目もとを押さえるかもしれない。

だが春姫自身は今の自分を好きになれている。

したたかになった、たくましくなった、という言葉は、ベル達とともに迷宮探索をすると決めた春姫にとって決して悪い意味ではない。むしろ彼等の役に立てる喜びが勝る。たとえそれが、小さなことに過ぎずともだ。

十二の『魔石』に、《ヘルハウンドの体毛》と《アルミラージの一角》が一つずつ。

戦利品を全てバックパックに詰めて「終わりました！」と報告すれば、「じゃあ進むよー！」とレナが先頭となって歩き出す。

「本当は、もうちょっと下の階層に行きたいんだけどなぁ。『クリスタル・マンティス』は15

階層辺りが一番出やすいし」

「それはさすがに……。パーティは三人しかいませんし、春姫さんを守るためにも、深くもぐり過ぎない方が……」

「【リトル・ルーキー】は過保護過ぎだよ～！　そっちはLv.3なんだし、私は大丈夫だと思うな！　春姫だっていざとなったら『魔法』を使えるんだし！」

歩きながら冒険者同士が持論を交わす。

レナはアマゾネスらしく真っ直ぐ好戦的で、ベルは第二級冒険者であっても慎重の姿勢を崩さない。

担当しているギルドのアドバイザーの教えもあって――『冒険者は冒険しちゃいけない』というエイナの言葉を忘れず――少年は今も『臆病な自分』を大切にしていた。

「それに僕達、あのまま真っ直ぐダンジョンに来て、装備は何もないですし……」

ベルの今の格好は普段着だ。

駆け出しも駆け出しの時、軽装の下に着ていた黒と砂色の服。戦闘衣ですらない。武器も護身用に持っていた《ヘスティア・ナイフ》のみで、紅の着物一枚の春姫も似たようなものである。

こんな格好で『中層』にいること自体『ダンジョンを舐めている』と同業者達に言われかねないし、Lv.3の自分はともかく春姫のことが心配だと、ベルはおずおずと言いながらも意見を曲げなかった。対するレナの反論は「私はいつもこの格好でダンジョンにもぐってるもん！」というものだったが。

　自分の肉体を一つの武具だと考えるアマゾネスに、防具を必要とする者は少ない。というより種族として着たがらずで、脱ぎたがりだ。

「ま……慎重過ぎるくらいが冒険者としては正解なんだろうけどさぁ。でも、中層（ここ）から地上に帰るだけでも結構かかるし、獲物は早く見つけたいなぁ」

　自分が無理矢理連れてきたこともあって、最後にはベルの言い分に理解を示してくれるレナだったが、うーんと思案する。ベルと春姫（ハルヒメ）も一緒になって考えた。

　と、そんな時。

「あれ？　もしかして、【リトル・ルーキー】？」

「こ、こんにちはっ」

「あ……ダフネさんに、カサンドラさん？」

　横道から現れた、二人一組（ツーマンセル）の同業者と出くわした。

「奇遇だね、っていうのもおかしいか。どっちも冒険者なんだし。広い『中層』でばったり会うっていうのも変な縁（えん）だけど」

　吊（つ）り目と垂れ目がちの瞳（ひとみ）、短髪（ショートヘアー）と長髪（ロングヘアー）。

　性格も揃って真逆な第三級冒険者、ダフネとカサンドラの姿に、ベルは一驚した。

春姫も驚きつつ、ぺこりと頭を下げると、ダフネは軽く微笑む。

「新しい団員が入ったみたいで、良かったね。ウチ等は逃げちゃったけど」

「あ、あの時は、ごめんなさい……」

「ははは……大丈夫ですから」

このダフネとカサンドラも、一時は【ヘスティア・ファミリア】に入団しようとしていた。

主神の二億ヴァリスの借金が明るみになり、結局加わることはなかったが。

今、彼女達が所属しているのは【タケミカヅチ・ファミリア】と並びベル達とも交流がある【ミアハ・ファミリア】。

商業系の派閥として回復薬など道具を取り扱っていて、『竈火の館』に注文した商品を届けたり、売り込んだりもしてくる。

荷物を運ぶダフネやカサンドラのことは春姫も見かけたことがあった。

「ダフネさん達、今は探索中ですか？」

「そ。新しい団長さんがいい加減でね、とりあえずお金稼いできて、って」

話を聞くと、あちらもあちらで借金返済のため「ダンジョン探索よろしく……」と団長に頼まれたらしい。

ナァーザさんらしい、と思わず空笑いするベルの背後で、春姫は「誰だっけ？」と尋ねてくるレナに「元【アポロン・ファミリア】の方々です」とこっそり教えた。

戦闘遊戯（ウォーゲーム）の中継を思い出したのか、おー、と言ってレナは手を叩（たた）く。

「で、そっちも探索？　見ない顔もいるみたいだけど」

ダフネ達もダフネ達でレナの存在に気付く。

紹介しようとするベル達だったが、それより早くレナが自ら前に出た。

「ねぇねぇ、【リトル・ルーキー】の知り合いなんでしょ？　せっかくだから冒険者依頼（クエスト）を手伝ってくれない？」

ベルと春姫（ハルヒメ）が思わずぎょっとする中、ダフネ達と初対面の筈のアマゾネスの少女は、話を進めてしまう。

「冒険者依頼（クエスト）の報酬を山分けすることはできないんだけど、今から手に入る『魔石』と『ドロップアイテム』は全部そっちのものでいいから。稀少素材（レアドロップ）が出てもあげる」

「ふぅん……随分気前がいいね。そっちはＬｖ．３がいるし、取り分は七・三でもいいけど？」

「稼ぎにきてるわけじゃないからね～。【リトル・ルーキー】もそれでいいでしょう？」

「えっ？　あ、はい！　勿論！」

てきぱきと交渉するレナにも、それにあっさり応じるダフネにも面食らっていたベルは慌てて返事をする。

そんなベルの即決に、「キミもお人好しだよね、ほんと」とダフネは微笑した。

「じゃ、ありがたくもらっておこうかな。カサンドラもそれでいい？　今から引き返す予定だったけど」

「う、うんっ！　私は大丈夫だよ、ダフネちゃん！」

あれよあれよと決まってしまった臨時の合同パーティに、ベルと春姫(ハルヒメ)だけ瞬(まばた)きを繰り返してしまう。

「これなら下の階層に行ってもいいでしょ、【リトル・ルーキー】？　戦力は十分！」

「は、はい……ダフネさんとカサンドラさんが手を貸してくれるなら」

最初からそのつもりだったのか、ちょっぴり悪戯っ子のように笑うレナに、ベルはかろうじて頷(うなず)く。

利害が一致すれば、初めて会う者とでも協力する。それが冒険者。

ベルはいくら自分の方がＬｖは上とは言え、熟練(ベテラン)の同業者達の経験と手並みを見せつけられた気持ちになった、そんな表情を浮かべた。

「よーし、じゃあこの五人で冒険者依頼(クエスト)がんばろー！」

レナが元気よく拳を振り上げる。

『ダンジョン・デート』ではなく、いつもの『冒険』になりつつあることは、顔を見合わせて笑うベルと春姫(ハルヒメ)は触れないで置いた。

「さっきと同じ要領で前衛二人、お願いね！」

「はい、ダフネさん！」

何度目とも知れないモンスターの固まりと、冒険者達が衝突する。

二つの階段を下り、現在地は既に15階層。

新たにダフネとカサンドラを加えたベル達はモンスターを蹴(け)散らし、あっという間に二層分の階層を踏破していた。

「カサンドラ、援護！　三時の方向にいる『ヘルハウンド』を潰(つぶ)して！　次は逆側の『アルミラージ』！　投擲用の石斧(ネイチャーウェポン)を持ってる！」

「う、うんっ！」

「【リトル・ルーキー】と【爛花(プールス)】は『ミノタウロス』と『ライガーファング』を押さえて！」

「わかりました！」

「まっかせてー！」

「大型級(ミノタウロスたち)の陰に『ヘルハウンド』が二匹隠れてる！　火炎にだけは気を付けてよ！」

前衛二、中衛一、後衛一、サポーター一人という布陣の中、ダフネの指示が矢継ぎ早に飛ぶ。

付き合いの長いカサンドラはもとより、二つ名で呼ばれるベルとレナは優秀な指揮者の声に従った。

行き当たりばったりのパーティということを理解しているダフネは、複雑な指示を一切飛ばさなかった。動きや癖を知りつくしているカサンドラのみに細かく命令し、ベル達の間で生じた陣形の『歪み』は自分が立ち回ることで埋め合わせる。

指揮棒にも似た短剣を振り鳴らす彼女は、まさに戦場の流れを握る『指揮者』だ。

「後ろに指揮してくれる人がいると何も考えなくていいよねー！」

「な、何も考えないのはちょっと……！」

言いながら『ライガーファング』を仕留め、自由にモンスターを屠っていくレナに、同じく『ミノタウロス』を倒すベルが汗を流す。ダフネ達から予備の短剣を借りた彼は続けざま二匹の『ヘルハウンド』も解体した。

戦争遊戯では活かされることこそなかったが、ダフネの指揮能力は高い。

視野は広く、敵の中で遠距離攻撃手段を持つモンスターを率先して潰し、『事故』を未然に防いでいる。何より彼女自身、中衛から素早く上がってベル達の援護に回る時機が最適だった。

背後に盤石の指揮者がいるだけで、前衛の冒険者はぐっと戦いやすくなる。

後衛の重要性と並んで、有能な指揮者の存在は集団迷宮探索の肝である。

「一〇〇……いや一四〇かな。十秒後に新手、接敵するよ！」

長大な通路の奥、まさにちょうど一四〇M先から迫ってくるモンスターの群れに対し、ダフネは再び的確な指示を飛ばした。

「矢、足りるかなぁ……」

二つ名の【悲観者（ミラビリス）】と同じく悲観的な呟きを落としながら、カサンドラは短弓（ショートボウ）に矢を番（つが）える。撃ち出された矢はダフネの注文通り、『ヘルハウンド』を始めとしたモンスターの額や胸を射抜いていった。

カサンドラは歴（れっき）とした治療師（ヒーラー）であるが、パーティの不足分を補う際には弓矢を持つ。ダフネと二人一組（ツーマンセル）を組む時は大抵がそうだ。

癒（いや）す傷もないのにパーティ内で突っ立っている治療師（ヒーラー）ほど不必要な職業はないだろう。支援魔法や上昇付与（バフ）など余程『特化』した治療師（ヒーラー）でない限り――それこそオラリオ最高位の治療師（ヒーラー）と称（たた）えられる【戦場の聖女（デア・セイント）】ほどの存在でもなければ――多くの治療師（ヒーラー）は何かしらの迎撃及び自衛手段を持っている。

彼女達の中には『副業』として、自ら指揮を受け持つ者もいるほどだ。

「すごい、まるでリリ様のように……」

サポーターとしてカサンドラの長杖（ロッド）を代わりに持っている春姫（ハルヒメ）は、思わず自派閥の団員とカサンドラの腕を比べてしまう。

そのおどおどとした雰囲気からは想像がつかないほど、カサンドラの矢はモンスターによく刺さる。

無論専門の弓使い（アーチャー）ではないので百発百中というわけにはいかないが、七割はダフネの指示に応えている。外れたとしても牽制の役割を果たしていて、モンスター達の接近の勢いを削いでいる。

ダフネもダフネで、カサンドラの弓の腕を計算しながら立ち回っているのだから、二人の付き合いの長さが察せるというものだった。

「カサンドラ！　二十秒後に回復！　範囲指定は任せたから！」

「うん、ダフネちゃん！」

敵勢の遠距離攻撃の芽を摘んだ瞬間、ダフネが治療師の仕事を求める。

頷いたカサンドラはいそいそと短弓を腰に吊るし、サポーターに目配せした。

春姫が慌てて長杖を返すと、素早く詠唱に移る。

「【一度は拒みし天の光。浅ましき我が身を救う慈悲の腕。届かぬ我が言の葉の代わりに、哀れな輩を救え】」

水晶の長杖を構え、カサンドラは素早く呪文を完成させる。

「【陽光よ、願わくば破滅を退けよ】──ク、クラネルさんっ、ダフネちゃんのところまで後退お願いします！」

発動させる間際、今しがたモンスターを倒したベルの背中に声を飛ばす。

少年が素直に従い飛び退くや否や、魔法名を口ずさんだ。

「【ソールライト】」

複数の負傷者を対象にできる『範囲回復』が行使される。

ベルを下がらせたことで全冒険者が魔法の効果範囲内に収まった。

太陽の輝きに似た魔力光が降りそそぎ、体力を回復させる。

連戦続きだった冒険者達の体は再び十全の動きを取り戻し、後は一気呵成(いっきかせい)にモンスターの大群を全滅させた。

「皆様、鮮やかな手並みでございましたね……」

「アイシャなんかは嫌々やることがあったけど、やっぱり指揮してくれる人がいるとパーティを余さず使えるからねー。負担もどっこいどっこいで、のびのび戦えるっていうか」

「どっこいどっこいに、のびのびでございますか？」

「そ。女戦士(わたし)達が苦手な効率ってやつ。前衛やってると、『あ、これはわかってる指揮だ！』とか『これは全然わかってない指揮だ～！』って感覚でわかっちゃうんだ。その点、【月桂の遁走者(ラウルス・フーガ)】はかなり上手だったよ。即席のパーティをあれだけ回してたから」

人手が増えモンスターの奇襲を恐れることがなくなったので、サポーターの収拾作業をレナが手伝ってくれる中、彼女はダフネの二つ名を口にしながら、素直に手腕を褒めた。

カサンドラを補助しつつ、後方からレナ達を眺めていた春姫(ハルヒメ)も似たことを感じた。

【ステイタス】が突出しているベル一人を奮闘させることなく、パーティ全体で危なげなくモンスターの群れを倒してしまっている、と。

もしかしたら【ヘスティア・ファミリア】に必要なのは魔導士を始めとした後衛ではなく、指揮者かもしれない。

これまでの戦闘を眺めていた春姫（ハルヒメ）はそう思った。

「大丈夫ですか、クラネルさん？　お水、要りますか？」

「あ、はい。わざわざありがとうございます。カサンドラさん」

「い、いえっ！　ダンジョンで水分補給は大切だし、アポロン様の【ファミリア】の時は、そのせいで遠征中に仲間割れを起こしちゃったので……！　それに私はクラネルさんと仲が悪くなりたくないって打算だらけで、全然感謝されるようなことじゃ…………うう～～っ！」

「支離滅裂な上に何で頭を抱えてんのよ、バカサンドラ……」

ベル達は辺りを警戒しつつ水分補給などを済ませていた。少年に水筒を渡したカサンドラが恥じるように赤くなって蹲（うずくま）り、その様子にダフネが溜息をつく。

ベルは苦笑を浮かべていたが、その笑顔はどこか硬かった。

同じ男性（ヴェルフ）がいないこともあってか、何となく気まずそうにしている。

春姫（ハルヒメ）は勿論、レナもダフネもカサンドラも異性が振り返るほどの美少女だ。普段はパーティを組まない面々ということもあって、緊張が隠せないようだった。なかなかカサンドラ達と目を合わせられずにいる。

春姫（ハルヒメ）はくすりと微笑んでしまい、作業を終わらせて近くにいくと、こちらに気付いたベルはほっとした笑みを見せてくれた。予備（スペア）の短剣を預かると手が触れ合ってしまい、互いに赤くなるが、すぐにふふっと笑みを漏（も）らし合う。

ささやかだが、『ダンジョン・デート』というものも味わえているのかもしれない。

「なかなか『クリスタル・マンティス』を見つけられないね。確かに頻繁に出くわすようなモンスターじゃないけど」

「あのモンスター、鎌（かま）は危ないし、いきなり飛んだりもするから、できれば群れで遭（あ）いたくないんだけど……」

出発し、隊列になって移動する中、ダフネとカサンドラが遭遇（エンカウント）できていない目標に対して思っていることを口にした。

『クリスタル・マンティス』を探し続け、普段通い慣れた正規ルートからも外れている。

知らない景色に春姫（ハルヒメ）も何となくそわそわしていたが、そこで、ふと気が付いた。

「あの、レナ様……？　何をばら撒（ま）いておられるのですか？」

「んー？　18階層の水晶」

隊列の最後尾、モンスターの後方奇襲（バック・アタック）を防ぐ位置につくレナが、小袋からきらめく青の欠片（かけら）をばらまいていた。

「ダンジョンに行く前に、『冒険者通り』でよく使ってる道具屋から買ってきたの」

春姫（ハルヒメ）用のバックパックと一緒に安く購入したらしいそれは、安全階層（セーフティポイント）『迷宮の楽園（アンダーリゾート）』まで赴ける上級冒険者達がよく持ち帰ってくる水晶である。

主に芳しくなかった迷宮探索の成果を補塡するために換金するのだが、18階層に行けば誰でも大量に入手できるとあって、普通に買い叩かれる。『中層』の資源にもかかわらず『ギルド』も安値でしか取り引きしないほどだ。18階層に行ける上級冒険者は全体で見ても限られているので、本来稀少ではあるのだが。

とにかくそんな安価な青水晶を、レナは移動を続けながらずっと撒いていた。

「『クリスタル・マンティス』は水晶や綺麗な鉱石が大好物だから。普段は石英をかじってて、食料庫へ行けば大体見つかるけど……【リトル・ルーキー】は行きたくないでしょ？」

「は、はい。階層中のモンスターが集まる食料庫は、流石に危険のような……」

「ん、私もそう思う。それに階層の端っこだから遠いし。だから、あっちから来てもらうように、こうやって『餌』としてばらまいてるの。てきと～に」

水晶の破片はパーティの足跡を記すように、薄暗い岩窟の中で淡く輝いていた。

それも、結構大量に。

先程の戦闘から随分とダンジョンを練り歩いているので一定の効果はあるかもしれない。

冒険者の知恵に春姫が感心していると——ドドドドド、と。

連続する何かが、聞こえてきた。

「……あ、足音？」

「ひ、『飛翔音』も聞こえてくるような……」

「ねぇ、ちょっと……嫌な予感がするんだけど」

頭上の耳を揺らす春姫(ハルヒメ)、既に絶望しているカサンドラ、唇の端を引きつらせるダフネ。

三人の少女達がまさかという思いを一つにしていると、『その群れ』は通路の曲がり角から一挙に現れた。

『シャアアアアアアアアアアアアアアアアアア!!』

薄暗い岩窟の中で淡く輝く、うっすらと透明な結晶の体軀(たいく)。

両の鎌も、六本の脚も、触覚や翅(はね)も、その複眼さえクリスタルでできた姿は一種の芸術のようで美しくすらあったが——それも一匹でいた場合。

今や冒険者達の視界に映るのは、何十匹とも知れない、おぞましい虫の群れである。

「ク、『クリスタル・マンティス』の大群⁉」

ベルの悲鳴は冒険者としての危機感と、生理的なおぞましさに染まっていた。

床だけでなく壁や天井(てんじょう)にも張り付いて押し寄せてくる蟷螂(モンスター)の群れ——しかも大きさは人と同程度の中型級——に、春姫(ハルヒメ)もくらりと卒倒しそうになった。

幼い頃、極東の屋敷で尻尾を刺された『蜂』と並んで、命(ミコト)や桜花(オウカ)達に手摑(づか)みで投げられ顔面に止まった『蟷螂(かまきり)』は箱入り娘だった少女の心傷(トラウマ)となっている。

一様に青ざめる上級冒険者達は、ばっ、と。

こんなことを招いてくれちゃったアマゾネスの少女を、一斉に見つめる。

きょとんとしていたレナは、一言。

「ばらまき過ぎちゃった♪」

「でしょうねぇ⁉」

頭に手を置いて舌を出して笑うレナに、ベルは我を忘れて叫んでいた。

「あーもうっ！　どうするのよ、この数！」

「どうするって、迎え撃つしか……！」

イラっとした焦燥を隠せないダフネがモンスター達を睨(にら)みつける中、ベルは《ヘスティア・ナイフ》を構える。

中層域のモンスターの中でも『クリスタル・マンティス』の結晶体(からだ)は『魔法』が効きにくい。エイナとの座学の知識を引っ張り出す少年は乱射戦が不利と見て、Lv.3の能力にものを言わせて何とか食い止めようとするが、

「よしっ、逃げよ！」

「えっ⁉」

レナがあっさりと逃走する。

置いていかれてぽかんとするベル達は、慌てて少女の後を追った。

「【リトル・ルーキー】が春姫(ハルヒメ)を連れてきてねー！」

「そ、それはいいんですけど……！」

「蟷螂（かまきり）の卵が雨みたいに降ってくる予知夢（ゆめ）のお告げはこれだったんだ～！　ナァーザちゃんが卵を使った実験に失敗して悲鳴を上げてたから、大丈夫だと思ってたのにぃ～～！」

「うるさい、カサンドラ！　こんな時に！」

ベルが春姫（ハルヒメ）の手を取って走り、嘆きに嘆くカサンドラをダフネが叱咤（しった）する中、息を切らす春姫（ハルヒメ）は背後を見た。きらめく水晶蟷螂（クリスタル・マンティス）の大群は今も凄（すさ）まじい勢いでこちらを追跡している。

恐らく、春姫（ハルヒメ）が『妖術』を使えば打開できる。だがダフネ達がいる手前、階位昇華（レベル・ブースト）を使いづらい。ダフネ達を信用していないわけではないが、アイシャにあれだけ口酸っぱく言われて抵抗があった。何より、あの数では詠唱の時間も稼げないだろう。

「どうするつもりなんですか、レナさん!?」

ベルの叫びにレナは答えない。

逃げ回った挙句、正面から現れた他のモンスターと挟み撃ちに陥（おちい）れば最悪も最悪なのだが、アマゾネスの少女はきょろきょろと顔を振って何かを探していた。

ベル達が疑問を浮かべていると、ダフネだけは察したように「あ」と呟いた。

「何しようとしてるか、わかっちゃったかも……」

その言葉が落ちた瞬間、レナに率いられるベル達は広い『ルーム』に辿（たど）り着く。

円蓋（ドーム）状の空間には、ちょうどモンスターを倒し終えた別の冒険者のパーティがいた。

「あれは……モルドさん？」

その中に見知った者の顔を見つけるベル。

スコットとガイル、お馴染みの三人組で、別の冒険者達と合同で探索しているらしい。

「あぁん？　あれは【リトル・ルーキー】──って」

「後ろに続いているの、『クリスタル・マンティス』の群れぇ⁉」

「あ、あの野郎ども、まさかぁ⁉」

モルド、スコット、ガイルが、ベル達とモンスターを見て顔色を激変させる。

その反応を見て、ベル達は『客観的に自分達の状況』を理解した。

その上で、まさか、とレナの背中を見た。

先頭を走るレナは片手を振って、全くの迷いなく、モルド達のもとへ突っ込んだ。


「ごめーん、預かってー！」

「「「ふざけんなぁあああああああああああああ⁉」」」

『ギシャァアアアアアアアアアアアアアアアアア‼』

モルド達の怒号と、モンスター達の突撃がかち合うのは、直後のことだった。

「「「うあああああああああああ⁉　ちくしょおおおおおおおおおおおっ‼」」」

『クリスタル・マンティス』の大群と、押し付けられたモルド達が悲鳴を上げて衝突する。

瞬く間に広がる阿鼻叫喚（あびきょうかん）の声に、ベルは顔面の筋肉を痙攣（けいれん）させた。

「パ、『怪物進呈（パス・パレード）』……」

それはダンジョン内における作戦の一つ。

モンスターの群れを別の冒険者パーティに押し付ける強引（ごういん）な緊急回避（エスケープ）だ。

効果は見ての通り、死にもの狂いで得物を振り回すモルド達がベル達の代わりにモンスターの大群と戦っている。

ベルも以前『怪物進呈（パス・パレード）』を受け、窮地に陥ったことがある。

「桜花（オウカ）さん達もこんな気持ちだったのかな……」と当時のことを振り返りながら、まさかの加害者側に回ってしまった少年は、盛大な良心の呵責（かしゃく）に襲われた。

「っ……！　やっぱり数が多過ぎる！　ウチ等も逃げきれない！」

『ルーム』に殺到した『クリスタル・マンティス』の一部は天井を這（は）い、モルド達の横をすり抜けていったダフネ達のもとに、ぼとぼとと落下してきた。

応戦するしかなく、二つのパーティとモンスターの大群が大乱戦を演じる。

ベルに庇われる春姫（ハルヒメ）が息を呑（の）んでいると、

「春姫（ハルヒメ）！　今のうちに詠唱して！」

「えっ？」

「押し付けてモンスターの数は減ったし、【リトル・ルーキー】が守ってくれればいけるでしょ！　こんな状況だから誰も『すごい妖術』のことなんて気付けないって！」

「！」

戦いながら叫ぶレナの発言に、側にいるベルともどもはっとする。

確かにモルド達もダフネ達も自分のことで精一杯だ。春姫が歌い出しても誰も感付く余裕などない。レナが敢行した『怪物進呈』はこのためだったのだ。

視線を交わす春姫とベルは、頷き合った。

「【大きくなれ――】」

襲いかかる複数の『クリスタル・マンティス』をベルが斬り伏せ、春姫はその背後で詠唱を始める。高まる魔力と呪文に集中するその姿を、皮肉にもモンスターの厚い壁が冒険者達の視線から遮ってくれる。

ベルは春姫への僅かな接近も許さない。

モンスターの攻撃をことごとく切り払う。

「【神饌を食らいしこの体。神に賜いしこの金光。槌へと至り土へと還り――】」

少年の攻撃に合わせ、少女の詠唱も加速していく。

重なり合う呼吸に、ベルも、春姫も笑っていた。

こうして近いところで二人で連携するのは、確かになかった気がする。

これこそが『ダンジョン・デート』。

図らずも互いの心が近付いた、そんな気がした。

「――【ウチデノコヅチ】！」

夥（おびただ）しい金の光粒（こうりゅう）が少年に付与される。

疑似Lv．4に至ったベルは、まさに獅子奮迅（ししふんじん）の活躍で、『クリスタル・マンティス』の大群を蹴散らすのだった。

◆

夏に差しかかろうとしている今のオラリオでは、日の入りの時間も当然遠ざかる。

ベル達が地上に帰還するといい時間だったが、空は茜（あかね）色を残していた。

無事『クリスタル・マンティス』の群れを全滅させた後、ベルと春姫（ハルヒメ）はダフネ達に頭を下げて『魔石』や『ドロップアイテム』の一部をモルド達に譲った。罪滅ぼし代わりである。

「同業者なんだから気にしなくていいのに～。『怪物進呈（パス・パレード）』なんてよくあることだよ！」

と、レナだけは無邪気に笑っていたが、殺気溢（あふ）れるモルド達の前で流石に開き直ることは難しかった。冒険者って難しいなぁ、としみじみ呟くベルが春姫（ハルヒメ）にとって印象的だった。

まだ探索を続ける予定のモルド達とはダンジョンで、ダフネとカサンドラとは中央広場（セントラルパーク）で、そしてレナとはギルド本部の前庭で別れた。

『ドロップアイテム』と交換して報酬を受け取ってきた彼女は「後は二人で楽しんできてね～」と笑って、一〇〇〇〇〇ヴァリスを手渡した。

去っていくアマゾネスの少女に終始振り回されたような気がしつつ、春姫（ハルヒメ）とベルはどちらからともなく笑い出し、都市の東部に足を向けた。

最後の、二人だけの目的地（デートスポット）へ行くために。

アイシャ達が上手（うま）くやってくれたのか、都市に既に騒動の気配はない。

ベル達は夕暮れに染まるメインストリートを並んで歩き、そこに辿り着いた。

「ここが、『ノームの大図書館』……」

「うわぁ……僕も初めて来ました」

見上げるほどの建物は四階建てで、まるで荘重な教会のような雰囲気を放っている。

入り口の前まで行くと、銀行員（バンカー）のような高価な制服を着たノームが閉館の準備をしていた。

慌てて駆け寄って入館したい旨を伝えると、背の低い下位精霊はベル達の顔をじっと見上げていたかと思うと、「フゴフゴ」と髭（ひげ）を揺らして通してくれた。

「わぁ……！」

エントランスを抜けた瞬間、春姫（ハルヒメ）は感動の吐息を漏らした。

そこは巨大な『本と棚の世界』だった。

吹き抜けの構造によって空間は広大に開けており、一階、二階、三階、そして四階まで本棚がびっしりと置かれている。棚自体の背も高く、梯子（はしご）がなければ届かない位置にも本がずらりと並べられていた。

書架の多くは重厚な黒茶色が占めており、古い紙の匂いが春姫（ハルヒメ）の鼻をくすぐった。

高い頭上を仰（あお）げば、神々や精霊、英雄にまつわる数々の天井画が描かれている。

精霊が築いた荘厳な空間は、まるでそれ自体が『物語』の世界のように幻想的であった。

「こんなにも沢山の本が……」

「すごい……一体何冊あるんだろう……」

春姫（ハルヒメ）も、ベルも子供のように目を輝かせ、頬（ほお）を染めた。

今日一番の驚嘆をする二人は笑みを隠せず、すぐに奥へ進む。

閉館間近とあってノームの司書以外、人影は見えない。春姫（ハルヒメ）達の貸し切りだ。少し申し訳なくも感じたが、どうしても興奮の方が勝ってしまう。中央に並べられる幾つものテーブル群を抜け、大柱にかけられた館内表を確かめ、目当ての書籍がある区画へ向かった。

春姫（ハルヒメ）達が向かったのは階段を上った最上階——やはり英雄譚が揃えられた書架だった。

「『迷宮神聖譚（ダンジョン・オラトリア）』は勿論、『護人（もりびと）ベリアス』に『ガラードの冒険』、『迷えるディラルド』、『わがエノーの歌』……あはっ、『理想郷譚（アルカディア）』もある！」

「『一千童子（いっせんどうじ）』もございます！　極東の物語までこんなに！」

　さすが『英雄』が生まれる迷宮都市の図書館と言えばいいのか、英雄譚の点数は凄まじかった。壁に沿って築かれた四階の階全体が、英雄ないし神話に基づく物語が置かれているようで、まさに春姫達にとっては宝物の山だ。

　まるで手を繋ぎ合う幼い子供が探検するように、二人して書架を見て回っていく。

「あ……」

「春姫さん？」

　そこで。

　春姫は、目に飛び込んできた一冊の題名に、足を止めていた。

　そこは廃棄棚だった。

　装丁が壊れるなどして処分されるのを待つ小さな本の墓場。

　ベルが振り返って首を傾げる中、春姫はその本を棚から抜き出す。

　本の題名は――『ビルガメスの冒険』。

「この英雄譚って……」

「はい、古き英雄様の叙事詩です。数々の冒険をなされる中で……一人の大娼婦と出会う物語がございます」

　同時にそれは、『娼婦は破滅の象徴』と春姫に植え込んだ物語でもあった。

　これ以降の英雄譚でも娼婦は悲劇的か、あるいは報われない末路を迎えるものが多い。

無論、助言を与えたり、力を貸して共に戦う娼婦もいるにはいるが……真の意味で英雄と結ばれ、その隣に立つ者は、いない。

本は既にボロボロだった。

装丁の表面は傷付いており、開けば各頁(ページ)も擦(す)り切(き)れて読めない箇所が少なくない。

ふとした拍子で頁(ページ)が抜け、バラバラになってしまいそうだ。

「幼い頃、私(わたくし)が怖がった物語です。どうして英雄様にこんな酷いことをするのでしょう、と」

「春姫(ハルヒメ)さん……」

「そして、今になって共感してしまった物語です」

「……！」

「欲に溺れ、多くの人を不幸にした娼婦(かのじょ)は……出会ってしまった輝かしい英雄様を前に、惨めになって……そしてどうしようもなく、惹(ひ)かれてしまったのではないかと」

黙りこくるベルに静かに語りながら、ところどころ読めない頁の表面を、指でなぞる。

『知っているぞ、淫蕩(いんとう)のバビロン！

貴様が犯した悪行の数々を！

一体何人の男を誘惑し、陥(おとし)れ、悲惨な末路へと導いた⁉

恥を知るがいい、妖婦め！』

『それが何だというの、英傑のビルガメス。
私は男が欲しい。愛が欲しい。全てが欲しい。
私の空洞を埋めるには、この世の全てをもってしてもまだ足りない！
ただ、しかし、お前こそが、私の空虚を埋めてくれると思ったのに！』

『私はお前を斬り捨てねばならぬ！
海底に沈む真珠のように美しかろうと、罪を知らぬ子供のように無垢だとしても！
真実その身に怪物を飼っているのならば！
おお、神々よ、ご照覧あれ！　我が剣が淫蕩の女王に鉄槌を下す、その時を！』

『ならば死ね！　死んでしまえ！
私の思い通りにならぬ男など要らない！
たとえその殺戮の剣で、この身を断ち切ったとしても！
お前とそれにまつわる者のあらゆる破滅を、冥府の淵で永久に祈り続けてくれよう！』

英雄は容赦なく剣を振り上げ、娼婦は怨嗟（えんさ）に満ちる。

そこで物語は途切れていた。字は掠れ、続きは碌（ろく）に読めはしない。

まるで切り捨てた英雄と、破滅を迎える娼婦の末路を物語るように。

「この物語がある限り、私（わたくし）は娼婦（かのじょ）に同情して……娼婦（かのじょ）と同じだった自分を、いつか、どこかで、何度でも貶（おとし）めてしまうのだと思います」

今日を振り返る。

とても楽しかった。

失敗と庇われるばかりで己（おのれ）を卑下する春姫（ハルヒメ）を、ベルは時には笑い、時には手を取って、引っ張ってくれた。もう昔の春姫（ハルヒメ）ではないと。

同時に思う。

今日、度々自分を卑下してしまったのは、己の根底にこの英雄譚があったからだと。

娼婦となった日から、この『破滅の物語』と自分は切り離せないものになっていたのだ。

――元娼婦である自分は、救われるべき存在ではないのかもしれない。

――今の自分と、物語の娼婦は同じかもしれない。

――ことごとく自分は少年に不幸を見舞う厄災で、『怪物』だ。

全て今日、春姫（ハルヒメ）が抱いてしまった思いだ。

ベル達に助けられてなお、背中に縋（すが）りつく『娼婦』の残滓（ざんし）だ。

春姫（ハルヒメ）が救われてなお、決して救われない女の呪詛（じゅそ）である。

たった今、かつて読んだ『破滅の物語』と再会して、この心の淀みの原因がなんなのか、はっきりと理解する。

春姫（ハルヒメ）は、救われてほしかったのだ。

自分だけでなく、本の中のもう一人の娼婦（じぶん）に。

それは子供の我儘（わがまま）で、叶（かな）わない幻想だ。

史実である物語の中で決別している英雄と娼婦を、どうして救うことができるだろうか。

春姫（ハルヒメ）の翠（みどり）の双眸（そうぼう）が、そっと伏せられる。


「…………」

切なげに本を持ってたたずむ春姫（ハルヒメ）の横顔を、ベルはじっと見つめていた。

見つめながら、何かを考えていた。

まるで春姫（ハルヒメ）の心の澱（おり）に手を伸ばすように。

自らも感じたことのある痛みを、思い出すように。

ややあって――手を伸ばして本を取る。

あっ、と言う春姫（ハルヒメ）に「少し待っていてください」と微笑んで、一度席を外した。

彼は書架の森の奥でノームの司書を見つけると、何か交渉しているようだった。

言葉を話せない精霊に悪戦苦闘しつつ、何か『許可』を得たらしい。

ボロボロの本、そして借り受けた二つの紅の羽根ペンを持って、戻ってくる。

「ベル様……？」

「この本、譲ってもらいました。捨てられちゃうものだから、もらっても大丈夫だって」

そう言ってベルは本を開き──なんと羽根ペンで何事かを書き綴っていく。

物語への暴挙と言える所業に春姫が言葉を失っていると、ベルは本を差し出してくる。

開かれていたままの頁を見ると、そこには、

『すまない、娼婦。もう一度お前の話を聞かせてくれ。私は、お前の本当を聞きたい』

続きとは異なる、別の台詞が書き記されていた。

「────」

目を見開き、動きを止める。

掠れた文字の上、もう読めない黄ばんだ頁の上に、新たな物語が綴られていた。

顔を上げる。

ベルは眉尻を下げ、優しく笑っていた。

もう一つの羽根ペンを手渡してくる。

春姫（ハルヒメ）はもう一度開かれた本を見下ろして、震える手で、ペンを紙の上に滑らせた。

『英雄（ビルガメス）。私は本当は殺したくなんかなかったの。私は、破滅の象徴でいることに疲れたの』

散々ためらった後、その一文を乗せる。

『娼婦（わたし）は、娼婦（わたし）達は、破滅の象徴なんかじゃない』

返した本を見たベルは、目を細めた。

その一文を咎めることなく、春姫（ハルヒメ）にも何も言わず、ただ本の中に次の台詞を書いた。

『ああ、そうだとも、娼婦（バビロン）。今も手を震わせ、想（おも）いを募らせる貴方達が、破滅をもたらす筈がない』

それを見た翠の双眸が、静かに潤む。

胸に迫る様々な感情。けれど、春姫（ハルヒメ）は泣かなかった。

代わりにベルへ満面の笑みを見せ、再び本を受け取る。

『嗚呼（ああ）、英雄（ビルガメス）。一目惚（ぼ）れだった。ずっと貴方の前で素直になりたかった！　汚（よご）れている私を、受け止めてほしかった！』

『汚れてなんかいない。たとえ汚れていたとしても、それは恥ずかしいことなんかじゃない。私はもう貴方を誤解しない！　私達はもう、解き放たれているのだから！』

本を渡して、また受け取り、何度も英雄と娼婦が言葉を交わし合う。

気付けばベルと春姫（ハルヒメ）は二人で本を持ち、床に座り、肩を寄せ合いながら、物語を綴っていた。

黄ばんだ頁の上に、二本のペンを躍らせて。

顔を綻ばせ、頬を染め、まるで子供のように夢中になって。

英雄譚を読み慣れて、沢山の物語に触れてきた二人の手が、戯曲のごとき英雄（かれ）と娼婦（かのじょ）の台詞を書き綴っていく。

それは春姫（ハルヒメ）とベルが見たかった物語。

彼女達が求めていた英雄譚。

本当の物語は違う。娼婦は我欲のために振る舞い、男を破滅させようとした。英雄は激昂（げきこう）し、そんな彼女を切り捨てた。

けれど、そんな悲劇を書き換える。

他の者が見れば、つまらない理想だと言うだろうか。くだらない妄想だと笑うだろうか。

けれど、史実に記されていない『想い』は、もしかしたら『本当』かもしれない。

英雄は斬りたくなかったかもしれない。

娼婦は許してほしかったのかもしれない。

その想いを夢想し、『もしかしたら』を綴ることができるのは、未来に生きる者の特権だ。

『破滅』という言葉を否定し、彼女達を『笑顔』にすることができるのは、春姫(ハルヒメ)達にしかできない。希望を望み、苦しみを越え、諦(あきら)めずに『今』を手に入れた二人にしか。

描く。描く。描く。

二人の物語を。

二人だけの『本当』を。

英雄と娼婦を。

『私は貴方の本当を知った。ならば貴方がどんなに絶望しても、私が貴方を笑顔にしよう。だから貴方も、私を笑顔にしてほしい。悲しむ暇も、落ち込む暇もないくらい。私は貴方と、ずっと笑い合っていたい』

少年が、英雄が告げるその言葉に。

少女は、娼婦は目を閉じた。

「『嗚呼、溶けてしまいそう――』」


春姫の言葉と、娼婦の台詞が、重なり合う。

顔を上げ、目尻に涙を溜めながら、春姫は微笑んだ。

ベルも恥ずかしそうに笑い返す。

二人はそれから、再び物語の続きに没頭した。帰ったら女神達に大目玉を食らうだろうが、それでも娼婦達の物語を最後まで描きたかった。

本棚の陰から顔を出す精霊達は、二人を見つめ、しばらく放っておくことにした。

『知識』と、そして『想い』を財と捉える彼等は、新たに生まれる物語を歓迎した。


ペンの音が鳴る。

頁をめくる音が響く。

子供のような、くすくすという囁き声が漏れる。

現実と、本の世界。

二つの世界で英雄と娼婦は寄り添い、確かに救われるのだった。

2 Is It Wrong to Try to Pick Up Girls in a Dungeon?
Collection Of Short Stories

STORY

異端児からの手紙

ベルへ

きょうから、おてがみを書くことにしました。

まえみたいに、会うことはできないけど、おてがみならいいよって、リドたちがいったの。

『ぶんつう』っていうんだって！

字は、フェルズにおしえてもらってます。

しっかり書ければ、こえがとどかなくても、おもいがつたわるって。

だから、わたしがみたり、きいたりしたことを書いて、ベルにおしえてあげるね。

いま、すごく、むねがどきどきしてるの。

こわくはないんだけど、からだがぽかぽかして、くすっぐたい。

ベルによんでもらうのが、たのしみ！

だから、ベルも、おてがみをかいてくれたらうれしいな。

リドも、レイも、フィアもそわそわして、『きんちょうする』っていってたよ。

グロスは『へいきだ』っていってたけど、みんなは『つんでれ』っていってたの。

そのときのこと、おしえてあげるね――。

1

「ベルに会いたいなぁ……」

ぽつり、と。

ウィーネの呟きが唇から落ちた。

冒険者もモンスターも知らない、とある『異端児の隠れ里』。

以前【ヘスティア・ファミリア】が足を踏み入れた、鍾乳洞にも似た広間だ。20階層の食料庫が近いこともあって濃緑の石英が生え渡る、冒険者達にとって『未開拓領域』でもある。

そんな迷宮の奥深く。

切り株ほどの滑らかな石の上に座るウィーネのもとに、蜥蜴人達が歩み寄る。

「なんだぁ、ウィーネ？　ベルっち達とお別れして、もう泣かないって約束したんじゃなかったのか？」

「キュウキュウ！」

「ワオーン！」

ウィーネの呟きを聞きつけたのか、蜥蜴人のリドが笑顔で茶化し、一角兎のアルルと黒犬のヘルガが便乗するように『そうだそうだ！』と鳴いてくる。

からかってくるリド達に、ウィーネは唇を尖(とが)らせた。

「泣かないもんっ。ちょっとさびしいだけっ」

冒険者達には『武装したモンスターの暴走』、あるいは『モンスターの地上進出事件』と呼ばれる騒動から、既に一ヶ月ほど。

リド達と出会ってから、ウィーネは随分と表情豊かになっていた。

多くの出来事を経て、目を見張るほど成長した彼女は今も多くのことを学んでいる。

里の掃除や、迷宮に実る美味(おい)しい果実の種類といった些細(ささい)な事柄を始め、同族(モンスター)や冒険者への正しい対処など、異端児(ゼノス)の一員として様々な知識を身につけていた。そしてそこには勿論(もちろん)、感情の表現や意思の伝達、交流関係などもある。

ただただ無垢(イノセンス)だった存在から、『少女』と呼べる存在に成り代わろうとしているのだ。

だから、『ホント〜？(キュキュ〜ウ)』などとニヤニヤと笑ってくるアルルを、がばっ！　と抱きしめた上にモフモフモフッ！　とモフるくらいの反撃はする。『ぎょえーーーー!?(キュウーーーー)』と悲鳴を上げさせることだってする。ちなみにアルルの相棒ヘルガはオチがわかっていたため、素早く射程圏外に逃れていた。

ぼさぼさの毛玉となり、ぐったりとしたアルルを抱えながら、ウィーネは頬(ほお)を膨らませた。

「ベルたちといっしょに、まだ暮らせないのは、わかってるもん。でも、会ったりすることくらいは……できないかなって」

声は徐々に小さくなっていった。

それが我儘（わがまま）である自覚はあるのだろう。

以前あった『下層』での春姫（ハルヒメ）達との再会、そして『深層』でのベルとの一瞬の邂逅（かいこう）――ボロボロだったベルは碌（ろく）に覚えていないだろうが――もあって、胸の奥に押し込んでいた寂寥（せきりょう）感が顔を出してしまったのだ。

ぐったりとしているアルルをぬいぐるみ代わりにしながら、その後頭部に顔の下半分を埋める。

「ベルさん達ニモ都合ガありますからネ」

「ソモソモ、ソウ簡単ニ冒険者ヲ『里』へ入レル訳（ワケ）ニハイカン。アノ小僧達デアッテモダ」

翼の音とともに、ふわっとウィーネのもとへ降り立つのは歌人鳥（セイレーン）のレイ、ずしんっと着地するのは石竜（ガーゴイル）のグロス。

彼女達がウィーネの会話に加わったことを皮切りに、周囲でくつろぎながら耳を澄ませていた他の異端児（ゼノス）達も、わらわらと集まってきた。

「ソレジャア、コッチカラ会（ア）イニ行（イ）ッチャエバ！」

「また地上に出ちまったら大騒ぎになるぞ、ラウラ」

「迷宮（ママ）！　場所（バショ）！　決（キ）メル！」

「階層ノいずこかデ待ち合わせ、ということですカ？　シルバ」

「ウオオオオオオオオオオオ!!」

「ソコデ宴(ウタゲ)ナド開(ヒラ)イテドウスル、トロル。オ前(マエ)達ハ小僧(コゾウ)達ガ来タ時(トキ)ノヨウニ、再(フタタ)ビ騒(サワ)ギタイダケダロウ。……オイ、興奮スルナ！　ウルサイゾ！」

カタコトの半人半蛇(ラミア)、かろうじて単語を操(あやつ)る野猿(シルバーバック)、人語を喋(しゃべ)れないため雄叫(おたけ)びを上げる大型級(トロール)。他にも銘々、好き放題言っては騒ぐ同胞達に、リドやレイ、グロスが対応しては説き伏せる。口々に意見を言う同胞達に――自分と同じようにベル達と会いたがっている彼等彼女等(ら)に、ウィーネはきょとんとした後、破顔した。

グロスが言葉にした通り、異端児(ゼノス)達は暇だった。

厳密には今、異端児(ゼノス)達は『休暇中』だった。

目立ったダンジョンの異変もなく、協力者(フェルズたち)からの指令もなく、久方ぶりにまったりとした時間を過ごしている。

普段の彼等は迷宮の『異常事態(イレギュラー)』を鎮圧するため人知れず奮闘するか、もしくはフェルズからの厄介事を解決するため奔走している。あるいは、ウィーネのように新しい『同胞』発見の報を聞きつけて全力で保護しに行くのだ。

異端児(ゼノス)の移動範囲は冒険者の往来が激しい『上層』を除けば、『中層』から『深層』と、途轍(とてつ)もなく長大にして広大である。その分、特定の階層に設けられた『里』に一定の同胞を駐在させて拠点化しているが、彼等が主神に使役される眷族以上に働き者なのは疑いようがない。

とにもかくにも、そんな働き詰めだった日々の中に舞い込んだ休暇だ。

いざ体を休ませるとなっても、強靭な怪物である彼等は一日二日ぐっすり寝れば傷も疲労もたちまち回復してしまう。地上の人類と異なり『娯楽』が少ない——趣味や余暇の活用手段が乏しい異端児達は、暇を持てあましていたのだった（下層及び深層に閉じ込められたベル達の救援、更に人造迷宮の掃討作戦など、稀に見る大事件続きの反動でもある）。

そんな暇人ならぬ暇モンスターだった異端児達は、ウィーネが口にしたベル達の話題に、ここぞと食いついたのだ。

「まぁ、ベルっち達を里に入れるわけにはいかねえっつうグロスの照れ隠しは今更だし、置いておくにしてもよー」

「照レ隠シナドデハナイ!!」

「ベルっち達と会うのは、フェルズにも『まだ待ってくれ』って止められてるんだよな」

グロスの叫びを無視しながら、リドが尖った爪で首の辺りの鱗を引っかく。

「オレっち達が地上で起こした騒ぎは、ほとぼりが冷めつつあるらしいんだけど……ベルっち達はベルっち達でてんてこ舞いらしくてよ」

『『『ア～～～……』』』

ベル達も超多忙、という言葉に、人語が喋れるモンスターも喋れないモンスターも、納得の息を吐き出す。

「時期は見計らってるらしいんだけどな……オレっち達のせいでベルっち、余計に有名人になっちまったらしくて、ダンジョンにもぐるだけでも注目を集めちまうんだと」

最後は決まりが悪そうに、リドはフェルズとの会話を語った。

迷宮街攻防戦での立ち回り——具体的には『黒い猛牛』との戦いによって、零落していた少年の評判は持ち直し、それどころかより人気が上がりつつある。

今、【ヘスティア・ファミリア】が『遠征』に繰り出せば神々も派閥も注目し、そうでなくてもちょっと『中層』へ出かけるだけで「何かお宝の情報でもあるんじゃないか？」と勘繰られ、場合によっては嗅ぎ回られる始末らしい。

それほどベル達も脚光を浴び、成長しているということでもある。

そしてその原因を直接招いてしまった異端児一同は『ウ〜〜〜ン……』と唸り声を上げてしまった。後ろめたいと思うと同時に、ベル達と会うのは思ってた以上に難しそうだゾ、とようやく気付き始めたのである。

「やっぱり、ベルたちとは会えないかなぁ……」

ウィーネもしょんぼりしながら、そう諦めかけた、その時。

「それでは！　手紙を書くのはどうでしょう！」

クルクルと回転しながら、宙高く跳躍した半人半鳥が、ばっと翼を大きく広げた。

「てがみ……？」

「ええ、そうですウィーネ！　貴方の想（おも）いを綴（つづ）って、ベルさん達に届けるんです！」

まるで曲芸師の演出（パフォーマンス）のように羽根を舞い落とし、同胞達の視線を集めた半人半鳥（ハーピィ）のフィアは、すいーっとウィーネの側まで降りて浮遊する。

不思議そうな顔をする竜の娘（むすめ）を他所に、リドやレイが口を挟んだ。

「手紙って、あれだろ？　紙に字を書いて……とにかく読み書きするっていう、あの」

「道具ガ揃（ソロ）っていなけれバ書けないのでハないですカ？」

「問題ありません！　――レット！」

「お任せください！　羊皮紙（かみ）もペンもここに！」

フィアが意気揚々と名を呼ぶと、赤帽子（レッドキャップ）のゴブリンが羽根ペンと少し汚れた羊皮紙、おまけにインク瓶（びん）を持って颯爽（さっそう）と登場する。手際がいい二匹に「い、いつの間に……」とリドとレイは呻（うめ）いた。

ちなみに、羊皮紙は落ちていた冒険者の荷物（バックパック）から回収したもの。

ペンの方は、なんと手先が器用なレットがフィアの羽根を用いて自主作成した――壊れた魔道具（ブラッド・フェザー）を参考に作った――異端児印（ゼノスじるし）の羽根ペンだ。別名『半鳥（ハーピィ）の鵞（が）ペン』。

最後にインクは、二匹（ふたり）で五体投地してフェルズに地上から持ってきてもらった。

「地上の方々の文化なら任せてください！　この『レット・あんど・フィア』が古い潮流（ふぁっしょん）か

ら最新の流行（とれんど）まで網羅しています！」

「網羅（モウラ）ハ言い過ギダロウニ……」

「ていうか、その冒険者みてえな二つ名も初めて聞いたぞ……」

片翼を器用に胸へ添えて勝ち誇るフィアに、グロスとリドが呆（あき）れた目を向ける。

半人半鳥（ハーピィ）のフィアと、赤帽子（レッドキャップ）のレットは、異端児（ゼノス）達の中でも地上の文化に特に興味を持っている。

強いて言うのならば『融和派』で、人類との共存を強く願っている者達だ。

狩猟者（ハンター）の事件が起きた当初、フィアは捕えられてしまったが、レットは戦いを最後まで止めようとしていたリド側にずっとついていたほどである。

異端児（ゼノス）の中で、リドとウィーネを除いて流暢（りゅうちょう）な人語を喋れるのはフィアとレットのみ。

彼女達も『夢』の中で――『前世』で――地上や人類に『強烈な憧憬（しょうけい）』あるいは『関心』を抱いたモンスターであることは確かだった。

「これを使ってベルさん達と『文通』をしましょう、ウィーネ！」

「『ぶんつう』？」

「『文通』とは人類が生み出した、彼方にいる者と情報と想いを交わす画期的かつ偉大な方法なんです！」

きょとんとするウィーネに、フィアとレットがここぞと熱弁する。

地上マニア、あるいは人類オタクである彼女達の勢いに、リド達を始めとした異端児達は軽く引いていた。

「……おい、ちょっと待て、いったん落ち着けって」

「何ですか、リド？　貴方も私達と一緒に手紙を書きたくなりましたか⁉」

「そんなこと言ってねえし、キラキラした目で見んな。……もし手紙を書けたとしても、どうやってベルっち達に届けるつもりだ？　オレっち達は地上に行けねえし、手紙を渡すためにダンジョンで待ち合わせなんて、それこそ本末転倒ってやつだろう？」

これはもう止まらんと諦めつつ、リドが疑問を投げかけると、半人半鳥と赤帽子は息を合わせて答えた。

「「それは勿論ッ――――!!」」

「――で、私が呼ばれたわけか」

虚空から滲み出るように現れ、『隠れ里』へ到着したフェルズを、フィア達が歓迎する。

眼晶の連絡で地上からわざわざ呼び出され、魔道具の『透明状態』を解除した黒衣の魔術師は、やれやれと言わんばかりに肩を竦める素振りを見せた。

「私も暇ではないんだがね」

「普段はオレっち達を使い走りにしてるだろう？　たまにはいいじゃねえか」

リドが歯を剝いて笑うと、「それを言われると反論のしようがないな」という苦笑の声がフードの奥からこぼれ落ちる。

フェルズはそこで、ウィーネを見やった。

「しかしウィーネ、本当に手紙を認めるつもりはあるのかい？　こういっては何だが、字の概念さえ知らないのなら、共通語を覚えるのも一苦労だが」

「……てがみをすれば、ベルと会えるの？」

まだ『手紙』を理解しきれていないウィーネは瞬きを繰り返し、首を傾げる。

細い肩からこぼれる美しい青銀の髪を眺めながら、フェルズは彼女の言葉を否定した。

「いや、会うことはできない。手紙はあくまで通信伝達の手段。むしろ会えない相手がいるからこそ、人類は手紙というモノを生み出した」

「……会えないなら、どうして、てがみをするの？」

ウィーネは悲しげな表情を浮かべ、問うた。

「みえなくて、きこえなくて、さわれないなら……それは、とてもさびしいことじゃないの？」

ベル達の温もりを思い出し、切ない声がこぼれる。

彼等の胸に飛び込むことができないなら、それを自覚する分、より寂しさを募らせることにならないのかと、ウィーネは危惧し、怯えている。

広間に一瞬の沈黙が訪れた。

リド達は特に責任もないのだが、ばつが悪そうな顔を浮かべた。

フィアとレットは固唾を呑んで見守っており、どう説明するべきか悩んでいるようだった。

そしてフェルズは――。

「……ウィーネ。君の言う通り、愛する者と会えない分、寂しさは募るだろう」

何かを一考した後、琥珀色の瞳をじっと見つめ、賢い者のごとく、言葉を紡ぎ始めた。

「しかし『手紙』は、そんな寂しさを分け合うことができる」

「わけあう……？」

「ああ。そして分け合うということは、相手に今自分が思っていることを知ってもらうということだ。そしてそれは、人を突き動かす『契機』となる。これはたとえ話だが……君が寂しくて死んでしまうと知ったら、ベル・クラネル達は今すぐここに駆けつけてくるだろう」

ウィーネの瞳が、見開かれる。

「想像してほしい。ベル・クラネル達が今、地上で何をしているのか。何を喜んで、どんな幸せを感じているのか。それを知ることができたら、ウィーネ、君は何を思うだろう？」

「……ベルたちのことがわかって、ほっとする。ぽかぽかも、するよ。今、ベルたちが笑ってるなら……わたしもうれしい」

「そうか。ならば『手紙』は、そんな喜びを君に教えてくれるものだ」

闇に塞がれたフードの奥で、フェルズが笑った。

竜の少女はそれを確かに感じ取った。

「ウィーネ。『字』とは、人類の発明なんだ。原初の叡智(えいち)と言っても過言ではない。そしてこの『字』こそ、人類とモンスターの存在を明確に分ける境界……『文明』の一つでもある」

「ぶんめい……」

「過去に生きた人々は、字を記すことで記録を残し、未来を生きる我々に様々な知識を伝えた。『字』とは距離はおろか、時間さえ超えてのける。だからこそ、大地を隔て、地上と地下にそれぞれ生きる君達でさえも、繋(つな)がることができる」

「！」

フェルズは一言一句ゆっくりと、それでいて滔々(とうとう)と伝えるべきことを語った。

それはある種、『愚者』と名乗る魔術師(メイジ)の新たな試みのようですらあった。

願いのために、変化を望む『賢者』の詩。

「『手紙』を書き、それがベル・クラネルに渡った時……彼はウィーネ達のことを、側に感じることができるだろう」

ウィーネには、フェルズが言っていることは半分もわからなかった。

けれどベルに『ウィーネはもう泣いていない』と伝え、安心させてあげられることはわかった。

そして寂しがっていると知った彼も、『手紙』でウィーネを安心させてくれることも、理解できた。

「真心を込めて書くことができれば、声が届かなくても、想いはきっと伝わる筈(はず)だ」

少年の温もりを身近に感じ、繋がることができる。

想いを分かち合うことができる。

それはとても幸福なことだと、胸の高鳴りがウィーネに教えてくれた。

「フェルズ……わたし、『手紙』を書きたい」

「そうか」

「ベルたちに今のわたしを知ってもらって、今のベルたちをおしえてもらいたい！」

「ならば『字』を教えよう。『手紙』を書くための、人の言葉を」

「うん！」

ウィーネは相好を崩し、頷(うなず)いた。

花が咲いたような、いたいけな笑みだった。

その光景にフィアとレットは喜び、リド達は目を丸くする。

「リド、グロス！　わたし、『手紙』をかいてもいい？」

「お、おう……オレっちは別に構わねえけど……」

「……マァ、イイダロウ。モシ手紙ガ届カズ、冒険者ニ見ツカッタトシテモ、小僧宛(アテ)トイウコトシカワカラン。異端児(ワレワレ)ノコトハ明(アカ)ルミニナルマイ」

「皆さん、知ってますか！　素直になれないグロスのような方を、『ツンデレ』と言うらしいですよ！」

「フィア、貴様ナニヲ言ッテイル!!」

何やら騒がしくなるも、許可をもらったウィーネは「ありがとう！」と相好を崩した。

早速、それまで座っていた切り株状の岩の上に羊皮紙を敷き、フェルズから共通語（コイネー）を教えてもらう。そしてすぐに何度も首をひねり、難しい声を発し始めたが、ウィーネは『学ぶこと』を投げ出したりしなかった。

「この字を組み合わせることで、『ウィーネ』と読む」

「これが、ウィーネ……？　わたしのこと？」

「ああ。君を表す文字で、君の名前だ」

「わぁ……！　これが、わたしの名前！」

指で共通語（コイネー）をなぞるフェルズの隣で、ウィーネの表情がころころ変わる。

ベル達から名前をもらった時と同じように喜びをあらわにする彼女を、他の異端児（ゼノス）達は興味深そうに眺め、いつの間にか輪になって囲んでいた。

そして、羨（うらや）ましそうに、そわそわし始める。

「……オ、オレっちも、教えてもらおうかな」

「なんだ、リド。十年ほど前、私が教えてやると言った時には面倒だと言ったくせに。眼晶（オクルス）があれば十分だと口にしていなかったか？」

「だーっ！　悪かったよ、フェルズ！　ただ……オレっちもベルっち達に、自分の言葉で色々……感謝とか、伝えたくなっちまったんだ」

リドが恥じらいながら、頼むと懇願した。

フェルズの言葉通り、以前のリドは積極的に『字』を学ぼうとしなかった。

それがベル達と出会ったことで、転機を迎えた。

当時はいなかった『地上の友人』という存在が、リドに意欲をもたらしたのだ。

（まぁ、それを見越した上で誘導したわけだが……）

悪い癖だ、とフェルズは思った。

ウィーネの純真を利用して、リドを触発した。罪悪感がないと言えば嘘となる。

だが、怪物が人間の文化に触れて、理解する。

あるいはこれこそが、人類と怪物の共存の第一歩――もしくは重要な『展望』になるのかもしれない。八百年の時を生きてきた魔術師は、そうも思ったのだ。

「ワタシモ教エテー！」

「キュー！」

リドが習い始めると、半人半蛇のラウラやアルルなど、様子を窺っていた他の異端児もこぞって参加した。あっという間にフェルズ一人では手が回らなくなってしまう。

始まるのは、青空教室ならぬ迷宮教室だ。

「教えるのを手伝います！　私も共通語(コイネー)は書けますので！」

「本当かよ、レット！　まさかフィア、お前もか⁉」

「もちろん！　……と言いたいですが、私の翼ではペンを持てないので、読む専門です……」

「あ、なんか悪(わり)ぃ……」

「大丈夫です、リド……私はもう一度通った道なので。そこで自分も書けるかソワソワしているレイほど、悲しい結末にはなりません」

「ソ、ソワソワなんてしていません！　……ぐすんっ」

「……小僧達トノ連絡ニ興味ハナイガ、何(ナニ)ガアルカワカラン。私モ学(マナ)ンデオクカ」

「ア、ツンデレダ！」

「ツンデレ！」

「グロス、ツンデレェエエエエエエエエエエエエ‼」

「貴様ラァァァァァ！」

フェルズ、レット、フィアが教え、リド達が教わる。

時折グロスが怒りの咆哮(ほうこう)を上げ、字を書けないレイ達もふむふむと頷き、学ぶ。

石英(クオーツ)の柱の下で寝そべっている里の番人、木竜(グリュー)が、長老のような優しい瞳でそんな彼等を見守っていた。

「みんなで、『手紙』、書こうね！」

みなで習い、みなで教わる光景に、ウィーネは頬を染め、顔を綻ばせた。

「ベルたちに、読んでもらおう！」


それでね、みんなフェルズたちにおしえてもらったんだよ？

わたしも、わたしのなまえを書けるようになったの！

でも、字ってすごくむずかしくて、このおてがみはフェルズにてつだってもらっちゃった。

ベルたちは字が書けて、すごいね！


あのね、ベル？

わたし、ちょっとさびしい。

もう泣かないってやくそくしたけど、ベルたちにあいたいっておもっちゃう。

だからね？

おてがみ、いっぱい書くよ！

わたしたちのこと、いっぱいおしえるから、ベルたちのこともおしえて！

そうすれば、ベルたちがいてくれるみたいに、むねがぽかぽかするから！

ベルのおてがみ、まってます。

わくわくしながら、まってます！

またね！

ウイーネより

ベルへ

きょうはね、カールのおはなしを書くね。

カールはわたしのおともだち。

どっちもいしがあって、あかくて、すごくにてるんだよ！

わたしよりリドたちと会うのがおそくて、ずっとひとりぼっちだったの。

ベルたちとはあったことがなくて、ざんねん、っていってたよ。

それでね？

あぶないところを、ぼうけんしゃさんにたすけられて、かんしゃ？　してるんだって！

そのひとは、みみがほそいらしいよ。

あと、みどりいろのふくをきてて、木のけんをもってる。

きれいで、かっこよかったって、カールはずっといってるの！

もういちどあいたいって！

フィアがカールを見て『こい！』とか『あい！』とかいってたけど、なんなんだろうね？

カールもすごいかわいいおんなのこだから、そのひとにあえるといいね！

あとね、ベル。

だれも、おしえてくれなかったんだけど、『ゆり』ってなあに？

ウィーネより

2

「……手がかりはない、か」

覆面で素顔を隠したエルフの相貌が、青水晶に反射する。

ダンジョン18階層、『迷宮の楽園（アンダーリゾート）』。

菊（マム）の花のごとく天井（てんじょう）に咲き渡る水晶が沈黙し、地下迷宮でありながら『夜』が訪れている中、リューは『調査』を行っていた。

現在地は18階層の東部、大森林である。

幹を蹴（け）りつけ、枝の上を移動しながら、小鞄（ポーチ）からある精製金属（インゴット）を取り出す。

「この魔道具（マジックアイテム）を手に入れたのは、この辺りだった筈だが……」

それは球形で、材質は『ミスリル』だと思われた。

炎熱で多少溶けた痕（あと）はあるものの、ほぼ無傷。並の衝撃ではびくともしない作りの一方、内部に埋め込まれているのは、おぞましい眼球のような物体だ。

表面には共通語（コイネー）や神聖文字（ヒエログリフ）とも異なる『D』という記号が刻み込まれている。

（もう二ヶ月も前になるか……）

この不気味な魔道具（マジックアイテム）を入手したのは偶然であり、経緯は複雑だった。

Lv.2になったベルが『中層』で消息を絶ち、リュー達が捜索隊としてダンジョンへ向かった時のことだ。この18階層の大森林にベルが迷い込み——何故か同行していた【ロキ・ファミリア】の【千の妖精】とまとめて——新種の食人花に襲われているところをリューが助けた。そしてベル達の無事を確保した後、リューは食人花を放った不審な二人組を単独で追ったのだ。

捕えたその者達の正体は、闇派閥。

正確にはその『残党』。

五年前までリュー達【アストレア・ファミリア】が敵対していた邪神の眷族、その生き残りであり、因縁浅からぬ相手である。

予想外の事態が起こり、残党を尋問することはかなわなかったが、リューは彼等の持ち物と思われるこの魔道具を回収したのだった。

「あれから、調査のため18階層に足を運ぶのも六度目……今日も空振りに終わるか」

闇派閥残党の存在を見過ごせないリューは、独自に調査を行っていた。

実際、知己の伴侶となる少年が巻き込まれた戦争遊戯や【イシュタル・ファミリア】との事件、後は最大賭博場でのドタバタなど様々なことがあり過ぎて——ほとんど少年が心配でダンジョンに行くことができず——時間が取れなかったが、ラキア王国たる【アレス・ファミリア】とオラリオが戦争を始めた頃から、ようやく本腰を入れられるようになった。

上級冒険者の強靭性にかまけて酒場の営業の後、夜な夜な寝台を抜け出して、こうしてダンジョンに赴いている。誰(だれ)も巻き込むわけにはいかず、ミアやシル達『豊穣の女主人』の面々、ベル達にも何も話していない。

その上で、独自に調査するには18階層は広過ぎた。

残党を発見した大森林だけでも樹海めいた鬱蒼(うっそう)とした木々、地面を派手に割って高低さを生み出す水晶群など、とにかく障害物や遮蔽物だらけだ。視界は利(き)かず、ひそめる場所も数多い。今や規模もわからない組織の痕跡を探すのは、海の中から宝箱を見つけ出すに等しかった。

変装までして階層西部の『リヴィラの街』で聞き込みを行っているものの、有力な情報を入手するに至っていない。

リューの調べものは難航しているのが実状だった。

(やはりアンドロメダに、魔道具(マジックアイテム)の解析だけでも頼むべきだったか……)

やりようはいくらでもあった。

腐れ縁であり、闇派閥(イヴィルス)がのさばる『暗黒期』を戦い抜いたアスフィにでも依頼すれば、彼女は力を貸してくれただろう。そうしていれば今頃(いまごろ)、何かしら前進があったかもしれない。

しかし、リューはしなかった。この品が闇派閥(イヴィルス)に関(かか)わっている可能性がある以上、アスフィが素直に魔道具(マジックアイテム)の解析結果や、掴(つか)んだ情報を引き渡すとは思えなかったのである。

五年前、破滅的なまでに闇派閥(イヴィルス)撲滅に身を捧(ささ)げた【疾風】は、『悪』の者どもと対峙(たいじ)した時、きっと冷静ではいられない。

付き合いの長いアスフィはそう判断して、『何もわからなかった』と誤魔化(ごまか)そうとしてくるだろう。常に冷淡(ドライ)な態度を装っているが、心優しい彼女のことだ、数々の友と【ファミリア】を喪(うしな)ったリューを慮(おもんぱか)り、不安に思って、闇派閥(イヴィルス)との接触を危ぶむに違いない。

——そして、それは『正解』だった。

リューがアスフィにこの『魔道具(マジックアイテム)』を渡していたならば、大きく『運命』は変わっていただろう。

【万能者(ペルセウス)】は【疾風】に全(すべ)てを伏せて主神に連絡し、秘密裏に事態を動かした筈だ。

喋(しゃべ)るモンスターという『爆弾』が明るみになる前に状況が動いていれば、都市を巡る『命運』は揺らいでいたかもしれない。それこそ手を取り合う筈の者達が袂(たもと)を分かち、人々を奮わす勇者は人工のまま、彼を含め多くの冒険者が魔城の供物に変わっていたやもしれない。

妖精(リオン)が干渉できない場所で。

事件の表の当事者達(ヘスティア・ファミリア)が与(あずか)り知らないところで。

事件の裏の当事者達(ロキ・ファミリア)を巻き込んで。

『運命』は、転じていたかもしれない。

全ては仮定(イフ)に過ぎない。

しかし混沌を極めて収拾がつかなくなっていたであろうことは、全てが終わった後、天界から全てを眺めていた神が保証するだろう。暗い冥界で、幽冥は今も愉快に笑っているかもしれない。

奇しくも、『鍵』を握るリューは『分岐点』に立っていた。

「一度調べはしましたが……食人花と交戦した場所を再度探ってみるか」

無論、それは『未来』を知る術がない彼女にとって思いもよらない話だ。

誰にも邪魔されず、誰も巻き込まず、闇派閥の足取りを追いたいリューは、捜査範囲を広げることにした。

手がかりを見落とした可能性も考慮し、一度調べた場所に立ち返る。

見覚えのある樹上、枝葉が徐々に薄くなっていく森の円蓋、環状列石を彷彿させる水晶の林——少年と少女を救助した森の一角に辿り着く。

「……？」

やはり不審なところはない。

そう思い、大森林とは逆側の方向に足を向けた時だった。

森の境目、天井にまでそそり立つ岩壁が見えるようになった階層東端。

腰の小鞄に押し込んでいた魔道具が、熱を生んだ。

「これは……」

手の平の上に取り出すと、脈動するように反応を示している。

まるで『共鳴』しているかのような状態に、リューは押し黙った。

探知器のごとく、腕を伸ばして反応の強弱を探る。

ややあって、強まっていく熱の放出に導かれるところ、一見周囲と何も変わらない岩壁の前で足を止めた。

「……【今は遠き森の空。無窮の夜天に鏤む無限の星々】」

それはほぼ直感だった。

自分の目の前に立ち塞がる『壁』に対し、リューは呪文を唱える。

「【ルミノス・ウィンド】」

小さな呟きとともに、緑風を纏う光玉が三つ、正面に放たれた。

威力と規模を抑えられた『魔法』は破壊と衝撃を呼ぶ。

粉塵とともに岩壁は崩れ——その奥に、『一本の通路』が露出した。

「……！」

目を見張るリューは、周囲を警戒し、伏兵や罠の類がないことを確認すると、意を決して『通路』へ移動した。

リューが足を踏み入れると背後の岩壁——ダンジョンの組成は見る見るうちに再生し、魔法の爪痕はなかったことになる。

無数の石材を用いられた大型の横穴。およそ天然の構造物とは思えない人工物。

通路の行き着く先、リューの眼前に現れるのは分厚い『金属門』だった。

「まさか……」

左右に悪魔のごとき彫像を従えるソレの素材が『最硬金属(オリハルコン)』だと見抜くリューは、手の中の魔道具(マジックアイテム)をかざす。

たちまち埋め込まれた紅の宝玉が呼応し、『門』がその巨大な顎(あぎと)を開く。

「そういうことですか……」

この不気味な魔道具(マジックアイテム)が何であるのか、リューはようやく理解した。

いかなる理外の業(わざ)か、地下迷宮(ダンジョン)と直結するこの『領域』に入るための『鍵』だったのだと。

「残党の棲家(アジト)……あるいはそれに類するモノ」

現段階では確証はないが、可能性は高い。

リューは腰に差していた木刀を引き抜き、薄闇(うすやみ)に包まれる『迷宮』に侵入した。

一本道は最初だけだった。

すぐに幾つもの分かれ道を有する『迷路』の様相を呈する。

石板で覆(おお)われた床、壁、天井。刻まれている植物の彫細工(レリーフ)。光量は乏しいが等間隔に設置されている魔石灯。まさに人工の迷宮だ。既に行き止まりに直面すること数度、前へ進めている気がしない。

「……複雑怪奇過ぎる」

分かれ道を選択する度にリューは小太刀を用い、石の壁に目印を記した。冒険者の経験を最大限に活用しなければ、彼女自身この迷宮に囚われ、抜け出せなくなりそうだった。

罠の存在、更に人の気配。脅威の有無を常に確認する。

己が侵入者である自覚をもって、息を殺して万全を期して進んだ。

(敵の侵入を阻む目的があったとしても……棲家や、砦としての用途をなしていない。まるでもう一つの地下迷宮のような――)

リューが薄ら寒いものを感じていた、その時。

「!」

ゴゥンッ、と迷宮の奥より、何かが開く音がした。

しかも、それが複数。

先程自分が開けた『最硬金属』の音と酷似している。リューがそう思った次には、それは現れた。

『キシャアアア!』

闇の奥に浮かぶ夥しい『眼光』。

凄(すさ)まじい数の異形が押し寄せてきたのである。

「モンスター……!?　いや敵が放った尖兵！」

既に自分の存在は捕捉されていた？

一体どこで！

瞠目(どうもく)するリューは胸の奥にいくつもの何故を抱えながら、戦闘を余儀なくされた。

「『人造迷宮(クノッソス)』を徘徊(はいかい)する存在……何者だ」

リューの『不幸』は、直ちに発見されたこと。

植物の彫細工(レリーフ)を始めとした迷宮の随所に仕込まれた『目』が、彼女の現在地から焦(あせ)りの表情まで、全てを捉(とら)えていた。

「闇派閥(イヴィルス)の残党どもではない。同胞(ペルディクス)を増やすための孕み袋が逃げたか？　どちらにせよ、始末する……」

そしてリューの『幸運』は、彼女を発見した者がたった『一人』であったということ。

日の光を嫌う病的なまでに白い肌、白い髪、そして左眼に『D』の文字を持つヒューマン。

『未完』でありながらダンジョン中層域にまで匹敵するあまりにも広大な迷宮は、『狩猟者(ハンター)』

や『悪』の残党達も隅々まで網羅しつくせるものではない。

事実、『目』が集める迷宮の光景を『男』が眺めたのは偶然だった。

『男』は、迷宮の『作業工程』を確認するため、その監視場所に立ち寄っただけだった。

「数は一人……晶聖(ヴァルグ)で十分か」

何よりリューの『僥倖(ぎょうこう)』は、『男』が妄執に憑りつかれし『名工の一族』であり、【暴蛮者(ヘイザー)】ディックス・ペルディクスより遥かに危機意識が低かったということだ。

『彼』は戦いの素人で、『一つの事柄』のみに専心していた。

『迷宮』の完成以外、全てが些事(さじ)であった。

侵入者が雷名を轟(とどろ)かす第一級冒険者達である、と事前に聞かされていれば重い腰を上げ、それなりの必殺の罠をもって出迎えただろう。だが紛れ込んだ妖精一匹を丹念に、丁寧に葬るほど、『彼』は暇でも奇特でもなかった。

台座に張り巡らされる水膜に映し出される女の姿、それを見下ろしながら手前の紅玉を握り、複数の『扉』を遠隔操作して、数えきれないモンスターを解き放つ。

『D』の左眼を輝かせ、踵(きびす)を返し、その場から離れながら『男』は告げた。

「貴様に割く一秒ですら惜しい。私が知らぬ場所で野垂れ死ね、妖精(エルフ)」

「くっ！」

飛びかかり、こちらに取りつこうとするモンスターを、木刀の一閃でまとめて解体する。倒せる。だが数が多い。いや多過ぎる。

敵の能力は高くても『中層』級（クラス）と見極めつつ、リューは動揺を殺しつくせなかった。

「水黽（ミズグモ）のモンスター……⁉　確認されていない、新種！」

床を、壁を、更には天井を這って殺到する敵（モンスター）新種の大群。

生理的嫌悪を喚起するおぞましい光景に、リューは後退を織り交ぜながら迎撃を行う。

(以前18階層で交戦したモンスターではない！　闇派閥（イヴィルス）残党との決定的な証拠には至らない

――が、似ている！　あの食人花と！)

類似する点は黄緑色（おうりょくしょく）の体皮のみだが、既視感があった。

死骸を調査したい衝動に駆られるが、余計な思考は命取りであると冒険者の経験が訴える。

リューは後ろ髪を引かれる思いを打ち捨て、即座に撤退を選択した。

格下のモンスターとはいえ、それこそ通路を埋めつくそうかという数の相手に一匹でも食いつかれたら最後、四肢を貪られ、全身を咀嚼（そしゃく）される。

大群に背を向け、追撃など許さない速度で疾走し、もと来た道を逆行して――

「なにっ⁉」

驚倒に見舞われた。

件（くだん）の水黽（モンスター）が目の前にも溢（あふ）れていたから、ではない。

リューが壁面に残した『目印』を、奴等（やつら）が潰（つぶ）すように嚙（かじ）り付いていたからである。

妖精の衝撃は止まらない。敵の頭上を飛び越え何とか記憶の道を辿（たど）るも、確実にここまでなかった筈の『扉』が通路を塞いでおり、二股道が一本道に、あるいはただの分かれ道が四つ辻へと変貌していた。様変わりしている迷宮の光景が、リューがかろうじて記憶していた『逃走経路』の道筋を破壊してくる。

全ては『男』の仕業だった。

致死量に及ぶ対策を施したからこそ、『彼』はリューの監視をあっけなく打ち切ったのだ。

この『迷宮』で生み出された水黽（モンスター）は侵入者の痕跡を消すよう設定（インプット）されている。

戦闘能力は秀でていなくとも、闇の中を蠢く大群は確かな『迷宮の尖兵』である。

（『鍵』はある、だが『進路』がわからない！）

無闇に『扉』を開けて逃げ回ったが最後、出口に辿り着けないリューは体力が底をつくか、あるいは袋小路に追い込まれ凄惨な末路を迎えるだろう。

地図作製（マッピング）を怠った自分を呪うも、まさか闇派閥（イヴィルス）の手がかりを追ってダンジョンとは異なる迷宮に辿り着くなど思うわけがない——地図作製（マッピング）の装備をあらかじめ用意する方が無茶だ——と理性が喚（わめ）き立てる。

リューは直感した。

真の脅威はモンスターの大群ではなく、『迷宮』そのもの。

この領域はたった一人で侵入を試みてはならない『魔窟』であったと、察してしまう。

『シャアアアアア！』

逡巡(しゅんじゅん)している間にも、モンスターが見る見るうちに迫ってくる。

リューの現在地は十字路。方位も判然としない中、三方よりモンスターの群れが押し寄せており、残った一方向のみ静寂と薄闇が広がっている。

逃げるならば後者の道に向かうしかない。が、

（――臭う）

リューは『罠』の香りを嗅ぎ取った。

事実、それは『男』が吊るした蜘蛛(くも)の糸であり、出入り口とは真逆の迷宮の奥部(おうぶ)に繋(つな)がっていた。その先は、まだ何も知らない暴悪な狩猟者(ハンター)達がたむろしている。

決断を迫られるリューの頬(ほお)に一筋の汗が伝った、直後。

『クキューーーーー⁉』

「！」

後方、水黽(モンスター)のいない薄闇の奥から、可愛(かわい)らしい鳴き声とともに何かが走ってきた。

まるで慌てふためくように眼前へ突っ込んできたソレを、リューは反射的に鷲掴(わしづか)みにする。

『クギュブ⁉』

「これは……『カーバンクル』？」

後頭部に溜まるモフモフの毛を摑むリューは、状況を忘れて胡乱な視線を向けた。

フワフワの緑玉色の毛並みに、猫ほどの体軀。

額から伸びる一角はそれ自体が宝石であり、美しい紅の光を湛えている。

彼の『ユニコーン』と並び、滅多に遭遇できないとされる稀少種『カーバンクル』である。

「……」

『……』

妖精と秘獣、視線が絡み合う。

カーバンクルは傷だらけだった。まるで残酷な看守の目を盗み、牢屋から無理やり逃げ出してきたかのよう。

紅く円らな瞳をうるうると潤ませ『助けて！』と訴えている……ように見えなくもない。

人類の敵であるモンスターとはいえ庇護欲をそそられ……なくもない。

一人と一匹の間で、奇妙な時間が流れていると、

「……あとで魔石を抽出して、『ドロップアイテム』を頂戴しますか」

『クキュウ⁉』

『カーバンクルの秘晶』と呼ばれる額の石は超稀少かつ超超超超高額である。

がーんっ！　と衝撃を受けた（ように見える）四足獣のモンスター。

元がつくとはいえ、リューもやはり冒険者だった。

『――オオオオオオオ！』

「っ！」

『クキャア⁉』

と、そうこうしているうちに水黽が接敵を果たしてしまった。

リューは掴んでいたカーバンクルを咄嗟に横へ投げ捨てる。庇ったわけではない。片手が塞がっていてはこの状況を切り抜けられないと判断しただけだ。

しかし、当の小獣は勘違いしたのか『助けてくれた！』と感激していた。

激しい戦闘に突入するリューに、そんな珍妙な光景を確認する余裕はなかったが。

（やはり数が多い！　切り抜けられるか……！）

囁くように唇に『呪文』を乗せ、『砲撃』の準備を進めるものの、よしんばこの場を凌げても迷宮を脱出できるかどうか。モンスターの数は今も各通路の奥から増え続けている。

自分で言うのもなんだが、果てしなく雑で、やり過ぎだ。たった一人の侵入者に向ける対策の域を超えた、圧倒的な物量という名の致死の陥穽。

地下迷宮に勝るとも劣らない『悪意』に、リューは焦燥に駆られ――それが『隙』となった。

『ブフゥウウウウウ！』

「っ⁉」

溶解液──いや『毒液』！

不気味な紫の液体を、後続の水黽(モンスター)が小さな口を開け、一斉に吐き出す。

駄目だ。

避けられない。

前方と左右、後方以外の十字路から放出され、通路内全(すべ)てが射程圏。

そして威力はリューの周囲にいた水黽(モンスター)が巻き込まれ、絶叫を発し、瀕死に陥(おちい)るほど。

リューは顔を歪(ゆが)め、被弾と負傷を覚悟の上で、決死の回避行動を取ろうとする。

『──クゥウウウウ‼』

「⁉」

その時だった。

横手に転がっていた筈のカーバンクルがリューの前に立ち、額の秘晶(ひしょう)を輝かせたのは。

展開されたのは『光の円蓋(ドーム)』。

全方位に張り巡らされた、緑玉色(エメラルド)の『障壁』である。

（カーバンクルの魔力壁(まりょくへき)──‼）

モンスターの中でも『カーバンクル』は図抜けた『魔力』を持つことでも有名だ。

額の秘晶(ひしょう)を媒介にして『魔力壁』を操(あやつ)る、数少ない種族でもある。

その強度は上位魔導師の『結界』と同等以上。

絶対数の少なさに加え、『魔力壁』の防御力と俊敏な潜在能力が、撃破の例が圧倒的に少ない『秘獣』と呼ばれる所以でもあった。

(私を助けた？　いや、生存本能……？　障壁の効果範囲内に私がいただけに過ぎない？)

円蓋型の『障壁』はリューまで覆い、『毒液』の豪雨を一切通さない。

光の飛沫と毒の煙が激しく巻き起こり、リューだけでなく水黽達も動揺をあらわにした。

その隙を見逃すリューではない。カーバンクルが『障壁』を解くや否や、旋風となって迷宮の尖兵どもを吹き飛ばす。木刀の乱舞によって水黽が蹴散らされる最中、カーバンクルはちょろちょろと数多の足の間を駆け抜け、リューから見て右手の通路に向かった。

『クキュゥー！』

そして、こちらに振り向いて、高く鳴いた。

まるで『こっちだよ！』とリューに呼びかけているようだ。

(これも生存本能……生存本能、なのか？)

己の身を護るため、自分を護衛、いや盾代わりにしようとしている。

リューはそう解釈した。

というか、そう解釈するより他なかった。

一体、どこに冒険者を助けるモンスターがいるというのか。

フンフンと鼻を鳴らし、外の匂(にお)いを嗅ぎ取っているらしいカーバンクルに望みを託し、後を追う。襲いかかってくる水黽(モンスター)を片っ端から切り払い、立ち塞がる『扉』を開け、全速力で駆け抜けた。

先導(カーバンクル)の速度が上がる。出口が近いか。

疑いようのない最後の全力(ラスト・スパート)。

しかし――。

『キュウ⁉』

通路を曲がった先、視界に飛び込んでくる水黽(モンスター)の群れ、群れ、群れ。

五十はくだらない数、突破など到底不可能な壁に、カーバンクルが奇声を上げ、その瞳を絶望に染めた。

「――【星屑(ほしくず)の光を宿し敵を討て】」

刹那、妖精の唇に乗っていた『呪文』が完成する。

『並行詠唱』を進めていたリューの心は揺るがない。

凄まじい『魔力』の発散にカーバンクルが弾かれたように振り向く中、彼女はその『砲撃』を解放した。

「【ルミノス・ウィンド】!」

大光玉の連砲が、待ち構えていた水黽(モンスター)の大群を呑(の)み込(こ)む。

断末魔の声を上げることすら許されない迷宮の尖兵達は光と風の中に消え、妖精と秘獣に最後の道を譲った。

その魔風の輝きと、木刀を片手に持って砲撃を指揮する妖精の凛々しい姿に、カーバンクルは呆然とした後、うっとりと見惚れた。

その瞳を、あえて比喩を用いて説明するのならば。

己の秘晶よりも美しい宝に心を奪われる王女にも、『運命の出会い』を果たした乙女のようでもあった。

「出口はこの先か……！」

『ハッ⁉』

直ちに駆け出すリューに、はっとしたカーバンクルもすぐさま並走した。

背後からは未だ数えきれない水眶が、汚い叫喚を上げて追いかけてくる。

間もなく、一本道の奥に現れるのはリューも見覚えのある『最硬金属』製の『門』。

片手に持った『鍵』を突き出し、開門、一気に迷宮を脱出する。

手もとに残していた最後の大光玉を撃ち出し、岩壁を破壊して、18階層へと飛び出した。

「はぁ、はぁ……！」

『フゥ、フゥ……！』

階層東端から大森林へ入り、更に走って、崖を飛び降り、追手の類がいないことを確認して、ようやく立ち止まる。

水晶の林に囲まれながら呼吸を整えるリューは、次回の進攻は当分お預けだ、と長嘆した。

少なくとも念入りな準備と、秘密を共有できる腕利きの仲間を揃えなければ、あの『迷宮』に逆に殺されかねない。今回脱出できたのは、ひとえに秘獣が存在したからだ。

死地から脱出した安堵感と、敗走の無力感に挟まれ、目を伏せていたリューは……ややあって、顔を上げた。

『クキュウ……』

ともに迷宮から脱出した『カーバンクル』が、何故か逃げ出さず、こちらを窺っていた。

木刀に手をかけると、びくっと揺れる小柄な体。

リューはその怪物の瞳と見つめ合い――再び嘆息して、木刀の柄から手を離した。

「モンスターとはいえ、助けられた。言葉など通じないだろうが……行きなさい」

体に染み付いているエルフの潔癖さにほとほと呆れながら、リューは見逃すことにした。

カーバンクルの顔がぱっと輝く。

そして驚くリューを他所に、そのブーツに頬を擦り付け、あたかも『親愛の証』のように舌でひと舐めした。

『クキュウ！』とひと鳴きして、カーバンクルは今度こそ森の奥へ姿を消す。

しばらく時を止めていたリューは、疲れたように呟きを落とした。

「何だったのですか、いったい……」

それが、少年と竜の娘が出会う、約十日前の出来事だった。

親愛なるミスター・ベルへ

まず始めに、今回の手紙を書かせて頂いたのはウィーネではありません。

ゴブリンのレット。覚えていますでしょうか？　あの赤帽子（レッドキャップ）を被った、私（わたくし）めです。


この度は少々立て込んでいるウィーネの代わりに、そしてペンを握れないフィアの分も兼ねて、私が筆を取ることにしました。お目汚しになるやもしれませんが、どうかご容赦ください。

ミスター・ベルや【ヘスティア・ファミリア】の皆さんには我々一同、ここには綴（つづ）りきれない様々な思いがあるのですが（人よりも丁寧な前置きが以後延々と続く――）。


――さて、話は変わりますが、一つお願いを聞いてもらえないでしょうか？

私とフィアは今、さる冒険者を探しています。

というのも、あの地上の迷宮で戦いがあった日、我々はその御方に救われたのです。

私達はあの夜、ミスター・ベルの時とは異なる『希望』を見ました。

それは彼女にしてみれば気まぐれで、何てことのない出来事だったのかもしれません。

ですが私は、種族の垣根を越えた――あえて言うならば『戦士』として認めてもらえたのではないかと、そのように愚考しています。

フェルズ達とともに、これまで必死に考えてきた友愛と理解ではなく、敬意と共感。

我々が歩み寄る上で、それもまた必要不可欠なものではないかと気付かされたのです。


彼女は、長い髪と長い脚を持つアマゾネスです。

巨大な剣で踊るように冒険者をばったばったと倒していました。

そうそう、ミス・春姫(ハルヒメ)の匂いもしました。

そこでミスター・ベルならば何か知っているのではと思い至った次第です。

私とフィアはまだ彼女に十分な感謝を伝えられていません。

もし可能であるなら、直接お会いすることが難しくても、彼女のご尊名を伺い、こうして手紙でお礼の言葉を伝えたいのです。


末筆ながら、皆様のご健康をお祈り申し上げます。我々の住む里に変わりはありませんが、オラリオは冷え込み出す季節だと聞き及んでいます。時節柄くれぐれもご自愛くださいませ。

またお会いできる日を楽しみにしております。

貴方の友、レットより

3

そもそも、アイシャは乗り気ではなかったのだ。

言葉を喋ろうが、『異端児』などと呼称されようが、人類の敵である怪物を助けるなんてことは。

「【神饌を食らいしこの体。神に賜いしこの金光。槌へと至り土へと還り、どうか貴方へ祝福を】」

それでも、この『迷宮街攻防戦』に参加しようとしているのは気に入った雄のためであり、もっと言えば彼と同じ【ファミリア】の妹分を心配してのことだった。

（モンスターを守るっていうことの意味を、本当にわかってんのかね、あいつ等は）

見つかれば破滅、誤解されても終わり。

今【ヘスティア・ファミリア】は綱渡りどころか、炎上している蜘蛛の糸の上を歩いている。

こっちの気も知らないで、と内心で嘆息しながら、アイシャは視線の先の光景を眺めた。

「【大きくなぁれ】――【ウチデノコヅチ】！」

『階位昇華』の光が一人のエルフに付与され、金の光粒がその体を包み込む。

疑似的にLv.5に至った覆面の冒険者――リューは、己の両手を見下ろしながら呟いた。

「この力は……凄まじいですね。クラネルさんや【麗傑】に話を聞いた時は眉唾物でしたが……果たして私に御せるかどうか」

「ぶっつけ本番で悪いけど、頼むよエルフ君！」

畏怖と戦慄をかけ合わせるリューに、大仰なほど手を合わせるのはヘスティアだ。

現在地は『ダイダロス通り』南西。歓楽街に接しようかという外縁部に建つ塔の屋上で、ヘスティアと春姫がリュー相手に反則級の上昇付与を施している最中であった。

冒険者達と『異端児』の開戦が目前に迫っている中、ベルにある依頼をされたリューは――

そしてついでにアイシャも――この【ヘスティア・ファミリア】の指揮所に立ち寄っていた。

「そもそも課せられているのが『【剣姫】の足止め』という難題だ。無理を押さなければならないのは承知の上です。使いこなしてみせましょう」

「申し訳ございません、エルフのお方……どうか、よろしくお願いいたします」

頭を下げる春姫を他所に、『階位昇華』に造詣が深いアイシャは、まぁ使いこなせるだろう、と踏んでいる。

このエルフの戦闘技術は並ではない。はっきり言ってLv．4にとどまっていること自体がおかしいほどだ。正義の派閥の一員として『暗黒期』を渡り歩いてきたことはもとより、恐らくは幼少の頃から特殊な訓練を積んできている。

生半可ではない『経験と場数』を活かして、『階位昇華』の力に振り回されることなく、戦いの中で調整してくるだろう。それこそ、地形も上手く利用すれば【剣姫】とも渡り合えるかもしれない。

そこまで考えていたアイシャは、怪物を助けることをどう思っているのかリューに尋ねてみようとして――やめた。

この覆面のエルフの場合は、闇派閥残党にまつわる情報交換ありきだ。

優先する使命があるが故に薄氷を踏む覚悟を済ませている。

あとはアイシャとは比較にならないほど潔癖で、義理堅く、少年達を見捨てる選択肢を持ち合わせていないが故であろう。

「それでは行きます。早くクラネルさんのもとへ戻らなければ」

これより始まる第一級冒険者との戦いに怯みもせず、覆面のエルフは塔の屋上を発った。

迷宮街の空を踊る背中を一瞥するアイシャは、リューと入れ替わるようにヘスティア達の前に姿を現す。

「じゃ、こっちの用事も済ませちまうよ」

「どわぁ！　ア、アマゾネス君⁉」

「アイシャさん⁉」

物陰にひそんでいたアイシャに、女神と狐人が驚く。

時間がないため、リューの強化を優先して大人しく身を隠していたアイシャは肩を竦めた。

「【疾風】がベル・クラネルの頼みを聞く代わり、私は予定通りアンドロメダ……【ファミリア】の指示を聞くことになってる」

「そ、それは？」

「喋るモンスターどもの『保護』さ。ああ、固まっている本隊(ほう)じゃなくて、散らばっている方だよ」

フェルズやリド達の本隊(ほんたい)の他に、はぐれている異端児(ゼノス)がいることはアスフィ、そしてベルから情報提供されている。彼等と接触し、『保護』するのがアイシャの役割だった。

『ダイダロス通り』に散らばっている【ヘルメス・ファミリア】のほとんどが、目まぐるしくなることが予想される戦況の監視に割り当てられている中、アイシャや虎人(ワータイガー)のファルガーを始めとした武闘派が、こちらの実行部隊に回されているようだった。

「決めた場所で落ち合うとか、合図を出すとかは大まかに決めてるんだろう？　それを教えてくれ。だだっ広い『ダイダロス通り』を闇雲(やみくも)に探すなんて御免だからね」

ヘスティアのもとにわざわざ足を運んだ理由はそれだった。

【ヘルメス・ファミリア】は迷宮街一帯に『目』をばら撒(ま)くことで人海戦術を取っているが、伝令に時間差(タイムラグ)がある以上、どうしても発進(スタート)が遅くなる。他の冒険者達や【ロキ・ファミリア】を出し抜かなければいけない条件下では、速度は重要だった。騒ぎを聞きつけてから急行してもまず間に合わない。

だったら『反則(ズル)』をしよう。アイシャはそう堂々と考えただけだ。

アイシャにはベル達が持っている便利な通信器がない。

直接赴いて聞き出すのが一番手っ取り早かった。

「うーん……わかったよ」

ヘスティアはアイシャの観察眼に唸りつつ、少し考え、春姫の方をちらりと見やってから、要求を呑んだ。

戦力は少しでも欲しいのと、あとはアイシャが春姫の害になるようなことはしないという判断だろう。

「『ダイダロス通り』の東区、『二七七番街』。そこではぐれた異端児君達と待ち合わせすることになってる。『仕事』を上手くこなせたら、サポーター君も頃合いを見て、そちらに回る手筈だ」

「へぇ、あのチビスケか」

18階層でしっかり騙してくれた小人族の少女を思い浮かべつつ、アイシャは簡単な情報共有を済ませた。待ち合わせた異端児達は可能ならば本隊と合流、難しそうなら散らばっている彼等の一匹が持っている『鍵』で別ルートから人造迷宮への侵入を試みるらしい。

必要な情報を頭に叩き込み、アイシャはその場から立ち去ろうとした。

「アイシャさん」

そんな彼女を、それまで黙っていた春姫が呼び止めた。

「私（わたくし）のことはいいので、どうか異端児（ゼノス）の皆さんを助けてあげてください」

そう告げられ、アイシャは少し驚いた。

いや実際には、かなり。

春姫（ハルヒメ）と異端児（ゼノス）を天秤（てんびん）にかける局面に陥（おちい）った時、アイシャが前者を優先することを、この狐人（ルナール）の少女は気付いているのだ。

もっと言えば、異端児（ゼノス）の救済にアイシャが乗り気ではないことも。

その上で、どうか異端児（ゼノス）に力を貸してあげてほしいと、春姫（ハルヒメ）はそう言っている。

（……私が見たことのない目だ。少なくとも歓楽街で腐っていた頃の春姫（ハルヒメ）とは違う）

その『変化』を『成長』と捉（とら）えるべきなのか。

あるいは『向こう見ず』になったと見なすべきか。

喜ぶべきなのか、嘆くべきなのか、ずっと見守ってきた少女の新たな一面に、アイシャは瞳（ひとみ）を細める。

（このヘッポコ狐（ぎつね）にこんな顔をさせるモンスターどものことが……ますますわからなくなってきたね）

それと同時に、興味も覚えた。

最初はベルや春姫（ハルヒメ）の危機感の欠如を疑っていたが、彼女達をここまで駆り立てる異端児（ゼノス）とは一体どんな連中なのかと。

「……覚えといてやるよ。ただし春姫、あたしの言うことも聞け」

「なんでしょうか？」

「やばくなったら、声を上げな。周りに助けを求めろ。お前はまだ弱いんだ、今みたいに覚悟を決めたような顔でカッコつけようとするんじゃないよ。ヘッポコ狐が一人犠牲になったくらいで、何も変わりはしないんだからね」

「！」

アイシャは春姫との真逆のことを要求した。

異端児の面倒は見てやるから、お前は自分のことを大切にしろ、と。

翠の瞳を見張っていた春姫は、喜びが滲む微笑を浮かべ――一人前の芸妓のように、美しい所作で深く頭を下げた。

アイシャはもう何も言わず、背を向けた。

姉と妹の縁を微笑ましく眺めるようなヘスティアの目に、腹が立ったからだ。

跳躍し、その場を後にする。

「ったく、つくづく春姫には甘いよ」

自分のことながら呆れ果て、一笑を漏らし、次には切り替える。

真剣な顔付きとなって、建物の屋根の上に着地を決めると同時、『ダイダロス通り』にモンスターの咆哮が轟いた。

オオォォォォォォォォォ——……。

闇夜を震わせる怪物の遠吠え。

迷宮街を越えて都市の隅々にまで響き渡るそれが、ヘスティア達から聞いた『合図』だろう。

本隊から打ち上げられた指示によって、散らばっている異端児達にも作戦が共有される。

あちこちから上がる怪物の雄叫び、どよめく冒険者達。

長い夜の幕が開け、まずは『前哨戦』が始まる。

「じゃあ、行くか！」

『ダイダロス通り』がにわかに騒がしくなる中、アイシャは東へ向かった。

混沌とした街並みを見渡して、方角と進路を割り出し、路地裏に飛び降りる。

向かうのは『二七七番街』。

屋根と屋根、建物の間を飛び移って移動した方が速いのは間違いないが、それではあからさまに目立つ。【ロキ・ファミリア】の【勇者】が網を張っている中、確たる足取りで一直線、大っぴらに目的地へ向かえば『こちらに何かがある』と言っているようなものだ。多少時間を食おうが、張り巡らされた路地を駆使するのが一番安全で、的確だ。

勿論、地上の迷宮のごとき『ダイダロス通り』を地図もなしに進むのは困難だ。土地勘のない人間ならば目的地に辿り着くどころか迷って出てこられなくなるかもしれない。なのでアイシャは頻繁にすれ違う冒険者達を横目に、逐一建物の屋上に出ては方向を確認し、通過地点となる目印を設定した。

崩れかけの積み木のように凸凹な奇怪な建物、骨董品と見紛う遥か旧式の魔石街灯が取り囲む広場、設けた経由地を通過しながら人知れず東へと進んでいく。

「一角兎が出たぞぉ！」

「ベル・クラネルを見失った！　どこだ⁉」

周囲からは冒険者達の声がひっきりなしに響いていた。

リリの『攪乱』とベルの『陽動』及び『隠密』が効果を発揮しているのだろう。下級冒険者だけでなく上級冒険者も混乱に陥っている。

動かせる駒なんて限られてるくせに、やるじゃないか、とアイシャは胸の中で唇をつり上げた。

（さて、春姫とはああ約束したものの……アンドロメダの指示、いや主神様の『神意』には少し引っかかるねぇ）

アスフィは、確かにはぐれている異端児の保護を命じられた。

だがアイシャは素直に疑問を覚える。あのずる賢くて用心深い我が派閥が『モンスターのために』慈善活動などするだろうか？　――否だ。そこには必ず計算と打算がある。

他の冒険者に目撃される危険性(リスク)を秤(はかり)にかけての『保護』……それはつまり『捕獲』だろう。

おそらく本命は、人造迷宮(クノッソス)の『鍵』。

闇派閥(イヴィルス)の残党の話はアイシャも聞き及んでいる。【イケロス・ファミリア】の狩猟者(ハンター)達も根城にしていた人造迷宮(クノッソス)は【ヘルメス・ファミリア】だけでなく、【ロキ・ファミリア】にとっても悩みの種だと。

ウラノス陣営との思惑と板挟みになっているヘルメスは、ベル達を支援する一方で、異端児(ゼノス)を取り引きの切札(カード)にしようとしている。同時に、何か『自分だけの神意』を遂げるために行動しているようにも思える。

本当にいけ好かない神だよ、とアイシャは思わず鼻を鳴らした。イシュタルと言いヘルメスと言い、自分が契約を結ぶ神には碌(ろく)なやつがいないと悪態を吐(つ)いた。

――まさかその主神の『神意』が零落した英雄を回帰させるために、捕獲した異端児(ゼノス)を『生贄(いけにえ)』に捧(ささ)げようとしているとまでは読めない中、アイシャは移動を重ねていった。

「『二七四番街』……そろそろか」

煤(すす)けた柱に取り付けられた、解読も困難な看板から現在地を割り出し、アイシャは大股の疾走から物音を立てない忍び足に切り替えた。

まるで暗殺者(アサシン)のように物陰から物陰へと飛び移り、影だけを壁や石畳に走らせる。

開戦を告げる異端児(ゼノス)の雄叫びが上がってから、もう随分と時間が経過している。

リューも今頃【剣姫】と戦闘に入っているだろう。

自分も仕事の一つもこなして面目躍如といきたいところだが――。

「――!!　この音、戦ってるか！」

耳が捉えた金属の衝突音に、アイシャは足を速める。

冒険者同士の諍いか、はたまた闇派閥残党と【ロキ・ファミリア】か。

できるなら、そのどちらかであってくれと願いながら、蜘蛛の巣のように路地が錯綜する『二七五番街』に足を踏み入れると、

「やったぜぇ、見つけた！　『ゴブリン』と『ハーピィ』だ！」

『ウグルゥアアア！』

「囲めっ、囲めぇ！　逃がすんじゃねえぞ！」

両の指の数では足りない冒険者達が、傷だらけの『ゴブリン』、そして『ハーピィ』と戦闘に突入しているところだった。

その光景にアイシャは天を仰ぎたくなった。

誰にも見つかっていない異端児と接触するならまだしも、同業者に発見されたモンスターを『保護』するなど無茶を通り越して不条理だ。階段状にそびえ立つ建物の三階、屋上の物陰にひそみながら頭痛を堪える。

（あの『ゴブリン』はもとより、『ハーピィ』の方も、普通のモンスターとは明らかに能力が

違う……『強化種』か)

その小柄な体にどこにそんな膂力(りょりょく)が宿っているのか、赤帽子(レッドキャップ)の小怪物(ゴブリン)が大斧を振り回せば数人の冒険者が面白(おもしろ)いようにまとめて吹き飛ぶ。捕捉を恐れて上空に飛び立てない半人半鳥(ハーピィ)は代わりに翼を閃(ひらめ)かせ、羽根の弾丸(バレット)を撃ち出しては武器や防具を破損させていた。

獣人が中心の冒険者達はどうやら他派閥の寄せ集め。いいところLv.2の集まり。

視線の先の異端児(ゼノス)にとって、本来ならばあの程度の冒険者達はわけないだろうが、

(どうやら、随分と消耗しているようだね)

人造迷宮(クノッソス)からの連戦、更に地上に来てからの孤立無援が、あの二匹を満身創痍(まんしんそうい)に追いやっている。落ち合う予定の『二七七番街』に疲弊したまま向かう途中、獣人の鼻に発見されてしまったというところか。

「おらぁ！」

『ウアアッ⁉』

特に半人半鳥(ハーピィ)の傷は傍(はた)から見ても深い。

恐らくは狩猟者(イケロス・ファミリア)達に囚われていた個体だろう。

赤帽子(レッドキャップ)はそんな彼女――いや雌(めす)を庇(かば)って、大斧を振り回している。

それに気付いた冒険者達は、あえて半人半鳥(ハーピィ)を狙(ねら)い、無理矢理立ち回る赤帽子(レッドキャップ)の体を突いては斬っていた。

「へへっ、こいつ、半人半鳥を守ってやがる！　モンスターのくせによぉ〜！」

「種族も違うくせに、その雌に入れ込んでんのかぁ！」

『グッ……！』

冒険者達の嘲笑に、理性などない怪物の貌を装う赤帽子が苦しげに唸る。

たった二匹の怪物を取り囲む冒険者達の包囲網。まるで私刑だ。そして正しい戦術でもある。

モンスター相手に情けは無用なのだから。

理知があると知っていても、アイシャには嫌悪感は湧かなかったが――。

（――約束しちまったからねぇ）

諦めの長嘆を済ませ、次には眦を決した。

得物の大朴刀を構え、眼下の戦場に飛び込む。

「『魔石』は砕くんじゃねえぞ！　死体を運んで、ギルドが出してる懸賞金を――ひがっ⁉」

「は……？　な、なんだ⁉」

なんだもクソもない。

背後から峰で殴られ、調子に乗っていた獣人は倒れた。それだけである。

「お、お前、【麗傑】⁉　なんのつもりだ⁉」

「今、お前達も言ってただろう？　懸賞金狙いさ。私が『独り占め』しようってねえ！」

闖入者の存在に気付き、冒険者達が怒声を放つ。

それに対して、アイシャはまさに好戦的なアマゾネスの笑みを浮かべた。

「こっ、このアマァ⁉　――って、ぎゃあああああああああああああああああ⁉」

雑な『口上』は終わった。

だからアイシャは容赦なく同業者を襲った。

冒険者達の前で『保護』が難しいなら、『意地汚い冒険者』として競合者を蹴落とし、意識を刈り取って、異端児を守ることにしたのだ。

幸い今の迷宮街には同じ考えを持つ冒険者が腐るほどいる。全て懸賞金を設定した『ギルド』――いや老神の神意によるものだが。

足の引っ張り合いは【ロキ・ファミリア】などを除いて別の場所でも起きていることだろう。

致命的な非難や糾弾は起こらないし、そもそも豪放磊落なアイシャはそんなものを気にしない。

図らずも竜の娘を庇ったベルと同じ方法を実行したアイシャは、やれやれ、と己の三文芝居に呆れ果てた。

『……！』

そして、あっさりと冒険者達を昏倒させた。

赤帽子と半人半鳥が、驚いた目でこちらを見つめる。

「……」

『……』

すぐに静寂が訪れ、一人と二匹の間に沈黙が生じる。

アイシャは口をへの字にしながら怪物達を眺め、赤帽子(レッドキャップ)は少しの警戒と、強い戸惑いをもって見返している。

「……はぁ〜。ここからは私の独り言だよ！」

ややあって、アイシャは再三の溜息(ためいき)をついた。

「誰かが聞いていても、返事なんか寄越すんじゃない！　誰も喋るな！」

行うのは二度目の、そして乱暴な茶番だ。

「私達の足もとに広がる『迷宮』の『鍵』、見つからないったらありゃしない！」

『！』

「もし持ってるやつがいれば、頷(うなず)くか、持ってないなら首を横に振ってほしいもんだよ！」

モンスターとは馴れ合わないと、一線を引きながら投げかける問いかけ。

アイシャが異端児(ゼノス)の事情を知る者だと悟ったのか、互いを支える赤帽子(レッドキャップ)と半人半鳥(ハーピィ)は目を見張り、顔を見合わせ、ゆっくりと顔を横に振る。

周囲に人の気配がないことを入念に確認しつつ、アイシャは『独り言』を続けた。

「私はね、モンスターどもを助けようっていう考えが理解できない」

『ッ……!!』

「当たり前さ。情けをかけていい存在じゃないよ……お前達(モンスター)は」

鋭く冷えた眼差(まなざ)しに、モンスター達が息を呑(の)む。

自分でも何をやってるんだと盛大な自嘲を重ねながら、アイシャは大朴刀(だいぼくとう)を肩に担(かつ)ぎ、問いを重ねた。

「お前等(モンスター)は、人を殺したいと思っているのかねぇ？」

首が横に振られる。

「お前等(モンスター)は、人の肉を喰(く)ったことがあるのか」

首が横に振られる。

「冒険者を、殺したことは」

長い沈黙を経て、赤帽子(レッドキャップ)はうつむき、頷いた。

それに双眼を細めたアイシャは――大朴刀(だいぼくとう)を肩から下ろした。

「……あーぁ。一体なにをやってるんだ、私は。馬鹿(ばか)な『独り言』に現(うつつ)を抜かして、化物どもを取り逃がしちまった」

背を向けるアイシャに、赤帽子(レッドキャップ)と半人半鳥(ハーピィ)が、はっと顔を上げる。

もうアイシャは『独り言』をせず、その場を去ろうとした。

もし。

最後の問いかけに首を横に振っていたら、アイシャは容赦なく斬っていただろう。

嘘(うそ)と甘言を弄する、モンスター以上に厄介な『化物』として。

ダンジョンで綺麗事（きれいごと）などまかり通らない。自分達の命を狙う冒険者相手に、やむなく手をかけた異端児（ゼノス）など山ほどいるだろう。それこそ今、嗜虐的な冒険者達から赤帽子（レッドキャップ）が同胞を守ろうとしていたように。それは正当防衛で、真性の怪物にはできない『後悔』だ。

女戦士（アマゾネス）として、戦い、守る者への敬意を払った――そんなわけでは決してない。

ただ【ファミリア】の依頼より春姫（ハルヒメ）の約束を優先した。それだけだ。

だから『鍵』を持っていないなら保護も護送もしないし、さっさとこのまま集合地点に行けばいい。

アイシャは今、自分がしかめっ面を浮かべていることに気付かないまま、投げやりな気持ちで足を進めると、

「……ありがとうございます！」

「っ！」

自身の背中に、人の言葉で、感謝を贈られた。

「私達をいくら毛嫌いしても、手を繋（つな）ぐことができなくても！　貴方のような誇り高い戦士がいること、私達は嬉（うれ）しく思います！」

「ありがとう、地上のお方！　この御恩、決して忘れません！」

まるで年若い少年と少女のような声。

背を向けて――目を瞑（つむ）って聞けば、それは何てことのない、人と変わらない言（こと）の葉（は）だった。

種族も、体も、顔の造りも、肌の色も、牙も爪も関係ない、アイシャ達と何も変わらない、感情が込められた声だった。

「……喋るなって言っただろうが」

誰にも聞こえない呟きを落とし、振り向かず、アイシャは今度こそ、その場を後にする。

アイシャは何も見ていない。だからあの声はモンスターのものではない。

そんな意味のない予防線を張って、胸をかき回されている無様な自分に心底苛立ちながら、いつの間にか迷宮街の東から北に辿り着く。

そのまま石畳を勢いよく蹴りつけて、跳んだ。

黒ずんだ煉瓦で築き上げられた高い建物の屋根の上。

きっと戦いで火照っている体を、夜気で冷ます。

「……異端児は冒険者を殺すよ。あいつ等がどんなに善良で、人にとっていいモンスターだったとしても、ダンジョンにもぐる冒険者にとっては『毒』だ。戸惑いや躊躇いが生まれた瞬間、私達はダンジョンに殺される」

抱くのは、とある勇者や神々と同じ、危惧と忌避感。

迷宮探索を生業とし、更に言えば『三大冒険者依頼』を課せられているオラリオの冒険者達には、モンスターへの躊躇などあってはならない。

だからアイシャは割り切る。

興味を持ち、たった今自分の認識をあらためさせられても、彼女は冒険者としての姿勢を貫き通す。

アイシャ・ベルカはそれができる強者で、誰よりも女戦士だった。

（……だが逆に、全てを受け止めて、それでも一皮剝けることができたなら）

この異端児を巡る事件を乗り越えて、何も捨てず、割り切らず、天秤を壊す冒険者が生まれたとしたら。

それは誰も成し遂げたことのない『偉業』の一歩にして、『異端の英雄』なんて呼ばれる雄になるに違いないと、そう確信する。

それはただの空想で、絵空事に過ぎないにもかかわらず、とある少年に何かを期待している自分がいて、アイシャはいつの間にか笑みを浮かべていた。

「――!!　あの光は『階位昇華』！　春姫か！」

屋根の上で長い間たたずんでいたアイシャの目に飛び込む、金の魔法光。

何度も目にしてきたその光が、妹分の上げる『声』だと気付き、次には豪風の矢となる。

――そう、アイシャ・ベルカは毒されない。

だからその代わり、妙な怪物どもに絆された少年と少女を手助けしてやる。

それだけのことだ。

アイシャは唇に笑みを刻み、金の光粒が舞い散る狐人と狼人のもとへ、飛び込んだ。

4

「ウィーネ、今日も手紙を書いてるのか？」

それは、すっかり習慣となったベル達への手紙を書いている時のことだった。

切り株状の岩の上に紙を広げ、かじりつくようにフィアの鵞（が）ペンを動かしていたウィーネは、顔を上げる。

20階層の奥深くに存在する、異端児（ゼノス）の隠れ里。

声をかけてきた蜥蜴人（リザードマン）のリドに、ウィーネは破顔する。

「うんっ！　きのうのすいしょうのお花ばたけ、ベルたちにもおしえてあげるの！」

異端児（ゼノス）の共同体（コミュニティ）に加わった者は、冒険者や同族（モンスター）から身を隠す方法、対処の手段、有用な経路（ルート）の記憶など、迷宮での立ち回りを教えられる。つまりは異端児（ゼノス）としての『お勉強』だ。

ウィーネは昨日、その一環でレイ達と立ち寄った幻想的な広間（ルーム）の景色を気に入ったらしい。今はしゃぐ彼女の手もとを覗（のぞ）き込めば、可愛らしい丸い字が飛び跳ねるように綴られている。今も手紙を書くその様子は――リドにはわからないが――フェルズならばこう評するだろう。人の幼い子供が夢中でお絵描きしているのと何も変わらない、と。

鵞（が）ペンを鷲掴（わしづか）みにして、一文字一文字、大切に書くウィーネの姿に、微笑まし気に眼（め）を細めていたリドは、そこで『用件』を口にした。

「なぁ、ウィーネ。オレっち達と『遠足』にいかないか？」

「えんそく……？」

「ああ。お前に見せておきたいものがあるんだ」

ウィーネが瞬きを繰り返していると、翼を打つ音とともに、グロスとレイがリドの背後に着地する。

「少々遠(トオ)クナルガ、我々モ付キ添(ソ)ウ」

「四人デ『深層』へ向かうのでス」

レイが告げた『深層』という言葉に、この里よりも深い場所にあって、遠い場所だと、ダンジョンの知識を蓄えつつあるウィーネは理解した。つまり、帰ってくるまで時間がかかる。

困った顔を隠さず、きょろきょろと手紙とレイ達の間で視線を往復させていると、リドはにっと牙(きば)を剥いて笑った。

「その手紙を書いてからで大丈夫だぜ」

「ほんとう!?」

「ああ。それで『遠足』が終わった後、またベルっちに手紙を書いてやれ。……きっと、書きたいことが増えてるからな」

続けられたリドの言葉に小首を傾(かし)げるウィーネだったが、今は手紙を書いてしまうことにした。「まっててね！」と笑いかけながら、一人でも書けるようになった少年への手紙に、覚えたての言葉を綴っていく。

リド達に見守られる中、ようやく書き終えると、フィアとレットに預けた。よくウィーネのことをからかってくるアルルとは違い、彼女達は優しく、しっかりしている。「フェルズにちゃんと渡しておきます」というレットの返事にお礼を告げ、『遠足』の準備を済ませた。

かねてからリド達の留守を預かる予定だったのか、レット達がウィーネを見送る。

手を振りながら、ウィーネはリド達ともに里を発った。

こちらを案じるようなレット達の眼差しが、少しだけ気になった。

里の外を出る時、いつもリドやグロスなど、いわゆる『怪物の貌』を持つ異端児はウィーネ達人型の異端児と離れて行動する。

ウィーネやレイは頭からすっぽりフードとローブを被れば、冒険者と偽装できる。最悪遠目から見つかっても同業者だと勘違いしてもらえる。だがリド達はそうはいかない。冒険者に目撃されれば『武装したモンスター』と見なされ、攻撃されてしまう。

ローブを纏った冒険者がモンスターと行動している、と勘繰られないためにも、リド達とは付かず離れずの距離で移動するのだ。

「ねぇ、レイ。遠足、わたしたちだけでよかったの？」

「ええ。同胞ヲ多く連れ立ったところデ、同族(モンスター)ニ見つかってしまいますシ……」

現在地は『下層』に突入した26階層。

美しい水晶(クリスタル)と、いくつもの水流で形作られる『水の迷都(みやこ)』だ。

冒険者が『正規ルート』と呼ぶ次階層への最短経路をウィーネとレイが進んでいるのに対し、リドとグロスは正規ルートから一本外れた、いわゆる『回り道』を経由していた。水流から飛び出したモンスターと交戦した気配があったかと思えば、時折横道から顔を出し、正規ルートを進むレイ達の姿を確認しにくる。問題なしとレイと意思疎通(アイコンタクト)を交わすと、再び引っ込んで通路へ戻るのを繰り返していた。

リド達に見守られている安心感から怯(おび)えることのないウィーネは、姉妹のように寄り添う隣のレイを見上げる。

「……それに、『彼女』ヲ刺激してしまうかもしれなイ」

「かのじょ……？」

歌人鳥(セイレーン)の唇からぽつりと呟かれた言葉に、ウィーネは疑問を覚える。

レイが微笑みながら説明しようとしたところで——通路と並行して走る水流を勢いよく破って、何かが飛び出してきた。

「バアッ！」

「わあっ⁉」

「ウィーネ、下がりなさイ！　……って、貴方ハ……」

水棲モンスターの強襲かと、飛び上がるウィーネを庇ったレイは、相手の姿を見るなり呆(あき)れた表情を浮かべた。

「マリィ……悪戯(イタズラ)ハ止(ヤ)めなさイ」

「エヘヘ～」

「あ、マリィだ！」

ウィーネ達の前に現れたのは、一匹の『マーメイド』だった。

上半身は薄い藍色の人の体、下半身は緑の鱗(うろこ)と魚の尾びれ。髪と瞳(ひとみ)は美しい緑玉蒼色(エメラルドブルー)。耳はエルフとも異なり、ちょこんと尖(とが)った可愛(かわい)らしい鰭(ひれ)が備わっている。

『人魚』の異端児(ゼノス)、マリィとの再会に、ウィーネは喜びの声を漏(も)らした。

「レイ～！　ウィーネ～！」

「マリィ、ひさしぶり！」

彼女は、『人魚』であるが故に陸(おか)を移動できない。

つまりこの『水の迷都(みやこ)』から出ることができず、いつも寂(さび)しい思いをしており、レイ達が様子を見にくる度、こうして子供のようにはしゃぎ回るのだ。

ウィーネがマリィと会ったのは、激動続きだった地上(オラリオ)の騒動が一段落した後のこと。

何でもウィーネ達が知らない間に、彼女はベルとの交流があったらしい。今ではすっかり焦(こ)がれるようになっており、「ベル、会(ア)イタイ！」とレイ達に言っては困らせるほどだ。

言動が幼いマリィは、すぐにウィーネと仲良くなった。ベルを慕うという共通点のおかげもあるだろう。ウィーネは纏っているローブが濡(ぬ)れるのも構わず、両腕を広げるマリィと抱擁(ほうよう)を交わした。

「また新しい真珠ヲ見つけたのですカ？」

「ウン、ソウナノ！」

レイが尋ねると、マリィは翡翠(ひすい)の髪に添えられた真珠を見せてくれた。

貝と真珠でできた髪飾りに加え、貝の下着(ブラジャー)を身に付ける彼女は、ウィーネの目から見てもキラキラしていた。いわゆる『お洒落』というやつだ。マリィは異端児(ゼノス)の中でも人一倍――怪物一倍――冒険者の服飾に興味を持っていると、レイが言っていた。

「レイ、ウィーネ！　オ話(ハナシ)シヨウ？　遊(アソ)ボウ？」

「すいませン、マリィ。今から私達ハ向かう場所ガありまス」

「エェ～。イジワル！」

瞳を輝かせていたマリィは、わかりやすいほどいじけてみせた。

水面から出している上半身を岸にもたれさせ、顔を地面に伏せる。唇を尖らせるそんな彼女の頭を、ウィーネは屈んでヨシヨシと撫でた。春姫がよく自分にそうしてくれたように。

まるで地上の猫のようにくすぐったそうに目を細めていたマリィは、それでご機嫌を取り戻し、ぱっと顔を上げた。

「レイ、ウィーネ、ドコ行クノ？」

純粋な疑問を口にするマリィに、レイは一言で答える。

「母親ノもとへ」

その言葉に、マリィの瞳がいっぱいに見開かれた。

「ウィーネヲ、『彼女』ニ会わせに行きマス」

絶えず流れる水流の音も一瞬遠ざかり、迷宮が静まり返った。

ウィーネはそんな風に感じた。

「……ウィーネ、気ヲ付ケテ」

「えっ？」

「怖ガラナイデ」

それまでの明るい態度が嘘だったように静かになったマリィは、体を左右に揺らし、どこか不安そうな声音で、ウィーネに告げた。

何かを聞き返す前に、マリィは岸から体を離し、水の世界へと帰ってしまう。

いくつもの泡沫が生じる水面をじっと見つめていたウィーネはやがて、怯えた子犬のように、すぐ後ろにいるレイへ振り向いた。

「わたし……こわいところに行くの？」

「心配しないでくださイ、ウィーネ。マリィハ純粋デ、繊細な分……自分ノ知らない存在ヲ過度ニ恐れてしまうのでス」

争い事が苦手なマリィは、ダンジョンで異常事態が生じれば驚いて、深い水底へ隠れる癖がある。ベルと出会った際も——『厄災』の件はしょうがないとしても——とある『強化種』を恐れるあまり、彼に駄々をこねたと聞いている。

レイは苦笑を浮かべながら、ウィーネを安心させるように言葉を選んだ。

「決して危険ナ場所へ赴くわけでハありませン。もし何かあっても、リドやグロス、私ガ必ず貴方ヲ護ります」

金の羽根の片翼を広げ、そっとウィーネの体を包む。

抱きしめられないかわりに自分の肌をくすぐってくる温かな羽毛に、ウィーネはそっと頬をくっつけた後、頷いた。

自分達を信頼する同胞の眼差しに、レイは微笑み返し、歩みを再会させる。

やがて、周囲の危険を取り除いたことを報せる石竜の雄叫びが、ウィーネを守るかのように響いてくるのだった。

『遠足』の名に違(たが)わず、あるいはその単語以上に長く険しい道を、ウィーネは進んだ。

レイ達に率いられながら『下層』を越え、『深層』へと突入する。その頃になると探索を行う冒険者は激減し、見つかる可能性もぐっと下がるので、リドとグロスも合流した。無論、警戒は依然続行し、冒険者達の知らない経路(ルート)も度々使った。

出発してから二日かかるか、かからないか、そのくらいで『深層』の異端児(ゼノス)の隠れ里に到着した。竜種であるウィーネはヘトヘトになるということこそなかったが、もうどれだけ歩いたのか、ここが何階層なのかわからなかった。

隠し通路のようなルートを通じて、酷(ひど)く長い下り坂を下りていったことだけは覚えている。迷宮都市(オラリオ)の総面積を上回る複雑怪奇な『深層』では、たとえ正確な地図(マップ)を持っていても簡単に現在地がわからなくなってしまうのが常だ。


「あ――」

鍾乳洞(しょうにゅうどう)にも似た、広々とした青と銀の空間。

『深層』という危険領域であるが故に、同胞の異端児(ゼノス)はいなかった。

彼、ただ一人を除いて。

「アステリオス……」

重厚な鎧と両刃斧（ラビュリス）を持つ、漆黒の猛牛（ミノタウロス）。

ゆっくりと振り返る一匹の戦士に、ウィーネは呆然（ぼうぜん）と呟きを落とす。

「人造迷宮（クノッソス）の戦いが終わった後、『深層』から帰ってくる時、ここで待ってろって言っておいたんだ。……ウィーネと同じ理由で、同じ場所へ連れて行くためにな」

リドの説明が耳を横切っては過ぎ去っていく。

漆黒の猛牛（ミノタウロス）は思っていたよりずっと——ウィーネを怖がらせようと大袈裟（おおげさ）に語っていたアルル達の話よりずっと——物静かで、理知的な目をしていた。

ウィーネはアステリオスと全く話を交わしていない。

彼は口数が非常に少なく、闘争を求めてすぐに『深層』へ向かってしまうから。

ウィーネ自身、どう接していいかわからない、という理由もある。

それは彼が、ベルとの『再戦』を求めていることを知っている故だ。

彼等の戦いは互いを傷付け、どちらかを殺してしまうかもしれない。

そう思うとウィーネは猛烈に不安になり、立ち竦（すく）んでしまうのだ。

「……アステリオス。ベルとの戦いは、やめられないの？」

けれど、今ならば問いかけられるような気がした。

この静かな空間で、自分を映している瞳になら。

「……すまない。それは、できない」

武人を彷彿させる声で、アステリオスは空気を震わせる。

「きっと、ベルも望んでいる」

その言葉に、ウィーネは琥珀色の瞳を見開いた。

そして――ここではない遥か遠くを望む少年の後ろ姿を脳裏に幻視してしまい、彼の言葉は間違っていないと、そう思ってしまった。

「二人トモ、行クゾ」

グロスに促され、ウィーネとアステリオスは視線を断ち、同じ方向へ足を向けた。

里の奥、そこから更に伸びる緩やかな勾配を下っていく。ウィーネが地上で見た星々のように、燐光がうっすらと天井部に灯る広く長い洞窟を、延々と時間をかけて進んでいく。

どこまでも、どこまでも。

黄泉の国へ下るように。あるいは冥府へと下りるように。

そして。


「――――」

その場所に、辿り着いた。

ウィーネが未だかつて目にしたことのないほどの『大空洞』。

比喩ではなく、どんな空間よりも広く、高く、小さな国がすっぽりと収まってしまうほどの茫漠。

この『大空洞』と比べれば、ウィーネ達の大きさなど蟻も同然だった。

そこには平原があった。彼方に山もあった。かすかなせせらぎの音も聞こえる。砂の海と隣り合って氷河が共存しており、その奥にはうら寂しい荒野が見えた。時折輝きを散らすのは水晶か、あるいは石英の群れか。

辺りは夜のように暗い。頭上は極光の橋がかかっているかのように光り、揺らめいている。

その光景はウィーネが持っている言葉では、とても言い表せないものだった。

もしここに冒険者が居合わせて、あえて言語化させるのならば、それは『世界』とか、『宇宙』と呼ばれるものに違いなかった。

現実と夢の狭間。

幻想と神秘の領域。

冒険者も心を手放すだろう『未知』の景色に、ウィーネも、アステリオスさえもその瞳を見張った。

「あの奥にある……アレが、見えるか？」

見えている。

見えていないわけがない。

どこまでも続いているかのようにも思える『大空洞』には終わりがあった。

切り立つ壁の最奥部に、その『球体』は存在していた。

黒にも、灰にも、紫紺（しこん）の色にも見える。

ウィーネは自分を虜（とりこ）にした地上の陽光を思い出した。

黒い太陽。もしくは『巨大な魔石』。

そう名状するより他なかった。

「オレっち達は……アレを母ちゃんの『殻（から）』って呼んでる」

母ちゃん。母親（マザー）。母なる迷宮――ダンジョン。

まだ幼いウィーネでは何も理解することはできない中、疼（うず）きを上げる直感が、あの『球体』こそ自分達（モンスター）の根源（ルーツ）であることを悟らせた。

「……リド、レイ、グロス……ここは、どこなの？」

「我々ハ『最淵（カシオス）』ト名付ケタ。同胞……イヤ同族（モンスター）シカ踏ミ入ルコトノデキナイ禁断ノ領域」

「以前、この空洞ノ存在ヲ魔術師（フェルズ）ニ報せ、調査しようとしましたが……かなわなかっタ。母親（マザー）ハまるで警告ヲ放つように震え、崩落ヲもって押し潰（つぶ）そうとしてきました」

頭を真っ白にしたまま尋ねると、グロスが答え、レイが補足する。

迷宮最深部ではなく、『最淵（カシオス）』。

それが意味するところはわからない。だが、地上に与（くみ）する『人類』では決して立ち入れないこの場所が、ダンジョンの中で、とても大切な場所であることはわかるような気がした。

それほどまでにこの領域は異質で、同時にウィーネに安らぎのようなものをもたらした。

「オレっち達のところへ加わった同胞は、折を見てここへ連れてくるようにしてるんだ」

最近はドタバタし過ぎてて、ウィーネを連れてくるのは遅れ、アステリオスに至っては『前世（ゆめ）への餓（う）え』のせいで聞く耳を持たなかった、とリドは肩を竦めた。

「……なんのために、わたしたちを連れてくるの？」

「人間達（ベルっち）みてぇに『参拝』ってやつをするため……って言いてぇんだが、母ちゃんの『声』がわかるヤツはいねえか、確かめてるんだ」

「『声』……？　わかる……？」

ウィーネが振り向くと、リドはその雄黄（ゆうおう）の眼を細め、どこか儚げに答える。

「ああ……。気配とかでもいい。母ちゃんが何を考えてるのか、何をしようとしてるのか……どうしてオレっち達みたいな存在（ゼノス）を産んだのか……それを、ずっと知りたくてな」

人にも同族（モンスター）にも襲われる異端児（ゼノス）。

半端者（はんぱ）にして日陰者。

自分達はどこから来て、何者で、どこへ向かうのか。地上の神々さえ知りえない母なる迷宮の真意を、リド達はずっと知りたがっていたのだろう。

大空洞の最奥部に存在する『殻』が、妖（あや）しく輝く。

意識を研ぎ澄まさなければわからない——いや怪物（モンスター）にしかわからない耳鳴りが、『殻』から発せられている。

これが迷宮の『声』？

ウィーネには、わからなかった。

「お前達は、母ちゃんの言ってることがわかるか？」

「……」

リドの問いに、アステリオスは『殻』をしばらく凝視した後、僅かに首を横に振った。

グロスやレイが僅かな落胆と達観を見せる中、ウィーネも彼等の期待に応えられそうにはなかった。

けれど——。

『殻』から漏れ出る紫紺色の光は、怒っているようにも、悲しんでいるようにも見えた。

『殻』から生じる耳鳴りは、耐えているようにも、爆ぜようとしているようにも聞こえた。

そして、迷っているようにも感じられた。

「……悪かったな。こんなところまで連れてきて。でもここは怪物には大切な場所で、母ちゃんを一番近く感じられる場所だって、覚えておいてくれ」

リドはそう笑って、ゆっくりと踵を返した。

グロスも、レイも。

アステリオスも背を向けて、その場を後にする。

ウィーネだけは、しばらくその場にたたずんだ。

自分達は何なのか。

ダンジョンとは何なのか。

一人残るウィーネは、今も低く鳴動する『母』を見つめながら、答えの出ることのない思考の森をさまよい続けた。

ベルへ

あのね、わたし、リドたちといっしょに、とてもふしぎなばしょへ行ったの。

胸のなかがざわざわして、ほっとして、こわくなったの。

わたしたちのいるココが、『お母さん』だっていうことが、わかったような気がした。

ねえ、ベル。わたしたちは、どうして生まれたんだろう?

どうしてベルたちと、ニンゲンと戦ってるの?

わたしたちは、どこに行っちゃうんだろう?

いっぱい、どうして、がでてきて、いま、すごくあたまが痛いの。

なにもわからなくて、すごく、こわい。

でも、わたし、かんがえるね。
たくさん、かんがえて、またベルたちといっしょに暮らせるように、がんばるね。
わたしとベルがであえたことは、すごくしあわせなことだって、わかるから。
もしかしたら、まちがっているのかもしれないけど。
それでも、まちがいなんかじゃないよ、って、そう言いたいから。
だからね、ベル。
ずっと、ずっと、大好きだよ。

ウィーネより

ウィーネへ

いつもお手紙ありがとう。春姫(ハルヒメ)さん達と一緒に読んでいるよ。

ウィーネは今も、たくさんのことを経験してるんだね。ウィーネが見たもの、聞いたものを教えてもらって僕もとっても嬉(うれ)しい。ウィーネの冒険を読み聞かせてもらっているようで、にこにこしてる。まるで僕が好きな英雄譚を読んでいるみたいに。みんな、ウィーネと会いたがってる。もちろん僕も。神様は寂しくなって、ウィーネくーん、なんていきなり叫び出しちゃって、リリに怒られてたくらい。ヴェルフと命(ミコト)さん、春姫(ハルヒメ)さんと一緒に笑っちゃった。

手紙に、『何もわからなくて怖い』って書いてあったね。

実はそれ、僕も同じなんだ。

異端児(ゼノス)のこと、ダンジョンのこと、これから先のこと……色々なことを考えて、不安になることがある。多分、僕達が悩んでいることには正解がなくて、もしかしたらぞっとするような恐ろしい真実っていうものが、待っているのかもしれない。

それでも、僕達は一人じゃないから。

ウィーネ、決して一人で抱え込まないで。ウィーネの周りにはリドさん達がいる。

僕だっている。神様も、リリも、ヴェルフも、命(ミコト)さんも、春姫(ハルヒメ)さんも。

一人じゃあ、きっと何もできない。でも二人なら、やれることが見つかる。

そして、みんなとなら……何だってできる。僕はいつも、そう思ってる。


ウィーネとの出会いは間違いなんかじゃないって、僕だってそう胸を張りたいから。

だから、僕も頑張るよ。

あの日のウィーネとの約束を叶(かな)えるために。


ウィーネ、僕も大好きだよ。ずっと、ずっと。

ウィーネのことを、いつも想(おも)ってる。

ベルより

「じゃあ、お願いします」

よく晴れた空の下で、ベルは認めた手紙を差し出した。

「ああ。任された」

それを受け取るのはフェルズ。

わざわざ訪れてくれた使者は、【ヘスティア・ファミリア】本拠の中庭、暖かな日差しのもとでベルと向き合う。

「いつもすまない。ウィーネは連日手紙を書いているのだが……ダンジョンからではどうしても地上に届くまで時間がかかってしまう。いっぺんにまとめて渡してしまい、心苦しいのだが……」

「大丈夫ですよ、フェルズさん。ウィーネ達の手紙を読めるのは嬉しいし……あの子も成長してるんだなって、伝わってきますから」

手紙に綴られている共通語は、最初こそ拙かったものの、日を追うごとに上達していた。この調子ではいずれベルより上手くなってしまうかもしれない。

書く内容もそうだ。無邪気な子供のように一日の出来事を記していた筈が、最後の手紙の方では悩みや胸の内の想いを、必死に言葉に変えようとしていた。それはウィーネの心の変化であり、まさしく成長だ。

迷いを抱える筆跡に心配する時もある。

全て(すべ)を放り出して会いに行きたくなることなんてない、と言ったら嘘になってしまう。

けれど、ウィーネは今も迷宮の中で日々を生きて、再会の時を信じて歩んでいる。

「だから僕も……あの子に負けないように、進んでいかないと」

『約束』をしたのだ。

また会おうと。そして一緒に暮らせる居場所を作ると。

それは二人が誓った『約束の場所』だ。

あの日の夜、『指きり』をした小指の温(ぬく)もりを思い出しながら、ベルは笑う。

「そうか……」

揺れたフードの奥で、魔術師(メイジ)が微笑した。

そんな気がした。

「必ず届けよう。君の想いを。このささいな手紙の交流が、いつか地上と地下(ダンジョン)の架(か)け橋になると信じて」

そう言って、フェルズは背を向け、大気へ溶けるように姿を消した。

中庭の小輪を揺らす優しげな風が吹いている。

日の光がそそいでいる。

いつか少女と感じた下界の温もりだ。

それに目を細めながら、ベルは——そして迷宮の奥で塞(ふさ)がれた天井を仰(あお)ぐウィーネもまた

——唇にその言葉を添えた。

「いつか、必ず（きっと）、会い（あ）に行くよ」

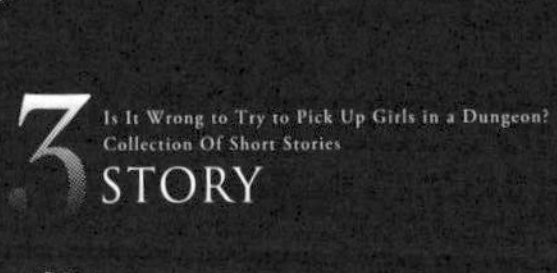

世界が見つめる先で示すもの

「【カウルス・ヒルド】」

夥(おびただ)しい雷の矢が射出される。

モンスターにとって死神の鎌にも等しい雷弾の一斉射が、暗澹(あんたん)たる闇(やみ)を切り裂き、迷宮の一角に炸裂(さくれつ)した。

骨の羊、狼頭人体、蜥蜴人、そして竜種の怪物。

例外なく大量の灰へと還り、爆散を繰り返す。

「い、一発で……。あんなに沢山いた群れを……」

「しかも、全(すべ)ての個体の『魔石』を正確に射抜いている。広域攻撃魔法でありながら、あれほどの精密射撃……今の私でも真似(まね)できません」

『一掃』という言葉が相応(ふさわ)しい光景を前に、ベルは顔を引きつらせ、その隣にいるリューもまた、感嘆と嘆息の中間に当たる吐息をこぼす。

そんな二人の会話に、視線の先にいるエルフは、金の長髪を揺らして振り返った。

「第一級に至った身で、何を怯(ひる)んでいる。あらゆる射程(レンジ)で十全の力を発揮できるようにしておけ」

「いや、そんなことできるのは師匠(マスター)くらいじゃあ……」

リューと同じ金髪の白妖精(ホワイト・エルフ)――ヘディン・セルランドは、瞬間移動した。

正確には瞬間移動と見紛(みまが)う動きでベルの眼前に迫り、聖木の枝のように細く、しなやかな片足を繰り出したのである。

「ぎぴぃ!?」

「口答えするな、愚兎（ぐさぎ）」

「す、すみまぜぇん！　ありがとうございます!!」

「【白妖の魔杖（ヒルドスレイヴ）】！　竜種（ペルーダ）も屠（ほふ）れるほどの威力でベルを蹴（け）りつけるな！　私でもここまではやらない！」

「この程度で妥協など笑わせるな、小娘。甘やかして腐らせてばかりの貴様等の代わりに、私が調教と調整を施してやっている。感謝されこそすれ罵られる筋合いなどない」

体勢を一切（いっさい）崩さず、芸術的ですらある槍（やり）のごとき蹴りを見舞うヘディン。

腹に突き刺さる靴底に、かつての改造（レッスン）による条件反射から音速で謝罪&感謝を行うベル。

最後に、涎（よだれ）を垂らしながら腹を押さえる少年を抱き寄せて抗議の声を上げるリュー。

見当違いな内容を非難する【疾風】と恐ろしいことをのたまう元妖精王もとい現役（げんえき）暴君に、見開いた両目の端（はし）に涙を溜（た）めるベルはガクガクと打ち震えた。

白濁色に染まった壁面、野ざらしの墓地を彷彿（ほうふつ）とさせる冷たい地面。

先が見通せないほど高い天井（てんじょう）を有し、ただの通路ですら広間のように広い。

現在地の名は『深層』。

かつてリューとともに決死行を繰り広げた37階層——死の淵（ふち）を彷徨（さまよ）い続けた『真の死線（トゥルー・デッドライン）』

に、ベルは久方振りに訪れていた。

（散々死にかけたあの37階層で、こんな風に平和な……いや平和じゃないかもしれないけど……とにかく気が緩んだ時間を過ごしてるなんて、複雑というか、何だか変な感じ……）

今でも時折『深層』の悪夢を見て、飛び起きるくらいには、37階層はベルに深い傷跡を刻み込んだ。心傷（トラウマ）には届かずとも苦痛の記憶には違いなく、はっきり言って今回も37階層に到達した際には少なからず恐怖と緊張を覚えたほどだ。

だが、今はどうだ。

リューとヘディンの舌戦が飛び交い、暗い迷宮に場違いな空気が流れ、モンスターの雄叫びが途切れた時間を享受できてしまっている。

「僕とリューさんのＬｖが上がったこともあるんだろうけど……」

ベルとリューが【ランクアップ】したことは要因に挙げられるだろう。

装備や道具（アイテム）を始めとした状態（コンディション）が遥（はる）かに改善されていることもそうだろう。

初見ではなく、『未知』を『既知』に変えたこともあるのだろう。

だが、それ以上に『同行者』の存在が大き過ぎた。

『ガァアアアアアアア⁉』

「大人しく死ぬといい。もう散々、ベル達のことは虐（いじ）めたんだろう？」

現在地の通路から離れた先、暗闇（くらやみ）が支配する奥。

暗がりの中で輝く黒紫の一閃が、ベルの視界で数度瞬いた。

モンスター達の断末魔の声が鳴り響き、月夜の森のような静けさが訪れた後、闇の奥から歩み出てくるのは外套を揺らす黒妖精だった。

「ヘグニさん……」

「通路の先、片付けておいたよ。目的地まで一本道のようだったし、もう危険らしい危険はないと思う」

斥候として先行してくれていた——斥候にもかかわらず進路上の敵を全滅させてしまったらしい——第一級冒険者に、ベルは「あ、ありがとうございます！」と慌てて礼を告げた。

片手で摘んだ立て襟を顔を隠すように引き上げたヘグニは、照れを隠すように、

「い、いいよ、お礼なんて。依頼とはいえ……今は同じパーティなんだから」

と、そう述べた。

『パーティ』の部分を若干強調し、少々嬉しそうに。

その様子に思わず苦笑してしまうベルの隣で、リューはまだ今の状況が信じられないように、ゆっくりと辺りを見回した。

「【フレイヤ・ファミリア】の第一級冒険者とともに37階層へ進攻……いえ『護送』されるとは、夢にも思いませんでした」

それが今のベルの状況だった。

ヘディン達とパーティを組み、お忍びで『深層』へと足を運んでいるのである。

つい先日のことだ。

『とある事情』があって37階層へ向かうこととなったベル達は、ヘスティアも交えてどのようにして深層域を目指すか話し合っていたのだが——どこから聞きつけてきたのか『とある街娘』が現れ「私に協力させてくれませんか?」と申し出てきたのだ。そして気が付けば、あれよあれよと、ヘディン達に同行してもらえるようになったのだった。

「『冒険者依頼(クエスト)』だからね。ちゃんとやるよ」

「貴様等に傷一つ付けず送り届けるのはシル様の願いでもある。大人しく護られていろ」

ヘグニがリューに答え、ヘディンが眼鏡(めがね)の位置を直す。

彼等の言葉通り、形式上は個人間の『冒険者依頼(クエスト)』扱い。

内容は『地上と37階層の往復と護衛』。

いくらベルとリューが【ランクアップ】したとはいえ、ベル達のみで37階層へ向かうのはあまりにも早計であり、危険だったため、ヘディン達の協力は正直に言って渡りに船だった。

本来はリリ達も37階層まで付いてくる予定だったのだが、

「愚兎(ぐさぎ)と【疾風】以外、付いてくるな。護衛の労力が増える。つくづく効率が悪い」

と、効率厨の白妖精(ホワイト・エルフ)に告げられ、同行を拒否された。

ぐぬぬっ、と唸(うな)っていたリリ達だったが、ダンジョン深部の恐ろしさは身に染みているため、ベル達の足を引っ張らないためにも大人しく引き下がった。

今は『中層』でベル達の帰りを待っているだろう。

（こんな豪華な冒険者依頼(クエスト)、生まれて初めてかも……）

ちなみに、形式上は『冒険者依頼(クエスト)』なので、報酬は当然支払う。

ヘディンが要求したのはリューの故郷『リュミルアの森』に伝わる『守り人(もりびと)の聖書』で、ヘグニの方はベル達と卓上遊戯(ボードゲーム)をやることだった。前者はともかく後者は第一級冒険者への報酬として見合うのだろうかとベルは汗を流したが、恥ずかしがる第一級冒険者ご本人(ヘグニ)くんが勇気を振り絞ったのだからしょうがない。

ちなみのちなみに、故郷にまつわる品を要求されたリューは、ベルが見たことないほどしかめっ面を浮かべていた。その顔が意外で、おかしくて、つい笑ってしまうと、赤面する妖精さんに頬(ほお)をつねられて怒られた。黒(ダーク)も白(ホワイト)も妖精の扱いはむつかしい。

「えっと、ヘグニさん、アルフリッグさん達は？　一緒に斥候へ行った筈じゃあ……」

「大丈夫だとは思うけど、周囲に散らばって警戒してもらってるよ。モンスターじゃなくて、同業者を。これから行くところ、バレたらまずいんだろう？」

更にこの『冒険者依頼(クエスト)』には、ヘグニ達の他にもガリバー四兄弟が参加している。

流石に猛者(オッタル)と戦車(アレン)はいないものの、無法者(モルド)達がいれば腰を抜かすような顔触れだった。

Ｌｖ．５以上の冒険者、八名ものパーティ。

第一級冒険者も油断は許されない深層域と言えど、明らかな反則編成（オーバーパワード）であった。

いくら37階層でも、これなら平和な雰囲気にもなってしまうか、とベルは心の中で空笑いするしかない。

「別にヘグニさん達を責めるわけじゃないんですけど……こんなに簡単に37階層を進めちゃうと、あの時の苦労は何だったんだろう、と思っちゃいます……」

「話を聞く限り、ボロボロの状態じゃなかったら、もうちょっと楽だったと思うけどな。Lv.4が二人きりなのは確かにまずいけど」

「あれは不可抗力のようなものです。【ランクアップ】した今でも、もう一度しようなどとは思わない……」

「とある猪（いのしし）はLv.4の時点で、この階層に単独（ソロ）の進攻（アタック）を仕掛けたことがあったがな」

「オッタルさん……」

ベル、ヘグニ、リュー、ヘディン、そして再びベルの順で声を響かせながら、迷宮内を進み始める。明度が僅（わず）かしかない壁面の燐光（りんこう）に照らされながら、恐れることなく。

斥候（スカウト）（駆除）をヘグニがこなしたおかげで、通路には灰の山が散らかっているだけだった。

一度だけ、迷宮壁を破って『スカル・シープ』などモンスターが現れたが、ヘディン達はもう手を出さなかった。護衛の冒険者依頼（クエスト）とはいえ、間違いが起きようのない戦場に介入するつもりもないのだろう。ベルとリューは頷（うなず）き合い、『白黒（はっこく）の騎士』が見守る先で交戦した。

　今のベルはＬｖ．５、リューはＬｖ．６。

　当時はあれほど苦戦した『スカル・シープ』や『ルー・ガルー』を瞬殺できるほど、二人の『器』は強化されていた。あの超極限状態の決死行が、もはや遠い日の出来事のように感じられるほど。

「そういえば……ヘグニさん、さっきから普通に話せてますけど、大丈夫なんですか？」

「37階層は暗いから、俺を見る瞳に怯えずに済むんだ。だから、危ないけど37階層は好きなんだ。フフフ……」

「喋るな、一族の恥晒しが」

　戦闘の処理も終えて、そんな会話を交わしているうちに、ベル達は『目的地』に辿り着いた。

　地図が示すのは、第三円壁と第四円壁に挟まれた『兵士の間』。

　人の体ほどもある大きな岩石がごろごろと転がる、通路口が一つしか存在しない袋小路の広間だった。

「ベル……ここで間違いありませんね？」

「はい。フェルズさんから送られてきた地図にも、ここだって書いてあります」

　広間内を見回しながら記憶を辿るリューに、羊皮紙の地図を広げるベルが頷く。

　二人が奥まで進むと、石英を彷彿させる純白の鉱石が鎮座していた。

　互いに頷き合う。リューが手に持った《アルヴス・ユースティティア》を一閃させると、甲高い音とともにそれは砕け散った。

鉱石があった場所に現れるのは、地下に続く『入り口』だった。

「あの、師匠、ヘグニさん……早く帰ってきます」

「貴様に心配されるほど落ちぶれてなどいない。行け」

「大丈夫だから、ゆっくりしておいで」

振り返ると、ヘディンが表情を変えず告げ、ヘグニが右手を振って送り出す。

ベルは笑みを返し、リューとともに『入り口』を下りた。

迷宮の組成である鉱石はすぐに修復し、完全な闇が訪れる。あらかじめ準備していた魔石灯を取り出した。人二人が横に並ぶのがやっとの階段状の洞窟を一段、まだ一段と下っていく。

かつての記憶を一つずつ思い出すように、一段一段ずつ踏みしめて。すぐ側にいるリューの手が当たり、彼女の頬が赤らんでしまったのがわかったが、ベルは気付かない振りをした。自身も頬に熱を集めながら、今、どんな顔をすればいいかわからなかったから。

段差が百を越え、階段を下りきると、『入り口』を塞いでいたものと同じ純白の鉱石が立ち塞がる。今度はベルが《ヘスティア・ナイフ》で破壊した。崩れた鉱石を踏み越えれば、視界に広がるのは清冽な泉と、奥へと続く蒼の『清流』だった。

「……戻ってきましたね」

「……ええ」

ようやく呟けたのは、そんな言葉だった。

隣にいるリューもまた目を細めた。

記憶のものと寸分違わず、蒼く輝く幻想の道は二人を迎え入れる。

極限状態のまま追い詰められたベルとリューが、決死行の末に辿り着いた『蒼の道』。

自分達を救った一時の楽園に、ベル達は感慨とも異なる想いが胸の中に蘇った。

あえて言うならば二人だけで交わした裸のままの気持ちと、あとは温もりだろうか。やっぱり赤面して互いの目が見られなくなったベルとリューは、間もなく歩みを再開させた。

地下水脈のように続く水路を辿っていく。

以前とは異なり、下流から上流へと。

高い天井のせいで、まるで空が塞がれた夜の渓谷を進んでいるよう。

壁と床の境目には、百合を彷彿させる白い草花が咲いていた。

そうして、記憶の中の清流を半分ほど進もうかという頃。

「――ベルっ！」

ずっと聞きたかった、喜びの声が響いた。

次いで柔らかい衝撃が、ベルの胸に飛び込んでくる。

「ウィーネ！」

「あいたかった！　あいたかったよ、ベル！」

駆け寄ってきた竜の娘、ウィーネを、ベルもまた優しく抱きしめた。

黒のローブを纏(まと)ったウィーネは、全身で喜びをあらわにしていた。

ベルは鎧を纏っているというのに、きつく抱き着き、お構いなしに頬ずりをしてくる。

竜女(ヴィーヴル)——モンスターのそんな姿にリューも思わず驚いてしまう中、ベルは少女の頭を優しく叩き、背中を撫でた。

「久しぶり、ウィーネ……僕も会いたかったよ」

「ううんっ……わたしのほうがずっと、ず〜〜っと、あいたかったよ！」

「ふふっ、そっか」

「うんっ！　そうなんだよ！」

埋めていた首もとから顔を上げるウィーネの頬は興奮と幸福で赤らみ、その美しい琥珀(こはく)色の瞳は潤みかけていた。

けれどウィーネは涙を流すことはなく、花のような笑みで、ずっと待ち望んでいたこの再会を喜んだ。

ベルも胸に迫るものを抱きながら、破顔する。そしてもう一度、抱きしめ返す。

互いの小指が結んだ、ともに地上で暮らし笑い合うという『約束』はまだ遠い。

けれどこうしてまた出会い、互いの温もりを感じ合える、かけがえのない時間を、ベルとウィーネは笑みと一緒に分かち合った。

「ウィーネ、少し大きくなった？」

「ほんとう⁉　うれしい！　わたしも、ベルたちみたいに大きくなれるかな？」

「なれるよ、きっと」

「やったぁ！　わたしね、ベルくらい大きくなったら、リリのあたまをなでなでしてあげたいの！　春姫の教えてくれた、恩返し！」

「リリが悲しみそうだから、ちょっと手加減してあげてね……」

ウィーネを抱きしめながら、ぶらぶらと揺れる細い青肌の足を地面に下ろす。

屈んだ時にふと気付いて口にすると、ウィーネは喜色満面になるものの、虚ろな目をする未来のリリの姿を容易に想像できてしまったベルは苦笑を浮かべてしまった。

そんな微笑ましいやり取りに、リューも気付けば笑みを浮かべていた。

「あ……リューさん、ごめんなさい。この子が前に話したウィーネです。ウィーネ、この人はリューさん。挨拶できる？」

「あ………ウィーネ、です」

リューの視線に気付いたベルが促すと、それまではしゃいでいたウィーネは借りてきた猫のように大人しくなり、ベルの背に回った。

一度『深層』で顔を見ているとはいえ、ベル達以外の地上の住人と触れ合うのは、まだ手探りで、怖くもあるのだろう。

こっそりと顔を出す竜の娘に、リューは空色の瞳を細めた。

「リュー・リオンです。貴方達とは一度お会いして、『感謝』を伝えたいと思っていました」

その優し気な声色に、ウィーネがきょとんとしていると、

「ウィーネ、大人シク待(マ)ッテイロト言ッタダロウ」

「いいでハないですカ。ウィーネモ私達モ、ずっと待ち焦(こ)がれていたのですかラ」

「そうだぜ、グロス！　お前だってしっかりソワソワしてたじゃねえかよ！」

「グロスさん、レイさん、リドさん！」

ウィーネが来た道から、石竜(ガーゴイル)、歌人鳥(セイレーン)と蜥蜴人(リザードマン)が現れた。

「久しぶりだなぁ、ベルっち！」

「こうしてまた会えテ、本当ニ嬉しいでス」

「壮健ソウダナ」

ウィーネの時もそうだったように、再会を喜ぶ。

ヘディン達の力も借りて、この37階層に来た理由。

それは彼等『異端児(ゼノス)』と落ち合って伝えるべきことを伝えるためだった。

「リドさん、レイさん、グロスさん、それにウィーネ……この37階層で僕達を助けてくれて、ありがとうございました」

『深層』の決死行の末、破壊者(ジャガーノート)を倒したベルとリューを助けたのは他ならないリド達異端児(ゼノス)だ。

彼等がいなければリリ達の救援は間に合わず、ベルとリューは地上に帰還すること叶わず息絶えていただろう。

　地上に生きて帰ってこられたベル、そして特にリューは、異端児達にどうしても礼を伝えたいと思っていたのだ。

「私からも感謝を。貴方がたのおかげで、私達は救われた。ありがとうございます」

「……私ハあの時、居合わせることガできませんでしたガ……貴方トこうして言葉ヲ交わせること、光栄ニ思いまス。リューさん」

　右手を胸に添え、リューが一礼を行う。

　当時はリド達と別行動をして人造迷宮攻略に残っていたレイは、彼女のその姿を真似るように、右翼で己の胸を覆った。

　リューの掛け値ない感謝に、先程まできょとんとしていたウィーネもぱっと相好を崩し、

「元気になってよかったね！」と無邪気に笑い返した。

　異端児の女性陣が素直に礼を受け取る一方、どこか余所余所しいというか、挙動不審になっているのはリドとグロスだ。

「小僧達ノセイデ、忘レソウニナルガ……」

「ああ……あんたはオレっち達のこと、その、大丈夫なのか？　オレっち達、モンスターなんだけどよ……」

「……包み隠さず言わせてもらうと、戸惑いの方が強いです。これからどう接すればいいか、非常に悩んでもいます。ですが貴方がたの話はベル達に聞いていましたし、不思議とモンスター特有の嫌悪感を抱きにくい。何より……救ってくれた者に感謝ではなく唾棄するなど、それこそ怪物以下の存在に成り下がる」

「……へへっ、そうか」

自分達が人からも同族からも迫害される身であると自覚しているグロスとリドの問いに、リューは胸の内を正直に吐露した。

その嘘を用いない姿勢が胸に刺さったのだろう。グロスとリドも肩の力を抜き――初めて見るリューには牙を剝いたように見えるものだったが――笑みを浮かべた。

「じゃあ、友好の証だ！　これからはベルっちみてえに、リユっちって呼ぶぜ！」

「リユっち……」

その申し出は予想外だったのか、怪物から渾名を付けられたリューが放心する。

動きを止めて硬直する彼女にウィーネが小首を傾げ、ベルが苦笑いを浮かべる中、リドはくすぐったそうに鼻の辺りをぐしぐしと片腕で拭った。

「ヴェルフっちが約束してくれた通りになったな！」

37階層からベルとリューを救助し、地上へと送り届ける道中のことだ。

『……ねえ、ヴェルフ。あの妖精さんと、ベル……だいじょうぶ？』

『……ああ。必ず治して、絶対にベルをお前達とまた会わせてやる。その時は、あのエルフも護衛代わりに一緒にな』

ウィーネとヴェルフは、そんな会話を交わしていた。リドの目の前で。

守られた約束にリドが今度こそ嬉しそうにする。ベルの護衛はリューだけではなく、外で待っているヘディン達も、という注釈はつくが。

一頻り(ひとしき)再会と感謝を祝い合ったベル達は、ややあって、清流に沿って奥へと歩み始めた。

「全然来れなくて、すいませんでした。本当はもっと早く来たかったんですけど……」

「しょうがねえって。ベルっち達はすっかり人気者ってやつなんだろ？　しっかり準備しないで、オレっち達と会ってるところを冒険者に見られる方が大変だぜ。それに最近ドタバタしてて、めちゃくちゃ忙しかったたってフェルズに聞いたぜ？」

「あははは……」

「今更ですが、私もここへ訪れて本当に良かったのですか？　ここは貴方がたの新たな『里』になると耳に挟んでいましたが……」

「本来ナラバ好マシクハナイガ……ソモソモコノ領域ハ小僧ト貴様ガ発見シタモノダ。我ガ物顔デ縄張(ナワバ)リニ入ルナ、ト我々ガ言ウノモ可笑(オカ)シカロウ」

道すがらベルとリドが、リューとグロスがそれぞれ会話する。

ウィーネは終始猫(ねこ)のようにベルの片腕に抱きついては体を擦(す)り寄せ、レイはそれをちょっぴり羨ましそうに眺めていた。

やがて、この『蒼の道』の中でもベルとリューが最も印象に残っている場所へと辿り着く。

「来たか、ベル・クラネル。それにリュー・リオン」

そこは、清流が湧き出る始点。

ベルとリューがほぼ生まれた場所で抱き合った、台座のように盛り上がった岩場付近の岸に、黒衣を揺らめかす魔術師は立っていた。

「フェルズさん！」

「こんな『深層』までわざわざ足を運んでもらって、すまなかった。だが、どうしてもここに来てもらいたくてね」

見かけない短杖を右手に持つフェルズに、ベルが歩み寄る。

一方で、よりにもよって、あらゆる意味で思い出深いこの場所に集うことになったリューは一人赤面していた。ベルと肌を寄せ合った場所を正確に覚えているのか、とある場所をちらちらと窺っては耳まで赤くしている。

「どうしたの？　お顔、りんごみたいだよ？　びょうきなの？」「あ、いえ、別にそういうわけでは……！」などというウィーネとリューの声が背後から聞こえてきたが、ベルは努めて意識の外に追いやった。自分も釣られて赤くなるのを防ぎつつ、根掘り葉掘り聞かれないよう必死に別の話題を用意する。

「え、えっと、ここには皆さんだけですか？　ここは『深層』だし、ラウラさん達もいるのかなって思ってたんですけど……」

「ココニ来ルニハ確カニ戦力ハ必要ダガ、群(ム)レスギテモ都合ガ悪イ」

「捕捉されやすくなってしまいまス。この階層ノ同族(モンスター)ハみな強い力ヲ持っているのデ、できるだけ戦闘ハ避けたかったのでス」

グロスとレイの返答に、なるほど、とベルは思った。

リドとグロス、レイは異端児(ゼノス)という共同体(コミュニティ)の中でも古株であり、その実力は冒険者に換算してもLv.5上位に匹敵(ひってき)する。『深層』に赴くのなら十分で、きっと付いていきたいと我儘(わがまま)を言ったであろうウィーネ一人を守るくらいなら、この頭数くらいがちょうどいいのだろう。規格外の魔道具(マジックアイテム)を駆使するフェルズはそもそも守られる側ではなく先導する側だ。

この『蒼の道』を集合地点(ポイント)に指定するにあたって、大所帯ではなく少数精鋭で足を運んだ。そういうことなのだろう。

「正確には、ここにいるのは私とウィーネ、リド、グロス、レイ。あとは――」

フェルズがそこまで言葉を言いかけた、その時。

魔術師(メイジ)の黒衣が内側からもごもごと動いたかと思うと、ベルがぎょっとするより先に、愛玩鼬(フェレット)のように細長い影が未(いま)だ挙動不審になっているリューのもとへ、飛翔(ダイブ)した。

『クキュー!!』

「っ！　何奴⁉」

謎の影が妖精の端正な顔面に取り付こうとしたのも束の間、超速で反応してのけたリューの小太刀（納刀状態）が閃く。【疾風】の名は伊達ではないその動きに、鞘で弾かれ壁に激突した影は『グギュブ⁉』と潰れた声を発した。

「……？　このモンスターは……まさか、あの時の『カーバンクル』？」

べちゃりと床に落下した愛玩鼬──もとい『カーバンクル』のもとに、「カール⁉」とウィーネが心配して駆け寄る。かと思うと、美しい緑玉色の毛並みを持つ物体は飛び起き、ウィーネを無視し、リューのブーツに近付いて頬ずりを始めた。

今にも求愛を始めそうなほどすり寄ってくる『カーバンクル』に、リューは見覚えがあるように眉を微妙な形に曲げた。ベルもまた、そこで思い出した。

そういえば、秘獣の異端児と友達になったってウィーネの手紙に書いてあったっけ、と。

「おっ、やっぱり顔見知りだったのか。ベルっちとリュっちが来ることを知ったら、この新入りが『私も行きたい！』って鳴きまくって聞かなくてよ」

「顔見知り……というより、戦場でたまたま出くわしただけですが……」

「助ケラレタカラ礼ヲ言イタイ、トモ連呼シテイタ」

「助けたつもりもないのですが……」

リドとグロスの説明の間にもリューは困惑の表情を浮かべ、カールはカールですり寄っては、妖精（エルフ）の周囲をくるくると周回し始める。

心なし瞳を潤ませ、というより恋い焦がれる娘のように顔を上気させ、戸惑うリューの肩に飛び乗り、その頬を舌で舐（な）めようとする。というか、ペロペロしようとする。が、小さな溜息（ためいき）をつく潔癖妖精（エルフ）はいつかのように秘獣（カーバンクル）の首根っこを摑（つか）んで阻止した。『クキュ!?』とカールは鳴いたが、ブラブラ宙吊りされているうちに幸せそうに身をよじり始めた。

やれやれ、と肩を竦（すく）めるリド達と並んで、なんだか変わった異端児（ゼノス）だなぁ、とベルは乾いた笑いを堪えつつ思った。

「……あの、フェルズさん。聞いてもいいですか？」

周囲を清らかな水の音が包み込む中、ベルはおもむろに、口を開いた。

「なんだい、ベル・クラネル？」

「どうして待ち合わせ場所に、この階層を選んだんですか？」

ベル達がここまでやって来た理由は、『異端児（ゼノス）』達に礼を告げるため。

だが、そもそも指定場所にこの『深層』を選んだのはフェルズ達だった。

『竈（かま）火（ど）の館』にフェルズから今回の内容が綴られた手紙が届いた時、それは驚いたものだ。

「ここがリドさん達の拠点……『異端児（ゼノス）』の『隠れ里』になる話は聞いてましたし、僕達が会ってることを他の冒険者にバラさないよう、場所を選ぶっていうのもわかるんですけど……」

『白宮殿（ホワイトパレス）』とも呼ばれる37階層は広大な上に食料が一切なく、生ける屍（アンデッド）や戦士系（ウォーリアー）のモンスター達も強く、凶暴だ。リド達も滅多に近寄らず、およそ拠点を設けるのに適していない。正確には『里』となる地点がなく、木竜や人魚のような里の『番人』を配置できない、というのが実状だった。

だが、それもこの『蒼の道』が発見されたことで状況が変わった。『闘技場』の地下に位置しながらモンスターが産まれない37階層唯一の楽園は、『異端児』にとって『下層』と『深層』を繋ぐ貴重な中継点になることだろう。

この場所の情報をベル達から提供されたフェルズやリド達は、本当に拠点化できるか、もう既に何度もここを訪れているらしい。

「【ヘスティア・ファミリア】は短期間のうちに名声を得過ぎた。同業者の注目の的である以上、用心を重ねるに越したことはない。それは理解できます。『深層』まで来れば、冒険者の数も一気に減るということも」

ベルの疑問に、リューも追従する。

——『オレっち達のせいでベルっち、余計に有名人になっちまったらしくて、ダンジョンにもぐるだけでも注目を集めちまうんだと』。

これはリドも異端児の面々に言っていた言葉だ。

現状、神々にも派閥にも注目され過ぎている【ヘスティア・ファミリア】は、ただの探索に繰り出すだけでも「何かお宝の情報があるんじゃないか」と勘繰られ、場合によってはダンジョン内で嗅ぎ回られる始末だ。そこで異端児と接触しているところを目撃されたら目も当てられない。

そこでダンジョンの下部層域を待ち合わせ場所に指定するというのは、確かに妥当な策だ。第二級冒険者達でもおいそれと足を踏み入れられない、そもそも付いていけない階層ならば、目撃される危険性がぐっと減る。

「ですが、それでも……37階層という数字は深過ぎる」

冒険者に気付かれず密談をするにしても、あまりにも慎重で、障害が大きい。

リューは、はっきりとそう告げた。

実際問題、まだ『深層』を探索し慣れていないベルのことを加味すれば、ここに来るまでヘディン達の力を借りていなければ十分な安全は確保できていたとは言えないだろう。ただ異端児と落ち合うだけなら、精々『下層』辺りで良かった筈だ。

何故わざわざ37階層に呼んだのか、理由を聞きたい。

視線で問いかけるベルとリューに、フェルズは一度、沈黙を保った。

「……『結論』から先に言っておこう。今、我々の真上にある『闘技場』の存在理由が、判明した」

「「!!」」

思いもよらない角度から、想定していなかった内容を告げられ、ベルとリューは驚倒した。

『闘技場(コロシアム)』。

モンスターを無限に産み落とす殺戮(さつりく)の空間。

あのアイズ達ですら迂闊(うかつ)に近付かない危険領域であり、侵入者が立ち入った瞬間以外、日々モンスター同士が殺し合うダンジョンの構造物。ベルとリューはやむなく『闘技場(コロシアム)』に立ち入り、やはり死の瀬戸際まで追い詰められた。

『……ダンジョンは……何のために、こんな空間を……』。

無限の盃(さかずき)。無限の闘争。

始まりと終わりが同一点上にある、怪物(モンスター)の輪廻(りんね)。

確かにベル自身、『闘技場(コロシアム)』の異常性を目の当(ま)たりにして、そんな風に疑問を抱いた。

そんな『闘技場(コロシアム)』の存在理由が、判明した――?

突然のことにベルとリューは動けない。

リド達はもう既に知っているのか、静かに口を閉ざす彼等を他所に、フェルズはそれを告げた。

「『闘技場(コロシアム)』とは、『異端児(ゼノス)』を誕生させるための『装置』だ」

最初、何を言われたのか、わからなかった。

「……えっ？」

「正確にはダンジョンの実験場……試行錯誤の証(あかし)、と言ったところだろうか」

「ま、待ってください……！　何を言ってるんですか、フェルズさん⁉」

理解が追いつかず、ベルは声を荒らげてしまっていた。

あのリューでさえ顔色を変え、言葉の真意を読み取ろうとするのに精一杯となる。

「順を追って説明しよう。『闘技場(コロシアム)』が初めて確認されたのは約三十年前。恐らく、その三十年前、あるいはそれ以前に歴史上初の『最初の異端児(ゼノス)』が生まれた」

「は……⁉」

「当時、ダンジョンは狼狽(うろた)えたのだろう。およそ十六年前、私やウラノスが初めてリド達と接触した時のように。怪物(モンスター)でありながら人類のごとき理知を備える、特大の異常事態(イレギュラー)たる存在に」

情報の津波だった。

どれだけ順を追っても溺れかねないほど、聞き流せない単語が錯綜(さくそう)した。

先に『事実』だけを列挙し終えたフェルズは、溺死しかけるベルに手を差し伸べた。

「『闘技場(コロシアム)』を目の当たりにし、あの殺戮の空間を直接肌で感じた際、君も思わなかったかい、ベル・クラネル？　なぜ日夜モンスター同士が殺し合うのか、なぜ生と死が永遠に繰り返されるのか」

「‼」

「それはあの領域こそ、『輪廻転生の縮図』だからだ。母にして大いなる迷宮は試していたんだ、新たな『異端児(ゼノス)』が生誕するか否かを。そして生誕するならば、一体どのような原因が存在し、いかなる影響をダンジョンに与えるのか、計ろうとしていた」

ベルの驚愕(きょうがく)に、リューのものも重なる。

――無限の盃(さかずき)。無限の闘争。

――始まりと終わりが同一点上にある、怪物(モンスター)の輪廻。

あの極限状態の中で抱いた疑念と比喩を、フェルズがまるで神のごとくすくい上げる。

「人類、あるいは地上に対する『強烈な憧憬(しょうけい)』。それこそが『異端児(ゼノス)』たらしめるものであり、彼等(ら)彼女等(ら)が理知を備える条件であると、今でこそ我々は確信を得ている。だが……当時のダンジョンには知る術(すべ)もなく、あのような『闘技場(コロシアム)』を築いたのだろう」

ベルが混乱する間も、異端児(ゼノス)達は依然として黙っていた。

リドも、グロスも、レイも。

ウィーネも、リューから預かったカールを胸に抱き、その柔らかな毛並みに口もとを埋めている。新しく加わったばかりの秘獣(カーバンクル)もまた、神妙とも言える静けさを保ち、その円(つぶ)らで透明な瞳でベル達のことをじっと眺めていた。

「そして、この『蒼の道』。ここは『闘技場(コロシアム)』で確認できた『異端児(ゼノス)』を逃がすための保護所(シェルター)だ」

「っ！」

「あの殺戮空間で『理知を持つモンスター』が産まれ落ちたとしても、瞬く間に惨殺されるのは道理だろう。故にダンジョンは特定の個体を逃（に）がし、守るために、『闘技場（コロシアム）』の地下にこのような地帯（エリア）を用意した。……正確には、『経過観察』のため、とも言えるだろうか」

安全階層（セーフティポイント）と同じ共通項を持つ『蒼の道』は、37階層唯一の楽園。

もしそれが、『異端児（ゼノス）』を匿（かくま）うための『里』と同義なのだとしたら。

真っ当な背景を与えられたことで、『闘技場（コロシアム）』やこの『蒼の道』に抱いていた疑問が氷解し、全てが意味を帯びていく。

立ちつくしてしまうベルは、まさか本当に？　とフェルズの語る説を信じつつあった。

「何にせよ、『異端児（ゼノス）』の起こりは三十年前であることは間違いない。そして全ての始まりにして、始祖たる『最初の異端児（ゼノス）』を、我々は『原初の異端児（ファースト・ゼノス）』と呼称することにした」

「……その『最初の異端児（ゼノス）』を、貴方がたは確認したのですか？」

「いや、予想する限り三十年以上も前に生誕した存在だ。恐らくは絶命しているだろう。屍（しかばね）の類（たぐい）を発見したわけではないが」

一方、情報を噛（か）み砕（くだ）き、精査し終えたリューは、冷静な第三者の顔を纏（まと）いながら、問いを発していた。

「それは、『仮説』ではないのですか？」

「……」

「今語(かた)られたものはなるほど、確かにそうかもしれない、そう思わせる説得力はある。事実、私がこれまで聞いてきた『闘技場(コロシアム)』の存在理由の中でも、最も納得できるものだった」

「……」

「しかし、それでもなお推測の域は出ない。これまでの話を聞く限り……貴方の論には、それこそ証(あかし)がないように思える」

ベルがはっと振り向く中、リューは確信に至るための材料が足りていないと、はっきりとそう告げた。

フェルズは、黙っていた。

闇が溜まり、中身が見通せないフードの奥から、まるで厄介なものを押し付けられた老人のような雰囲気を醸し出しながら。

リューもベルも怪訝(けげん)に感じ出す頃、黒衣の魔術師(メイジ)は溜息をつくように、緩慢に頭(かぶり)を振った。

「ああ。君の言う通り証(あかし)がなければ、これはただの仮説に過ぎなかっただろう。だが、今回ばかりは順序が逆だった」

「逆……？　何を言っているのですか？」

「『証(あかし)』が先に見つかり、我々は答えに辿り着いてしまった。そういうことだよ、リュー・リオン」

付いてきてくれ。

そう言って、フェルズはベル達に背を向けた。

ベルとリューは顔を見合わせ、すぐに黒衣の後を追う。リド達も黙ったまま付いてきた。

「……？」

ベルとリューが違和感を抱いたのは、すぐだった。

フェルズが水路に対し、直角に曲がったのだ。

ベルとリューが『闘技場（コロシアム）』からここに落ちた際、清流が流れる『蒼の道』は一本道だった。

だからこそベル達は体を休めた後も迷うことなく、『兵士の間（ま）』の迷宮部に向かうことができたのだ。にもかかわらずフェルズは『横道』と呼べる通路を——壁面にできた大きな『割れ目』のような道を——曲がったのである。

記憶の中に存在しないルートに困惑を抱きながら、何も語らない黒衣の後に続く。

間もなく、

「『結論』はもう先に言った。そしてコレが、君をこの階層に呼んだ『本題』だ、ベル・クラネル」

「——————」

ソレを目の当たりにした。

細長い割れ目の先に存在したのは、小さな円形の空間だった。

清流の色を反映するように蒼白い床と壁面は、ところどころ凍てついている。

その中央に鎮座するのは、紫色の氷塊に閉じ込められた『怪物』だった。

「……モンスター？　……いや、まさか、これは……！」

「『異端児』だ」

目を剝くベルの隣に立ち、フェルズが断言する。

リューまでもが愕然（がくぜん）とする中、黒衣の魔術師（メイジ）は頭上を見上げた。

「三週間ほど前、『闘技場（コロシアム）』からここに落とされた。私やリド達は、その時『蒼の道』をちょうど調査していてね。轟音（ごうおん）とともに壁に割れ間が発生し、この空間が生まれた」

フェルズの視線の先には、細長い空洞が存在した。

現在は岩の組成が完全に塞いでいる。ベル達が今いる円形の空間と相まって、全体的に見ればあたかも三角容器（フラスコ）のような形状だった。

説明を聞きながら、呆然（ぼうぜん）と頭上を見上げていたベルとリューは、再び視線を正面の氷塊へと戻した。

「ここに駆け付けた我々は『彼』、あるいは『彼女』を発見し……襲撃された」

「！」

「すげえ速かった。速過ぎて、防ぎきれなかった。そのせいで、レイの片翼（つばさ）が持ってかれた」

フェルズの言葉に肩を揺らし、それまで黙っていたリドの発言に耳を疑う。

ベルが慌てて背後にいるレイを振り返ると、彼女は「大丈夫でス。フェルズに治療してもらって、今ハ復元しています」と、傷跡は確認できない金の片翼を広げてみせる。

「私ト蜥蜴人デ何度モ切リ合イ、歌人鳥ノ怪音波デ動キヲ封ジタ後……魔術師ノ魔道具デ、コウシテ氷漬ケニシタ」

グロスが説明を引き継ぐ間、レイは安心させるように、微笑んでいた。

それでも、安堵はできなかった。

衝撃が勝った。

呆然とした姿を晒し続けてしまうベルの隣で、リューは最後の否定材料を探すように、重々しく口を開く。

「……『異端児』ではない可能性は？」

「凍ラセル前ニ、言葉ヲ発シテイル。同胞デ決マリダ」

「……なんて、言ったんですか？」

口を噤むリューを他所に、ベルが息を呑みながら、尋ねる。

答えたのは、目を伏せるレイだった。

「ただ、一言だけ……『コロス』、と」

沈黙の帳が下りた。

もう迷宮の組成は再生しきっているのか、この空間にリド達の激闘の痕跡は見られない。

ただ蒼白い光を反射して、氷塊が不気味に輝いていた。

ベルは、自分の手の平が汗ばんでいることを感じながら、まじまじと対面にある氷塊――その中身を見つめる。

その『怪物』は胎児のように体を丸めていた。

尾を有しており、両手には禍々しい爪らしき部位も確認できる。

胴体は一見、蜥蜴のように細長いようにも感じられるが、丸まっている体勢もあって人型なのか、それとも異形型なのか、どうにも判然としない。

頭部には、獣の頭蓋骨というべき骨の仮面を被っていた。

「……『スカル・シープ』？」

「いや、恐らく『ペルーダ』の亜種だ」

こと細かに観察するリューの呟きを、実際に交戦したフェルズが否定し、モンスターの中でも最強の潜在能力を有する『竜種』であると断定する。

その会話が耳朶を揺らし、頭を素通りする中、脳裏でズキズキと疼く既視感に突き動かされるように、ベルはその名を唇に乗せていた。

「…………ジャガーノート？」

瞬間。

まるで少年の声に反応したように、骨の仮面の奥で閉じられていた瞼が、開いた。

「っっ⁉」

『クキュウ⁉』

真紅の眼球があらわになり、たちまち音を立てて、氷塊に罅(ひび)が刻まれた。

内側から『怪物』が暴(あば)れ、封印を砕こうとしている。

咄嗟(とっさ)に身構えたベル、そしてリューを眼光で貫き、紅の殺意を解き放とうとしている。

怯えるウィーネの腕の中でカールが悲鳴を上げ、更なる亀裂が氷解の全身に走り抜けた一瞬後、黒衣が翻(ひるがえ)った。

「フェルズ！」

「わかっている！」

リドが言うが早いか、フェルズは右腕を突き出していた。

所持していた短杖(つえ)――氷属性の『魔剣』に改造を加えた『賢者』謹製の封具(マジックアイテム)が、強烈な氷波を吐き出した。

罅だらけになっていた氷塊が瞬く間に亀裂を埋められ、氷結され直していく。

更なる氷の膜を浴びせかけられる『怪物』は眼光を何度も輝かせた後、紫の氷波に屈するように、ゆっくりと瞼を閉ざした。

空間を凍てつかせる猛烈な冷気と引き換えに、封じられた『怪物』が完全に沈黙する。

「……最初に『魔法』で凍てつかせた後、催眠効果も上乗せした吹雪をこうして定期的に施し、眠ってもらっている状況だ」

急激に温度が下がってなお冷や汗をかくベルは、時間をかけて臨戦態勢を解（と）いた後、核心に触れた。

「これは……僕達が戦った『ジャガーノート』、なんですか？」

「私はそう予感して、君達を呼んだ。これがわざわざ37階層まで足を運んでもらった理由だ」

リド達、そしてウィーネも夢に見るという『前世』の記憶。

それをこの『怪物』も持っており、あの『厄災』の生まれ変わりではないかと、フェルズはそう言外に告げる。

「今まで『闘技場（コロシアム）』で『異端児（ゼノス）』が産まれ落ちた前例は、恐らくなかった筈だ。『闘技場（コロシアム）』内で輪廻転生……魂の循環がひたすら繰り返されているのだとしたら、同族（モンスター）同士で殺し合うだけで、憧憬（ノイズ）が入り込む余地がない。ダンジョンの実験場は失敗を繰り返していたことになる」

「……」

「しかし、それが今回初めて異端児（ゼノス）という結果に繋がった。何故か？　……モンスターの魂に強烈な餓え（ノイズ）が刻まれるほどの事件があったからに他ならない」

フェルズは、この37階層はダンジョンの中でも特別な領域だと捉（とら）えている、と明かした。

事実、『白宮殿（ホワイトパレス）』と呼ばれる層域はこの階層以外に存在しない。『闘技場（コロシアム）』という『発生装置』がある以上、この階層で散ったモンスターの魂は例外なく『白宮殿（ホワイトパレス）』に取り込まれる。

それが老神（ウラノス）と話し合った末の結論だとも。

「それらを踏まえた時、真っ先に破壊者(ジャガーノート)の件と、君の顔が浮かんだよ、ベル・クラネル」

「っ……」

「この異端児(ゼノス)が生まれ変わるに至った願望とは、恐らく『アステリオス』と似たものだろう」

「……あの人と？」

「ああ。憧憬(しょうけい)ではなく、餓(う)え。……自我にまで発展した、唯一の殺意」

ベルは、瞠目(どうもく)した。

リューも同じだった。

再戦、いや再殺を求める異端児(ゼノス)。

自分を壊しては逆巻いた白い炎に焦がれる、殺戮の存在理由(レーゾンデートル)。

フェルズは短杖を裾(すそ)の中にしまいながら、言った。

「先程の反応を見て、私はこの推測が間違っていないと確信するに至ったよ。この異端児(ゼノス)は、君に最も強く反応した。……そこでだ、ベル・クラネル。君に意見を求めたい」

「意見……？」

「この異端児(ゼノス)を処分するか、否か」

「!!」

ベルは今度こそ絶句した。

「この異端児(ゼノス)はあまりにも危険だ。行動理由という意味でも、潜在能力(ポテンシャル)という意味でも。以前の存在と同じ、『厄災』となる可能性を大いに秘めている」

殺戮という願望を宿した異端児（ゼノス）が、凄惨な未来をもたらすというのは想像に難くないだろう。たとえその存在理由（レーゾンデートル）が、たった一人の存在に向けられるものであったとしても。

秘めたる力を立証する必要もない。この『怪物』は産まれた直後、Ｌｖ．５相当のレイに重傷を負わせている。彼女を含めてリド、グロス、フェルズの四人がかりで、ようやく鎮圧できるほどの存在だ。

「封印を解き、このままリド達の共同体（コミュニティ）に迎え入れたとしても、破滅が目に見えている。この異端児（ゼノス）の爪牙は『人類との融和』というリド達の夢を壊すだろう。私個人としては、生かすではなく殺すべきだと考えている」

「…………もし生かすとしたら、どうするんですか？」

「その時はこのカールに、ここの『番人』になってもらうつもりだ」

苦渋を隠さず、呻（うめ）くようにベルが尋ね返すと、返答したのはフェルズではなくリドだった。

「こいつはスゲェ障壁を張れる『カーバンクル』だからな。あの同胞が封印を破ろうとしても、きっと押さえられる。勿論、もうちょっと強くなってもらう必要はあるけどな」

『クキュウ！』

「フェルズの魔道具（マジックアイテム）を使えるヤツと合わせれば、ここの封印を維持できる……っていうのがオレっち達の考えだ」

蜥蜴人(リザードマン)の肩鎧の上に、軽(かろ)やかに飛び乗ったカールが『任せて！』と言わんばかりに鳴く。

「そして、封印ヲ維持できるならバ……私達ハ、語りかけようト思っていまス」

「語りかける……？」

「はい。あの同胞ハ今、殺意という点ヲ除いて、とても無垢(むく)ナ存在ノ筈でス。以前ノ竜の娘(ウィーネ)ト同じようニ。だから、眠っている彼……あるいは彼女ノ『夢』ニ囁(ささや)くのでス。私達ノ想いヤ、知識ヲ伝えて……『共存』ノ道ヲ模索する」

産まれ落ちてすぐ封印されたこの異端児(ゼノス)は、今も真っ白な平原の中で眠っているのと同義だ。揺り籠(かご)はまだ何(なに)にも染められていない。故に殺意に蝕(むしば)まれ、紅(あか)や黒(くろ)に彩られる前の世界(キャンバス)に、別の色を垂らし、中和を試みてみる。レイはそう言っているのだ。

『歌』を操(あやつ)る歌人鳥(レイ)、そして人魚(マリィ)ならば、子守歌代わりに働きかけるのは決して不可能ではないだろう。睡眠学習ならぬ、『睡眠教育』だ。

ベルは目を見張った後、何も喋らず考え込んだ。

すぐに答えは出せなかった。ベルは今、懊悩(おうのう)しなければならなかった。

一度周囲を見る。

フェルズは処理派、リドとレイ、カールは恐らく非処理派。

グロスは珍しく態度をはっきりとさせず、黙り込んでいた。

「……リューさんは……」

「……私は、貴方の判断に委ねます」

「いいんですか……？」

「ええ。この異端児がもし、アリーゼ達を殺めた『厄災』と同じだと考えたら……冷静ではいられなくなる。ですがそれと同時に、断罪の是非を問うべきなのか、私にはわからない」

「……」

「27階層で数々の命を殺戮したのが確かだとしても、赤ん坊に等しい存在に前世の罪と罰を求める。それがどれだけ正しく、あるいは理不尽なのか……知れるのは、神たる存在だけでしょう」

リューは自分の手の平を見つめた後、空色の瞳でベルを見返した。

「私は今、掲げるべき『正義』を試されていると感じています」

「！」

「そして、『正義』の多くには責任を伴う。その責任を背負えるならば……私は貴方に、何も言わない」

リューはきっと、心の奥底では、処理すべきだと考えている。

しかしそれを今も心の奥に秘めてくれているのは、ベルのためだ。

ベルの答えを邪魔しないように、彼女は助言だけにとどめてくれている。

ベルは目を瞑った。最後にもう一度だけ、悩んだ。

世界が自分達を見下ろしている気がした。

リューの言葉を借りるなら、試されているような気がした。

迷宮（ダンジョン）が、こちらを見ている。

少年はゆっくりと、目を開いた。

「ベル……」

最初に視界に映ったのは、側に寄り添う娘（むすめ）の姿だった。

こちらを見上げるウィーネはもう何も言わず、お腹（なか）に顔を埋めてくる。

彼女の青銀の髪に、そっと手を回したベルは、答えを出した。

「僕の意見を聞いてもらえるなら……僕はこの異端児（ゼノス）を、殺したくないです」

お腹の辺りで、娘（むすめ）の体が小さく揺れる。

琥珀色の瞳が、こちらを見上げているのがわかる。

フェルズと、リド達を順々に見回して、ベルは胸の内を述べた。

「もし、この異端児（ゼノス）をここで殺したら……今までのウィーネとの時間が、全部、嘘になるから」

寝台（ベッド）の中でウィーネから聞いた、『夢』の話。

きっと、彼女の『前世』の話。

ウィーネもそこで多くの命を奪った。ウィーネもそこでは危険な存在だった。

ならば目の前で封じられている存在に罪を問い、その脅威を危惧して始末するというのなら、ウィーネとの区別とは一体なんなのか。今も額の紅石を失えば暴走し、あらゆるものを壊してしまう竜との違いは、一体なんだというのか。

この異端児と、今ベルが抱きしめているウィーネは、近しい存在だ。

この『竜』を殺すということは、『竜』の半身を殺めることと、同義だ。

愚者には、それを選ぶことはできなかった。

──『怪物』は存在意義を証明しなければならない。

今ベル達も、リド達も、それを証明するためにあがいている。

そうであるなら、証明する前から切り捨てる行為は、きっとベル達の敗北だ。きっとベル達の『約束』は叶わない。

欠片とて、存在意義を否定したその瞬間から。

「もし、この異端児が取り返しのつかないことをしてしまったら、僕が責任を取ります」

だからベルは、決意をもって、『生かすこと』を望んだ。

「僕はこの異端児と、殺し合う以外の道を探してみたい」

氷塊の内側に封じ込まれた存在が、一瞬、揺れた気がした。

何だか、怒ったような気がした。

これもきっと、気のせいだった。

「……わかった。異端児を救い続けてきた、他ならない君の意見だ。早急に判断は下さず、しばらく経過を見よう」

「ごめんなさい、フェルズさん……」

「いや、いいんだ。何も打ち明けず、秘密裏に処理することも私達にはできた。それをしなかったのは……君がそう言ってくれるのを、心のどこかで期待していたからかもしれない」

全く感傷的で、魔術師（メイジ）らしくないな、とフェルズは自嘲した。

自嘲には聞こえないくらい、笑みの気配を添えて。

リドとレイが目を弓なりにして、手と翼で肩を優しく叩（たた）いてくる。カールがブーツの先端をペロリと舐めてくる。グロスが目線だけで、礼を告げてくる。

リューは小さく、笑いかけてくれた。

貴方一人に責任を負わせはしない。リド達と一緒に、そう言ってくれた。

「ベル……ありがとう」

最後に、ウィーネはお腹に抱き着いたまま、そう漏（も）らした。

うん、と頷きを返す。大丈夫だよ、と頭を撫でる。

ぎゅっと、小さな少女はもっと抱き着いてきた。

「それじゃあ、一度『里』に帰るか！　リリっち達を待たせてるだろうしな！」

「フェルズ、この場ハ……」

「ああ、しばらくは私が受け持とう。正直、やることは山積みなのだが、致し方ないだろう。

カールが早く成長することを願うよ」

『クキュ！』

「私モ魔術師（フェルズ）ト残ロウ。何カアレバ眼晶（オクルス）デ連絡スル。魔道具（マジックアイテム）ヲ使エル赤帽子（レット）カ半人半蛇（ラウラ）、あとは人魚（マリィ）ヲ此処（ココ）ニ連レテクル算段ヲ付ケテオケ、リド、レイ」

「レット達はともかく、マリィが来っかなぁ……。水の迷都（みやこ）と比べると、めっちゃ狭いぜ、この清流（かわ）……」

銘々が喋っては鳴き、この場を後にする。

リューが異端児（ゼノス）達の後に続くのを見たベルは、最後にもう一度だけ、ウィーネと一緒に背後を振り返った。

紫の氷塊と、その中で眠る怪物。

神秘には遠い紫紺の幻想が、ベル達の顔を照らす。

「ダンジョンって、何なんだろう……」

返ってくる答えはない。

迷宮（ダンジョン）の視線はもう、遠ざかっていた。

「ウィーネ様！」

金の長髪を揺らし、狐(きつね)の少女が駆け寄ってくる。

「春姫(ハルヒメ)！」

ベルと手を握っていたウィーネも走り出し、喜びのまま、抱擁を交わした。

「あいたかった、春姫(ハルヒメ)！」

「私(わたくし)もです！　少し見ない間に、大きくなられましたか？」

「うんっ！　ベルにも言われたんだよ！」

抱きしめ合う少女達は、笑みも分かち合う。

嬉しさと感動を隠しもしないその姿は、姉妹のようにも、母子のようにも見えた。

20階層、『異端児(ゼノス)の隠れ里』。

目尻を指で拭う春姫(ハルヒメ)の他にも、リリ達がベル達を出迎える。

「な～にやってたんですか、ベル様！　時間がかかり過ぎです！　まさか、リュー様といかがわしいことをしていたんじゃあ……！」

「してないよ!?　というか、『深層』でそんなことできないよ……」

「【フレイヤ・ファミリア】の連中はどうしたんだ？　護衛されてたんだろ？」

「27階層に戻った時点で、『後はもうどうとでもなるだろう』と言われ、別れました。恐らく地上にもう帰還したのかと」

「確かに、あの面子で固まって移動する方が目立ちますね。この『隠れ里』の存在を気取られるわけにはいきませんし。ともかく……お疲れ様でした、ベル殿、リュー殿！」

早速リリのイチャコラ調査（チェック）が入り、ベルが両手を何度も振り、ヴェルフがそれに半分呆（あき）れながら問いかければ、覆面を口もとから下ろすリューが答え、命（ミコト）が笑顔で労う。

『深層』へ行くベル達と別れたリリ達は、当初の予定通り、この20階層の『隠れ里』にお邪魔させてもらっていた。

無論、他の冒険者には気付かれないよう、用心を重ねて訪れた上で。

ベル達の37階層からの帰還方法も少々複雑で、異端児（ゼノス）達との集団行動は避けねばならなかった。帰還ルートは異なる道を使い、20階層の未開拓領域で再び落ち合ったほどだ。

以前訪れたことのある、鍾乳洞（しょうにゅうどう）にも似た特大の広間（ルーム）は、ベル達が帰ってくるや否や歓声に包まれた。

「よーし、ベルっち達がまた来てくれたんだ！　久しぶりに宴会でもするかぁぁー!!」

『『『オオオオオオーーー!!』』』

「またこの流れか……」

「ベル様達が来る前もやってたじゃないですかー！」

いつになく賑（にぎ）わっているのか、リドが弾んだ声で呼びかけると、異端児（ゼノス）達は一斉に腕を頭上に突き上げた。それを見てヴェルフがげんなりとした声を出し、リリが堪（たま）らず叫び声を上げる。

『深層』で救われた件の感謝を告げるつもりで今回の探索に参加していたリューは、まさかの展開に唖然(あぜん)とする。というより、モンスターが宴会を始めることに文化的衝撃(カルチャーショック)を受けていた。

ベルは珍しいその姿に笑みを漏らした。

紳士気取りの赤帽子(レッドキャップ)が、地上の文化を愛する半人半鳥(ハーピィ)が、愉快な一角兎(アルミラージ)と黒犬(ヘルハウンド)が、興奮する半人半蛇(ラミア)と大型級(トロール)、そして竜の娘(ヴィーヴル)が、飲めや歌えやの大騒ぎを繰り広げる。

「春姫(ハルヒメ)、おどろう！」

「はい、ウィーネ様！」

歌人鳥(セイレーン)の歌が響き出せば、人も怪物も手を取り合って踊り出す。

以前付き合ったことのある命(ミコト)は愉快げに、リリとヴェルフは観念して、潔癖なエルフだけがどうしたらいいのかわからずオロオロして、手を繋いで無理やり踊らせてやろうと企てた一角兎達(アルミラージ)を条件反射で弾(はじ)き飛ばした。

笑顔が咲く。声が飛ぶ。輪が生まれる。

友愛(フィリア)が、種族の垣根を越える。

「……ダンジョンが何なのかはわからない。これから何が待っているかも。それでも……」

この迷宮が『未知』であり続けることはそのまま。

けれど、人も怪物も、この場所で笑えている。

娼婦だった少女も、排斥されようとしていた竜の娘(むすめ)も、ベルの視線の先で笑い続けている。

それならば、『偽善者』が、『愚者』が、『英雄』がやることとは、一つだ。

「ベルもはやくー！」

「私達と一緒に！」

小指を見下ろした後、笑みを浮かべ、走り出す。

かつて『指きり』を交わした少女達のもとに、少年は飛び込み、ともに踊った。

三つの指が交わした『約束』を、もう一度ここで、新たにするのだった。

あとがき

本書に収録されているのは『ダンジョンに出会いを求めるのは間違っているだろうか』アニメーション二期、及び三期Blu-rayに封入していた特典小説となります。原作十周年となるこのタイミングで、加筆修正をして出版させて頂く運びとなりました。

せっかくですので当時のことを思い返しつつ、書き下ろしの物語も含め、感想なんかを書かせてもらおうと思います。

・英雄と娼婦
頭が悪い。

どうしてこんな頭が悪いラヴコメを書いた！　言え！

読み返している最中、そんなことを思いながら「全部書き直そうかな」という衝動と戦っていましたが、それはそれでどうせ頭を悩ませないといけないし、既に短編を読んでいる方々には怪しまれると思ったので断念しました。ラヴコメが苦手だと言っておきながらエッチなコメディに手を出した者の末路です。笑わせるわ。

当時は編集さんやアニメのプロデューサーさんと打ち合わせをして、頂いたオーダーは

「やっぱりアニメ二期は春姫が一つの顔なので、彼女の短編がほしい」というものでした。

「じゃあ主人公とイチャイチャした方がいいですよね。読者はきっとそれを求めています。春姫と言ったらエッチ、エッチといったら春姫。さぁ書くのです。書け――――！」

とまでは言われていませんが、大森自身「そういう話にならざるをえない……」と散々悩んでいた記憶があります。

悩みすぎて、ＧＡ文庫の大先輩あわむら赤光（あかみつ）先生の飲み会にメモ帳を持って途中参戦し、他の先生がぽかんとする中ひたすら相談に乗ってもらっていました。そして深夜を回って「それなら書けそうッッ！」と自分が納得できる着地点に辿り着いた瞬間、他の先生方を置いて自分だけメモ帳とともに帰宅する始末。屑屑屑屑屑屑（クズクズクズクズクズクズ）!!

それくらい追い詰められていた中で、あわむら先生の「短編は本編でできないことを好きなだけ自由にやるんだよ！　特にアニメの特典短編なんて無法地帯なんだから！」というアドバイスは目から鱗（うろこ）が落ちる思いでした。

そうか！　本編と同じことをしても、もったいないんだ！

せっかくの短編なんだから羽目を外して、普段できない内容に挑戦するんだ！

あわむら道場の門下生になった私は業界の真理に辿り着き、意気揚々と卑猥（ひわい）ラヴコメ（当社比）の執筆を開始しました。

そして待っていた羞恥地獄（レア・ラーヴァテイン）と人格分裂（エインセル）からの現実逃避を経て、私はあわむら道場に火をつけて二度と敷居（しきい）を跨がないのでした。後に語り継がれる第一次大森狂乱（オルギア）の乱です。

結局、全て悪いのはライトノベル作家のくせに所謂（いわゆる）『パンツを脱ぐ』＝『羞恥心を捨てる』ことができない私のせいなのですが、とにかく当時は空回りばかりしていた記憶があります。

空回りし過ぎて、プロットも執筆も遅れに遅れ、最後の方はプロデューサーさん達が真っ青になるくらい後のないスケジュールの中、締め切り最終日たった一日で残りの短編を仕上げて灰になったことを今でも覚えています。

『英雄と娼婦』は本編を除けば、それくらい難産で、思い出深いお話です。

ちなみに、すごく苦しみましたが、最後の結末はとても好きです。

プロデューサーさん達やあわむら先生達のおかげでこの結末に辿り着けました。この場をお借りして、お礼申し上げます。

・異端児からの手紙

前回の『英雄と娼婦』の一件から、あわむら道場のレジスタンスとなっていた私は、アニメ三期の特典小説を書くにあたって自分ルールを設けることにしました。

一．羽目を外し過ぎてはいけない。

二．でも肩の力を抜いて書く。『短編は本編でできないことをやる』は割と真理。

こんなモチベーションを編集さんやプロデューサーさんにも事前にお伝えして、アニメ二期の頃よりページ数は少なめに調整していただき、掌編小説を書くつもりで取り組ませてもらいました。

アニメ三期は『異端児編』と呼ばれる通り、キャラ数の多い異端児がメインだったのでネタにあまり困らず、何だったら本編や外伝にも載せられなかったシーンがいくつかあったので、それを流用しつつ『手紙』をお話のテーマに据えて執筆しました。本編に載せられるほどパンチはないけど、短編として自分で納得できるくらいには意味のあるお話を残せたと思っています。挑戦したことのなかった『手紙』という手法も新鮮でした。竜の女の子と主人公を早く再会させてあげたいな、と思ったのもこの頃です。

・世界が見つめる先で示すもの

今回の書き下ろしで、『異端児からの手紙』の延長として執筆させて頂きました。

原作小説、本編十九巻以降の時系列となります。

このお話を書いた理由は前述の通り、竜の女の子と主人公を再会させたかったことが一つ。もう一つは2023年現在、アニメ四期（本編十四巻・37階層の決死行）が放映されたばかりだからです。

本当は外伝『ファミリア・クロニクル』のエピソード異端児（ゼノス）を刊行する際に書こうかな、なんて考えていましたが、いつになるのかわからないのと、タイミング的に「今かな」と感じたので、本書に収録させてもらいました。

　ネタバレしそうなので、こちらの感想はあまり触れないでおきます。


　連続刊行の疲弊から普段よりあとがきの内容が少々ファンキーになってしまったことを反省しつつ、謝辞に移らせて頂きます。

　担当の宇佐美様、今回もありがとうございました。私以上に仕事を抱えていないか不安で心配です。どうかご自愛くださいませ。綺麗で可愛い春姫（ハルヒメ）とウィーネを添えてくださったニリツさん、魅力的な登場人物を描いてくださってありがとうございました。あとがきの中で反旗を翻してしまったあわむら赤光先生、いつも相談に乗ってくださって本当の本当に感謝しています。自分も師匠のような作家になりたい！　関係者の皆様にも最大級の感謝を。

　最後に読者の皆さんには、いつも応援して頂いて元気をもらっています。どうやって恩返しをするか悩んでいますが、結局作品で応えるしかないと、いつも辿り着く答えは一緒なので、これからも執筆に励んでいこうと思っております。

　２０２２年10月から始まったシリーズ連続刊行も、本書で九冊目。

そして私とダンまちという作品にとって、この巻が四十冊目となりました。

一つの小説シリーズの中で四十巻は多過ぎると正直、頭を抱えていますが、もう少しだけ主人公達の冒険に付き合って頂けると幸いです。

四十冊という歴史の先で、次の船頭を務めるのは英雄譚『アルゴノゥト』。

シリーズ初の『古代』の物語であり、私にとっても、大切なお話です。

手に取って頂けたら、とても嬉しく思います。

ここまで目を通してくださって、ありがとうございました。

それでは失礼します。

大森藤ノ

ファンレター、作品の
ご感想をお待ちしています

〈あて先〉

〒106－0032
東京都港区六本木2－4－5
SBクリエイティブ(株)
GA文庫編集部 気付

「大森藤ノ先生」係
「ニリツ先生」係

本書に関するご意見・ご感想は
右のQRコードよりお寄せください。

※アクセスの際や登録時に発生する通信費等はご負担ください。

https://ga.sbcr.jp/

ダンジョンに出会いを求めるのは間違っているだろうか オラリオ・ストーリーズ

発　行　　2023年6月30日　初版第一刷発行

著　者　　大森藤ノ
発行人　　小川　淳

発行所　　SBクリエイティブ株式会社
〒106－0032
東京都港区六本木2－4－5
電話　03－5549－1201
03－5549－1167（編集）

装　丁　　FILTH
印刷・製本　中央精版印刷株式会社

ISBN978-4-8156-1965-7
Printed in Japan　　GA文庫

ダンジョンに出会いを求めるのは
間違っているだろうか　掌編集1
著：大森藤ノ　画：ニリツ

GA文庫

迷宮都市オラリオ——「ダンジョン」と通称される地下迷宮を保有する巨大都市。

夢を追ってやってきた少年が、一人の小さな「神様」と出会ってからの半年間に散らされた、小さな挿話（エピソード）の数々から振り返る、少年の冒険の軌跡。

「ダンまち」本編シリーズの店舗特典ショートストーリーや限定版収録の短編のほか、書き下ろし短編も収録した掌編集第1弾！